I0656047

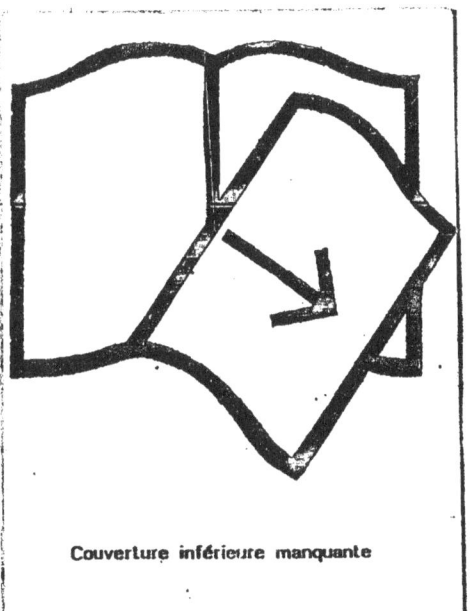

Couverture inférieure manquante

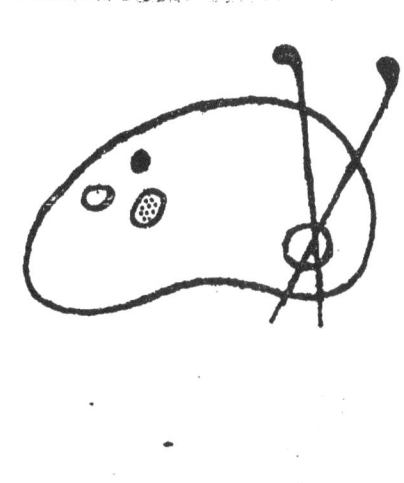

Début d'une série de documents
en couleur

LÉON DE TINSEAU

BOUCHE CLOSE

PARIS

CALMANN LÉVY, ÉDITEUR

RUE AUBER, 3, ET BOULEVARD DES ITALIENS, 15

A LA LIBRAIRIE NOUVELLE

1889

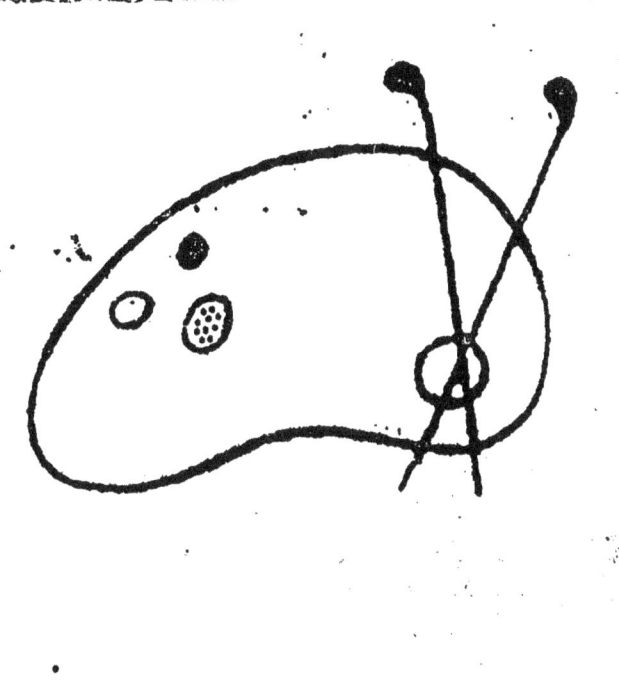

Fin d'une série de documents
en couleur

8° Y²
42672

BOUCHE CLOSE

CALMANN LÉVY, ÉDITEUR

DU MÊME AUTEUR

Format grand in-18

PARIS. — IMP. CHAIX, 20, RUE BERGÈRE. — 8430-5-0.

BOUCHE CLOSE

PAR

LÉON DE TINSEAU

DÉPÔT LÉGAL
Seine
n° 2726
1889

PARIS

CALMANN LÉVY, ÉDITEUR

ANCIENNE MAISON MICHEL LÉVY FRÈRES

3, RUE AUBER, 3

—

1889

Droits de reproduction et de traduction réservés.

A

MADAME LAURA HÖNISCHER

L. DE T.

BOUCHE CLOSE

I

Plusieurs fois, au bruit des applaudissements, la toile s'était relevée avec cette doci-
lité qui distingue les rideaux de théâtre,
particulièrement les soirs de première représentation. Un nouveau chef-d'œuvre venait
d'éclore sur notre plus grande scène lyrique.
Constantin XII, paroles du fabricant de livrets
en vogue, musique d'Antoine Godefroid, venait
de réussir à l'Opéra.

Dans la salle, parmi les couloirs, sur l'escalier, deux mille personnes causaient en gagnant
la sortie. Les yeux brillants des femmes cher-
chaient à lire encore le triomphe de leur
beauté, déjà plus qu'à demi voilée sous la

dentelle, ou blottie dans la caresse mollement
excitante des fourrures. Les hommes donnaient des coups de chapeau, échangeaient
des poignées de main recueillaient des sourires, avec cette froideur tour à tour imper-
tinente, morose ou blasée qui est le facile
rudiment de la distinction actuelle. Toutefois
il était visible qu'on ne s'était pas ennuyé,
ce qui est, pour les gens de plaisir, un résul-
tat plus rare que les autres ne le pensent.
Dans le vestibule circulaire, cent groupes s'é-
taient formés, rassemblant des coteries.

De l'œuvre nouvelle, on parlait assez peu,
mais on organisait les rendez-vous pour la
journée suivante. Se retrouver, n'importe où,
c'est, pour les Parisiens d'aujourd'hui, le plaisir suprême ; rentrer chez soi, le plus grand
des maux.

Chacun retardait de son mieux l'instant
fatal où madame et monsieur se retrouve-
raient, seuls avec eux-mêmes, dans le coupé
en route vers la maison. Personne n'était
pressé, sauf les journalistes qui couraient à
leurs bureaux de rédaction finir l'article commencé le matin, avec une pointe d'érudi-
tion et des retours politiques sur la chute de
Byzance, épisode final du nouvel opéra.

Pendant ce temps-là, de l'autre côté de la rampe déjà sombre, Antoine Godefroid partageait ses lauriers avec tout le monde, en compositeur qui connaît son métier et n'a plus d'illusions sur la modestie des gens de théâtre. Avec un sourire fatigué, un peu mélancolique, le maître achevait de donner la curée. Déjà les grands rôles avaient regagné leurs loges pour ôter leurs costumes. Restait la foule des habits noirs de tous les mondes et de toutes les tribus artistiques, cercle étouffant dont Godefroid cherchait à sortir, en répétant une dernière fois que personne, jusqu'à cette heure fortunée, n'avait administré l'Opéra, commandé la mise en scène, conduit les chœurs, battu la mesure, peint et planté les décors avec cette inimitable perfection. Un petit nombre, mieux élevés que les autres, lui répondaient avec courtoisie qu'il était bien pour quelque chose dans le succès de la soirée. La politesse, a dit un sage, consiste à faire plus qu'on ne doit et à dire plus qu'on ne pense.

Entre temps, il serrait les phalanges d'une foule d'hommes étrangers à « la maison », dont il connaissait un quart de nom et un deuxième quart de vue. A son tour, le médecin de ser-

vice, personnage déjà mûr, à la barbe grison-
nante, s'approcha du musicien.

— Mon cher maître, dit-il, vous êtes dans
une des deux circonstances de votre vie où
vous recevrez le plus de poignées de main.

— Parbleu ! je m'en aperçois, docteur. Et
quelle sera l'autre ?

— Votre mariage ; avec une différence, toutefois.

— Laquelle ? En ce moment, je ne serais
pas de force au jeu des questions.

— C'est que, ce jour-là, vous serez félicité
à la fin du prologue.

— Sage précaution ! répondit Godefroid.
Dans cette branche de l'art on voit trop de
représentations qui ne vont pas jusqu'au bout.

Enfin, il put s'échapper et, pour la première
fois depuis de longues semaines, il fut libre
de donner congé à ses nerfs. Quand il eut
disparu, un ténor en second, déjà rentré dans
ses vêtements ordinaires, fit observer que Godefroid partait sans leur offrir à souper.

Le chef d'orchestre prit la défense du compositeur :

— Il m'a l'air d'en avoir assez pour ce
soir.

L'un des employés supérieurs de l'administration dit à l'oreille du ténor, un peu haut :

— Parbleu ! il préfère souper avec la princesse Adossidès.

Vingt personnes entendirent l'insinuation et sourirent d'un air d'intelligence. La princesse en question, le principal personnage féminin du nouvel opéra, n'était autre que la débutante de la soirée, la très belle, très admirée et plus enviée Jenny Sauval.

A vrai dire, la voix publique des coulisses donnait au maître une bonne fortune qu'il n'avait pas. Son pardessus relevé jusqu'aux oreilles, les deux mains dans ses poches, le cigare allumé, il franchissait la porte du boulevard Haussmann sans autre intention que de regagner sa maison lentement, seul, à pied, pour rafraîchir son front et ses tempes dans l'air froid et dans le silence de la nuit. Mais il avait compté sans l'imprévu. Comme il dépassait la grille de l'énorme bâtiment, déjà presque entièrement sombre, un homme embusqué là depuis une demi-heure se jeta à son cou et faillit l'étouffer d'une étreinte vigoureuse.

— Cher ami ! cher grand génie ! Que c'était beau ! Comme tu dois être heureux !

Remis provisoirement du choc et de l'em-

brassade, Godefroid tira le rôdeur de nuit
sous le bec de gaz voisin pour le dévisager.

— Patrice ! toi ! Tu es à Paris et je n'en
sais rien ! Et j'ai passé une soirée comme
celle-ci sans avoir près de moi le seul ami sur
lequel je compte ici-bas ! Tiens ! va-t'en ! Tu
ne mérites plus que je te regarde !

— Mais, que diable ! si je te disais qu'à six
heures j'étais encore à la gare de Lyon, dé-
fendant mes pauvres bibelots cambodgiens
contre la douane ! Le temps de faire voiturer
ma personne et mes colis vers le premier gîte
venu....

— Pourquoi pas chez moi ?

— Le moment eût été bien choisi ! Enfin
j'ai eu le temps d'acheter une stalle de parterre — à un prix fantastique — et d'occuper
ma place avant la première mesure. Par
exemple, je n'ai pas dîné.

— Pas dîné !

— Non, mais c'est un désagrément auquel
je dois m'habituer, car j'y serai, selon toute
apparence, fréquemment soumis dans la suite.
Et je ne serai pas toujours dédommagé,
comme ce soir, par un chef-d'œuvre suppléant
au rôti.

— Alors, les affaires... ?

— Oh! pas brillantes, mon vieux. Mais il s'agit bien des affaires! Parlons de toi. *Constantin* est une œuvre admirable et son auteur une célébrité. Écoute. Demain, quand il fera jour, nous irons ensemble sur le boulevard. Tu me donneras le bras ; j'aurai ma part de ta gloire. Les passants nous salueront, sans se douter qu'ils ont en même temps sous les yeux l'homme le plus heureux et l'homme le plus abandonné du sort qu'il y ait à Paris ; la fortune et l'insuccès ; l'espoir et la désillusion ; la victoire et la défaite ; la pelisse de cinquante louis et le pardessus de quarante-neuf francs, acheté tout à l'heure à la Belle-Jardinière !... Mais, diantre ! Un individu satisfait sur deux ! Cinquante pour cent de bonheur dans notre amitié ! C'est une jolie proportion et je ne songe pas à me plaindre.

— Tu aurais bien tort. Que tu es jeune, gai, vivant ! Que tu me fais envie !

— Blasé ! Il est déjà blasé ! Et tu rentrais à pied, tout seul, comme un auteur sifflé ! Moi qui m'étais caché là, comptant que j'allais te voir passer dans un riche équipage, entouré d'une foule enthousiaste ! Oh ! ces favoris de la fortune !... Je parie que tu n'as pas faim, toi !

— Mon pauvre ami! j'oubliais... Viens vite
chez moi et, pardieu! je te tiendrai compagnie. — La joie de te voir m'a donné de
l'appétit.

Vers deux heures du matin, Antoine Godefroid et son ami Patrice O'Farell fumaient
leurs cigares, l'esprit et l'estomac satisfaits,
dans la salle à manger, chaude et confortable
du musicien.

— Je suis gris, disait Patrice, complètement
gris! Et cependant tu as vu si j'ai bu autre
chose que de l'eau, suivant mon habitude. Mon
Dieu! que j'ai mal à la tête! Quelle confusion
d'images de toute sorte! Ma paillotte de l'île
d'Okhna, tes murs tendus de Gobelins, la natte
de mon cuisinier chinois, les favoris de ton
valet de chambre, les bayadères du roi de
Siam, les danseuses de tout à l'heure, mes
batailles avec les pirates du Grand-Fleuve, le
massacre du malheureux Dracosès, la mer, le
bateau, le chemin de fer, l'Opéra, mes élé-
phants, les Parisiennes endiamantées... Ah !
mon ami! Je ne suis pas fou, dis? Tu n'es
pas le directeur d'une maison de santé, et
tout à l'heure, quand je voudrai sortir, on ne
va pas me flanquer une douche?

— Rassure-toi. Ma cervelle n'est pas en

meilleur état que la tienne. Elle contient, à l'heure où tu parles, quatre-vingts messieurs en habit noir, jouant de tous les instruments connus. Et non seulement ils jouent, mais encore je sais d'avance quelle note doit sortir de l'appareil. Je la vois, je l'ai écrite, je l'attends... et j'ai toujours peur qu'il en vienne une autre. Car c'est l'inconvénient de l'école à laquelle j'appartiens : on s'aperçoit des fausses notes. Ah ! tiens. Nous n'en pouvons plus ni l'un ni l'autre. Allons nous coucher.

— Tu en parles bien à ton aise ! Aller se coucher, pour toi, c'est ouvrir une porte, laisser tomber quelques vêtements et s'étendre dans un bon lit. Mais moi ! Quitter ce fauteuil, retrouver la rue, c'est-à-dire la vie réelle ; m'orienter dans un labyrinthe de maisons ; lire des numéros ; me garer des voitures !... Si seulement quelqu'un voulait me prendre et me déposer sur le trottoir ! Une fois là, bon gré, mal gré, je m'exécuterais, comme le paralytique déposé sur les rails à l'approche du train.

— Viens, dit Antoine en souriant. Courage ! Tu trouveras l'épreuve moins dure que tu ne penses.

1.

Mais ce ne fut pas dans la rue qu'il conduisit son hôte.

Il souleva une portière et le fit entrer dans une chambre gaiement éclairée, chauffée par un bon feu.

— Depuis ton départ j'ai déménagé, dit-il. Mais, dans cet appartement comme dans l'autre, tu as ta chambre. Ici, comme là-bas, tu es *chez nous*. Dors bien, cher Patrice, et merci du grand bonheur que tu m'as donné ce soir. Dors vite, car je te préviens que je ne te laisserai pas dormir longtemps. Moi je ne pourrai pas fermer l'œil.

O'Farrell, sans écouter son hôte, regardait autour de lui d'un air de méfiance.

— Allons ! soupira-t-il, mon hallucination continue. Mais ne te figure pas que je m'y laisse prendre. Je sais très bien que cette chambre est une cabine, que ce lit, en apparence large et somptueux, n'est qu'une couchette où j'entendrai tout à l'heure mon compagnon, le marchand de thé de Liverpool, ronfler à dix pouces au-dessus de ma tête. Bonsoir, je me couche vite, de peur de m'éveiller tout à fait.

Peu d'instants après, le jeune homme s'endormait, pour la première fois depuis plus de cinq ans, sur l'oreiller d'un bon lit de la chère France. Et, chose étrange, il s'endormait n'ayant plus devant les yeux qu'une seule vision dont il n'avait point parlé à Godefroid : la belle Adossidès.

II

Constantin XII marquait le début d'Antoine
Godefroid sur la grande scène lyrique, mais
le compositeur, alors âgé de plus de quarante ans, n'était point à ses débuts en matière de célébrité et de fortune. Sa seule
opérette des *Filets de Vulcain*, ce chef-d'œuvre
dans un genre déchu mais qui fut, durant
quinze ans, la Californie des musiciens, l'avait
enrichi en couvrant de son nom les murs des
capitales de l'Europe. Aussi pratique en
affaires qu'ambitieux dans son art, Godefroid,
tout en mettant son bénéfice en lieu sûr,
n'avait point tardé à se sentir las de ce titre
d' « auteur des *Filets de Vulcain* » dans lequel

il se voyait menacé d'être emmuré jusqu'à sa mort. D'ailleurs, il était trop avisé pour ne point comprendre que l'opérette allait bientôt succomber à deux maladies fatales : l'abus et la médiocrité. Enfin, il avait conscience d'être né pour quelque chose de mieux. Il écrivit *Constantin* et, sans beaucoup d'attente ni de peine, vit les portes de l'Opéra s'ouvrir devant son œuvre. Dès lors, il considéra qu'il avait atteint le comble de ses rêves.

A dire le vrai, ce ne fut point l'avis de tout le monde. Un vieux maître, dont il avait suivi les leçons plus que les conseils — car son esprit indépendant se pliait mal aux opinions des autres — lui fit alors des prédictions dont il devait se souvenir le lendemain même du jour où ce récit commence.

— Vous ressemblez, dit ce prophète sinistre, à ces malchanceux qui bâtissent une auberge sur la route de la montagne la veille du jour où l'on trace un chemin de fer qui passe dessous. Vous êtes un rêveur, un mélodiste, un poète. Votre talent se compose de couleur, de passion, de tendresse, d'enthousiasme. Que diable voulez-vous qu'on en fasse à l'Opéra? Êtes-vous donc aveugle? Ne voyez-vous pas qu'aujourd'hui le public discute le Beau froi-

dement, comme on discute l'épaisseur des pou-
tres en tôle d'un pont ? L'art, comme l'Église
romaine autrefois, subit sa réforme. Deux ou
trois douzaines de Luthers tout petits, conduits
par un plus grand, sapent l'édifice de nos
vieilles croyances musicales. Je doute qu'ils
aient le temps de détruire le temple. Mais déjà
ces hommes très sérieux, très convaincus, beaucoup plus savants que nous (car le génie —
qu'ils n'ont pas — déconcerte plus qu'il ne
sert sur les bancs de l'école), déjà ces hommes
ont porté leurs mains hardies sur les ornements.
Déjà nous passons, grâce à eux, pour des ido-
lâtres dignes de pitié. Au grenier les statues
de marbre ! Au feu les tableaux ! Plus d'images
dans le sanctuaire, mais seulement ces froides
grisailles que trace le compas des ingénieurs,
mélange hiéroglyphique de lignes droites,
courbes et brisées! Ah ! parbleu ! vous choisis-
sez bien le moment pour offrir le scintillement
de vos ors, l'azur de vos cieux, l'éclat de vos
pourpres, le voluptueux incarnat de vos chairs
satinées. Certes, je suis tranquille pour l'avenir. Aussi vrai qu'il y a un Mozart, la mélodie reviendra; mais il faut que les erreurs
fassent leur temps. Vous, mon cher, vous arrivez trop tôt ou trop tard.

Le vieux professeur n'avait point convaincu Godefroid, car deux voix parlaient plus haut à l'oreille du jeune maître que l'expérience et la sagesse. L'une de ces voix était celle de l'art immortel. Bientôt je dirai quelle était l'autre.

Jusqu'à l'âge de quarante ans, l'art avait été sa seule foi, sa seule espérance, son seul amour. Dès ses plus jeunes années, l'art, comme un dieu bienfaisant, l'avait pris par la main dans l'humble maison d'école d'un village de la Touraine, où son père vivait pauvrement de ses fonctions d'instituteur.

Un jour, la châtelaine du lieu, la comtesse O'Farrell, mère de Patrice, avait été surprise d'entendre l'orgue de la petite paroisse oublier ses ritournelles vulgaires pour une mélodie pleine de jeunesse et de naïveté touchante. Appelé au château — les châteaux parfois servent à quelque chose — complimenté, questionné, l'organiste de quatorze ans raconta, sans se faire prier, que la nature avait été jusque-là son seul maître. L'étincelle sacrée l'avait frappé, dit-il, la première fois qu'il entendit le jeu savant du maître de chapelle de la cathédrale, dans un voyage qu'il avait fait au chef-lieu, tout enfant, en compagnie de son père.

Encore plongé dans son extase, il était rentré dans l'humble bourg et avait passé la nuit
à rechercher, sur les touches délabrées d'un
misérable instrument, l'harmonie qui l'avait
transporté, la veille, dans un monde nouveau.
Ainsi, pas à pas, degré par degré, conduit par
l'instinct d'une oreille infaillible, l'enfant avait
découvert les principes fondamentaux de la
science. A quatorze ans, non seulement il
accompagnait les chants sacrés avec une cor-
rection jamais démentie, mais encore il
improvisait avec autant de facilité que de
goût.

— Et que voudrais-tu ? demanda la comtesse,
enthousiasmée à la vue de ce prodige.

— Visiter l'orgue de la cathédrale et connaître l'organiste, répondit le jeune paysan.
Plus d'une fois je suis retourné à X..., à pied,
pour entendre les offices un jour de fête. Plus
d'une fois, j'ai poussé la petite porte de la
tourelle et je me suis engagé dans l'étroit escalier qui me semblait conduire au paradis. Mais
les souffleurs m'ont toujours arrêté. Un jour,
ils m'ont permis de travailler avec eux. Quel
bon moment j'ai passé là ! C'était quelque
chose de moi qui chantait dans toutes ces
trompettes. J'ai pris, ce jour-là, un vrai bain

d'harmonie, et la nuit, malgré mes douze lieues, je n'ai pas fermé l'œil.

Madame O'Farrell, âme d'artiste et cœur charitable, comprit qu'il y avait un futur maître dans cet enfant.

Tout d'abord il fallut gagner le père Godefroid, instituteur convaincu et quelque peu en défiance à l'égard du château, comme ses pareils l'étaient presque tous alors, guère moins qu'aujourd'hui. La pédagogie — ce mot lui remplissait la bouche — passait à ses yeux pour la plus noble et la plus sûre des carrières. Un musicien! Quelque chose comme un chantre de lutrin, moins le casuel!

Enfin le consentement fut donné, à condition que la comtesse prendrait toute la dépense à sa charge. Quelques jours après, le jeune Antoine connaissait, de l'orgue de la cathédrale, autre chose que les soufflets.

Il a raconté depuis que le plus beau jour de sa vie — musicale — fut celui où, pour la première fois, il s'assit sur le vieux banc de chêne pour accompagner une messe d'enterrement de troisième classe. Le mort, Dieu merci, ne sembla point s'apercevoir de cette substitution de l'élève au maître, et les vi-

vants, s'ils s'en aperçurent, ne s'en plaigni-
rent pas.

Trois ans après son départ du village, Antoine entrait au Conservatoire et, reçu fréquemment chaque hiver, chez sa bienfaitrice,
il apprenait, dans la meilleure société de
Paris, cette science du monde, que tant d'il-
lustres génies ont toujours ignorée, pour
l'avoir étudiée trop tard.

L'École de Rome s'ouvrit à son heure pour
le brillant lauréat. Puis il revint en France
et, presque aussitôt, la fortune favorable commença de tresser sur sa tête la couronne dorée
du succès, plus rare encore, à cet âge, que
les lauriers de l'Institut.

Dès lors, deux sentiments remplirent seuls,
pour de longues années, l'âme de ce mortel
heureux : l'amour de son art et la reconnaissance pour la généreuse femme à laquelle il
devait cet art lui-même. Aussi, le premier et
l'un des plus grands chagrins de sa vie, fut la
ruine de la famille O'Farrell, désastre suivi, à
deux ans de distance, par la mort de la comtesse et de son mari.

Leur unique rejeton, le jeune Patrice, alors
âgé de quinze ans, restait seul au monde.
Antoine l'adopta, le recueillit et, prenant au

sérieux ses devoirs de père, il sacrifia, pour soustraire son pupille à tout contact fâcheux, les plaisirs que sa situation d'artiste en renom, apprécié partout, lui promettait dans plus d'un monde. Jusqu'à la majorité du dernier des O'Farrell, son père adoptif mena la vie d'un chartreux. Parfois, peut-être, ce renoncement parut lourd à sa jeunesse, mais il en fut largement récompensé par la régularité et les avantages d'un travail que rien ne troublait. Une chose restait à savoir : son cœur condamné à la solitude et ses sens méconnus ne devaient-ils pas, quelque jour, réclamer l'arriéré de leurs droits au centuple?

Quoi qu'il en soit, lorsque, ses vingt et un ans sonnés, l'orphelin s'expatria pour chercher fortune au loin, le pli était pris. Même après ce départ, Godefroid resta le travailleur sérieux et austère qu'il était. Les rameaux les plus élevés de sa nature, largement développés, semblaient avoir singulièrement affaibli les pousses folles de sa sève. Ainsi, par une culture patiente, le sol refuse les sucs de la vie aux fleurs brillantes, mais stériles, gardant sa richesse inattaquée pour le sarment aux précieux bourgeons.

Chose étrange ! Ce grand artiste applaudi

partout, mais resté bon, naïf et timide; ce vainqueur dans la grande lutte, constamment disposé à tendre la main aux autres, passait pour un misanthrope et pour un orgueilleux. Il avait peu d'amis, soit parmi les jeunes compositeurs, soit parmi les vieux maîtres. Les premiers, pour la plupart, se considéraient comme des rivaux injustement trahis par le sort. Les autres n'étaient point attirés vers ce talent, qui montait trop vite. On l'accusait de thésauriser et, de tous les blâmes qu'on aurait pu lui jeter, celui-là, surtout, éloignait de lui toute sympathie.

En réalité, nul n'était moins avare; mais dans cette existence tranquille et sans orages, l'or gagné se déposait de lui-même, comme le limon fertile sur un sol couvert par l'eau dormante.

Peut-être, avec le temps, les défauts qu'on lui prêtait devinrent moins imaginaires, phénomène observé souvent. A force d'entendre dire qu'il était misanthrope, il trouva que le monde est aveugle, injuste et désagréable. On révolta sa fierté à force de lui reprocher son orgueil et, si quelque chose fit valoir à ses yeux le prix de l'argent, ce fut de voir à quel point ceux qui n'en ont pas font mauvaise fi-

gure à ceux qui en possèdent. Il apprit de
plus en plus à se passer des autres, qualité qui
n'est pas sans quelque lien de parenté avec
l'égoïsme. Toutefois, sur ces transformations
modérées et facilement explicables de sa nature, l'art et le travail continuaient à domi-
ner en maîtres. S'il n'était pas le plus heureux des hommes, il était, à coup sûr, un des
moins à plaindre. L'idéal abreuvait son âme
des plus pures jouissances ; la réalité lui épar-
gnait ses tristesses dans le présent et, resté
seul au monde, il était à l'abri, dans l'avenir,
contre bien des chagrins.

Souvent, depuis qu'il avait abordé l'œuvre
énorme de *Constantin*, le jeune maître avait dû
s'arrêter dans ce labeur effrayant de mettre à
sa place chacune des cent mille notes qui com-
posent l'acte d'un opéra. Souvent il avait senti
qu'il était au bout de ses forces, de son courage, de sa confiance en lui-même, de son inspiration. Mais toujours une pensée le rani-
mait :

— J'oublierai tout cela dans une seule soirée, pourvu que *nous* sortions vainqueurs de
la lutte.

Car ce n'était pas pour lui seul qu'il avait à
trembler. Deux nouveaux venus, le même soir,

avaient affronté les hasards de la bataille sur
une des plus grandes scènes du monde :
Godefroid, l'ancien compositeur d'opérettes,
visant à des succès plus nobles, et Jenny
Sauval, une inconnue, protégée, lancée par le
jeune maître, on disait même : imposée par
sa volonté.

Et l'un et l'autre, à cette heure, pouvaient
dire qu'ils avaient réussi.

L'une venait d'être applaudie pour sa voix,
pour son talent, peut-être autant pour sa beauté
et pour sa grâce exquise.

L'autre venait de s'entendre acclamer, non
par quelques centaines de camarades et d'amis
— la camaraderie n'était pas son fort — mais
par une salle beaucoup moins *faite*, assurément, qu'une salle de première représentation
n'a coutume de l'être.

Enfin, comme pour mettre le comble à cette
douceur, l'étreinte cordiale, inattendue, de
l'homme qu'il aimait le plus en ce monde, cou-
ronnait une des heures les plus inoubliables
de sa vie.

Et pourtant, — quand il rentra dans sa
chambre, après avoir quitté Patrice, — au lieu
de la joie complète, intime, profonde qu'il s'attendait à savourer, il sentait dans son cœur

une fade impression d'inquiétude et de vide.

— Qu'est-ce qui me manque? se demanda-t-il. Est-ce que l'art, la gloire, la fortune et même l'amitié ne seraient pas tout en ce monde?

III

Il était huit heures du matin. Dans son cabinet de travail où, depuis longtemps, la lampe jetait sa lueur, Antoine Godefroid, le héros de la veille, parcourait les journaux avec l'attention froide, un peu inquiète, d'un avocat d'assises qui dépouille un dossier.

Patrice, frais et reposé, entra chez son ami et fut surpris de lui voir cette mine préoccupée, presque sombre.

— Mon Dieu ! s'écria-t-il, que de journaux ! Et dire que chacun d'eux représente un parti politique ! Heureuse France ! Eh bien, es-tu content ? Sur tous ces autels blancs, bleus ou rouges, l'encens fume-t-il sans exception ? Ah !

ah ! en voilà un qui te compare à Berlioz.

— Tu pourrais même dire qu'il a fait son article sur Berlioz. Il parle de moi seulement pour déplorer l'injuste partialité du sort à l'égard de certains artistes.

— Il constate, par là même, le succès de ton œuvre.

— Il la constate, mais, au fond, il en gémit. Il s'en étonne poliment. Vois-tu, mon ami, en résumant — car je t'aime trop pour te laisser lire toutes ces paperasses, — le public a été pour moi, mais la haute critique va me combattre à mort.

— Aimerais-tu mieux que deux mille personnes t'eussent sifflé cette nuit, et que douze messieurs chauves fissent ton éloge ce matin ?

— Peut-être, car demain ces deux mille personnes feront amende honorable aux douze messieurs dont tu parles, et s'excuseront de m'avoir applaudi trop vite.

— Ce serait le monde renversé. Mais que n'avez-vous pas renversé depuis cent ans, vous autres fils de la Révolution ?

— Nous pensions avoir renversé toutes les tyrannies : celle des prêtres comme celle des rois. Mais une autre a surgi. Une bande composée de critiques et de *jeunes* pose le pied sur

le public et lui fait courber la tête. « Obéis ! »
lui crient ces Robespierre de la musique, de la
littérature et du pinceau. « Trop longtemps,
» l'art s'est glorifié d'être ton serviteur. Trop
» longtemps nous avons mendié tes suffrages.
» A ton tour de plier devant nous. Ce que
» nous aimons, tu l'aimeras. Ce que nous
» te donnons, nous les jeunes, tu feras sem-
» blant de le préférer et de le comprendre. Ce
» que tu penses nous importe peu. Surtout ne
» t'avise pas de bouder. Aux enfants boudeurs,
» on ressert le plat dédaigné jusqu'à ce qu'ils
» se résignent à l'avaler, quitte à faire la gri-
» mace. Ainsi, nous en agirons avec toi, ô pu-
» blic français. Nous éloignerons les anciens
» maîtres, courtisans serviles de tes plaisirs.
» Qu'importe si la moitié d'un siècle est néces-
» saire pour te faire oublier tes goûts, tes ins-
» tincts, ta nature, tes mœurs nationales ?
» Nous serons patients, parce que nous avons
» l'avenir pour nous, d'abord, et ensuite parce
» que, malgré ta mauvaise humeur, tu nous
» apportes ton argent, ô public, le plus facile
» à gouverner qu'il y ait au monde, quand on
» tient ferme contre le premier quart d'heure
» de ta résistance ! »

— Mais, parmi tous ces braves gens, n'en

est-il pas qui prennent ton parti et celui de ton école ?

— Non, car les journaux s'entendent, presque sur tout, beaucoup mieux qu'on ne pense. Ils se séparent sur la politique, mais à la façon des abeilles qui s'éparpillent sur des arbustes différents, comprenant qu'à vouloir butiner la même plante, elles périraient de faim. Rentrées à la ruche, elles suivent toutes le même dessin dans leurs alvéoles. D'ailleurs, pour les indépendants comme moi, les journaux gardent toujours une petite rancune. Ils aiment à se venger en nous montrant, comme dit Bossuet, que, pour être assis sur un trône, nous n'en sommes pas moins sous leur main et sous leur autorité suprême. *Et nunc, reges, intelligite.* Traduction : Le pauvre Godefroid ne verra pas souvent des soirées comme celle d'hier.

— Le diable m'emporte si j'attendais à cette heure ton oraison funèbre ! Pessimiste, va ! Que dirais-tu donc à ma place ?

— Mon ami, pardonne-moi. Je suis un misérable égoïste. Depuis douze heures tu ne m'entends parler que de ce qui m'intéresse, me satisfait ou me désillusionne. C'est que, vois-tu, je ne suis pas encore fait à l'idée que mon succès n'est pas ton succès, que mon gain

n'est pas ton gain, que tu travailles, que tu
réussis, que tu échoues pour ton compte. Ton
retour m'a fait oublier six ans passés sur notre
vie et, te retrouvant en face de moi, je crois
être encore au temps où ma pensée disait *nous*,
quand mes lèvres disaient *je*.

— Et moi donc? M'a-t-il fallu si longtemps
pour revenir à mes bonnes habitudes de manger ton pain et de dormir sous ton toit? Même
quand je suis parti pour aller tenter fortune,
c'était avec ton argent. Au reste, rassure-toi,
je le rapporte, mais, par exemple, je le rapporte tel que tu me l'as donné, sans la moindre
augmentation de volume.

— J'espérais tant te voir riche un jour!

— Un O'Farrell riche! Tu es fou! La fortune chez nous est comme la probité chez les
coquins : une exception jamais durable. Maintes
fois, depuis le jour où mon ancêtre a suivi
Jacques II dans la belle France, la queue du
diable a pris des allongements insolites. Et,
pour mon compte personnel, je peux me vanter de l'avoir augmentée de quelques pouces,
car, Dieu merci! j'ai la poigne solide.

— Alors, ta plantation du Cambodge : désastre complet?

— Oui et non. J'ai obtenu des récoltes superbes. J'avais des monceaux de café, des montagnes de canne à sucre. Quant au tabac, je le mettais en meule comme du foin. On peut vérifier ; il n'en manque pas une feuille. Tout est encore là.

— Eh bien, alors ?

— Eh bien — récolter n'est rien si l'on ne vend sa récolte. Or, c'est ce que je n'ai jamais pu faire. Mes produits étaient aussi détestables qu'abondants. Mon café sentait le tabac ; mon tabac ne sentait rien et j'étais obligé d'en faire venir de Paris pour mon usage personnel. Quant à ma canne à sucre : grosse comme le bras et rendant du jus comme une éponge. Mais le jus n'était pas sucré, ce qui est un grand défaut, dans l'espèce. Autant aurait valu distiller des épinards. Il me restait l'indigo, dont j'avais eu lieu d'abord d'être satisfait. Ah bien, oui ! Tu ne le connais pas, toi, l'indigo ! Magnifique à l'état sauvage, il est sujet, si l'on s'avise de le cultiver, à dix-sept maladies, toutes mortelles. J'en étais là, un peu vexé, comme tu comprends, lorsque j'eus la chance d'obtenir de l'administration coloniale une prime d'encouragement qui reconstituait ma première mise. Inutile de te dire que je n'ai fait qu'un bond à la caisse du trésorier et un

2.

autre au ponton d'embarquement des Messa-
geries maritimes.

— L'administration coloniale doit t'en vouloir un peu de ta façon d'employer ses encou-
ragements.

— Bien au contraire : mon départ a sou-
lagé tout le monde. Je faisais le désespoir de
toute une armée de fonctionnaires. Ils m'a-
vaient continuellement sur le dos. Des chemins à réparer, des ponts à rétablir, des
pirates à faire pendre. Le métier des administrateurs n'était plus tenable. Ils l'ont compris, et m'ont *encouragé...*

— A partir.

— C'était la délivrance pour eux. Le colon
est leur fléau. L'indigène, lui, est toujours
content, pourvu qu'on ne le *protège* pas trop.

— Fort bien. Mais pourquoi ne m'as-tu pas
écrit?

— Parce que je n'avais rien de bon à te
dire, et aussi pour ne pas te troubler au milieu
d'une partition. Je te connais. Quand je rentrais du lycée avec un gros rhume, tu passais
deux jours sans pouvoir écrire une note. Si,
par chacune des malles, je t'avais envoyé mes
doléances à propos du soleil, des inondations,
du choléra, des écumeurs du Grand-Fleuve, des

mandarins indigènes, des agents français et autres fléaux pernicieux, les Turcs seraient encore sous les murs de Byzance et l'art compterait un chef-d'œuvre de moins. D'ailleurs, tu ne pouvais rien pour m'aider.

— Et maintenant ?

— Maintenant, c'est autre chose, et je compte sur ton appui pour me caser. Cela ne doit pas être difficile, car je te défie de me citer une place que je ne sois pas apte à remplir. J'ai fait de bonnes études, grâce à quelqu'un que tu connais. Je peux écrire en vers, en prose, et je parle cinq langues. Mes dernières aventures m'ont appris la navigation, le commerce, l'agriculture, l'industrie, l'administration et même la guerre, car j'ai reçu et envoyé plus d'un coup de fusil, là-bas, dans mon île. J'y ai laissé la réputation d'un grand médecin ; j'ai baptisé des enfants et même, ce qui est beaucoup plus difficile, j'en ai aidé quelques-uns à venir au monde.

— Avoue que tu n'as pas été six ans parmi les païens sans faire quelques conversions.

— Je l'avouerai, si tu m'y forces. Mais tu es trop païen toi-même pour que nous puissions nous accorder sur ce sujet. Ce qu'il y a de sûr, et j'y reviens, c'est que, pour peu que tu t'en mêles, je serai casé dans trois jours.

— Je m'en mêlerai, sois tranquille. Mais,
d'abord, il faut que tu m'aides à dépouiller
cinquante ou soixante lettres qui m'arrivent.
Sans toi, j'étais perdu. Oh! la correspondance!...

O'Farrell se mit à la besogne avec l'entrain
qu'il apportait à chaque chose. Sans rien dire,
il observait son ami, tout en ouvrant et par-
courant rapidement les missives qui tombaient
sous ses yeux. Il trouvait Godefroid changé,
vieilli, et s'étonnait de plus en plus de rencontrer cette humeur chagrine, ce tour d'esprit désabusé. chez un homme à qui tout
semblait sourire. Les mains tremblaient légèrement. Des ondes alternatives de pâleur et
d'une teinte chaude montaient aux joues.
Quelquefois, pour déchiffrer l'écriture, Godefroid se servait d'une loupe.

— Il n'est plus jeune! songea Patrice, et
ces dernières années ont pesé lourdement sur
sa tête. Pauvre ami!

En ce moment, la porte du cabinet s'ouvrit
au large et laissa voir un monceau de verdure
et de fleurs de toute nuance qui semblait
marcher tout seul. C'était le domestique d'Antoine qui entrait chargé d'un odorant fardeau.

Il y avait des bottes de roses, des corbeilles
de muguet, des arbustes entiers de lilas blanc,
des couronnes de violettes de Parme, portant
le nom de Jenny Sauval tracé en lettres d'or
sur des bandelettes de satin. Une large enveloppe accompagnait l'envoi. Elle contenait
une photographie et un billet de quelques
lignes.

« Cher maître, cher ami, écrivait la canta-
» trice, voici la moitié des fleurs que j'ai re-
» çues. Je garde bien plus que ma part, mais
» je veux que mon salon soit en fête quand
» vous viendrez me dire si vous avez été con-
» tent de moi. Vous me l'avez si peu dit hier
» soir! Et pourtant, que m'importent les élo-
» ges des autres, si j'ai trompé l'attente de
» celui auquel je dois tout? »

La photographie représentait la jeune artiste
dans son adorable costume de patricienne du
Bas-Empire, qui rehaussait merveilleusement
sa beauté fine et saisissante. Au bas de la ra-
dieuse image étaient écrits ces vers empruntés
au rôle de la princesse Adossidès :

> Il fut l'appui de ma jeunesse ;
> Il essuya mes premiers pleurs.
> Où serais-je sans lui...?

— Allons ! il y a encore des cœurs recon-

naissants! dit Godefroid dont la physionomie
s'éclair d'une lueur aussitôt voilée.

— Ma foi, tu places adroitement tes bien-
faits, ajouta le jeune homme en contemplant
la photographie avec admiration. La faveur de
la seule Adossidès aurait plus de prix pour
moi que celle de tous les Constantins et de
tous les Mahomets qui ont jamais régné sur
Byzance. Quels yeux! Si j'étais millionnaire...

— Tu perdrais ton temps, interrompit brusquement le compositeur. C'est la sagesse même;
tu peux en être sûr.

— Hélas! il y a, sans calomnier ta protégée, quelque chose de plus indubitable encore
que sa vertu : c'est que je ne suis pas millionnaire. Çà, mon beau sire, j'imagine que vous
allez vous parfumer, testonner et prendre
votre plus riche costume pour aller dire à
cette belle immaculée le mot d'éloge qu'elle
attend. Si cela t'ennuie, je m'offre pour y aller
à ta place.

— Tu n'iras pas à ma place, mais nous irons
ensemble.

— Oh! oh! tu crains pour ton cœur?

— Non, mais je redoute les plaisanteries des
sots.

— Merci!

— Quant à mon cœur, il n'a plus rien à craindre. A l'âge où l'on peut aimer, j'avais un grand fils dont il fallait ménager les dix-huit ans. A l'heure actuelle, je suis un oiseau déplumé, vieilli sur son perchoir, et ne sachant plus se servir de ses ailes.

— Oh ! bien, répondit Patrice en riant, c'est en pareil cas que les vieux oiseaux risquent davantage d'être croqués par les jeunes chats.

Le jeune homme, toutefois, ne plaisantait que des lèvres. Au fond du cœur il était ému et songeait que Godefroid allait avoir en effet, à cause de lui, une vieillesse isolée, sans la tendresse d'une femme, sans le sourire d'un enfant.

— Patrice, dit le compositeur après un silence, j'ai fait tout ce que j'ai pu pour bien t'élever. N'est-ce pas que tu n'as rien perdu à passer ta première jeunesse près d'un pauvre artiste jeté seul au milieu du monde, et de quel monde ! N'est-ce pas que ta mère, ta chère, noble et bonne mère n'a rien à me reprocher ?

O'Farrell jeta les yeux sur la table de travail où se voyait, depuis bien des années, un portrait de femme, un seul, car jamais une autre image n'avait partagé cette place réservée

à la respectueuse reconnaissance. Puis il dit,
en serrant Godefroid dans ses bras, comme il
avait fait la veille :

— Ma mère te bénit, et son fils ne te quittera plus désormais, si tu veux. Compte sur
moi, toujours.

IV

Jenny Sauval, âgée à cette époque de vingt-cinq ans, justifiait de la façon la plus complète la haute opinion qu'Antoine professait de sa vertu. Non seulement elle était sage, mais elle semblait si peu disposée à faire des folies que les connaisseurs avaient dit, la veille, tout en la rappelant à mainte reprise :

— Cette petite gagnera cent pour cent le jour où elle aura perdu quelque chose.

À quoi, d'après la chronique, le prince Kéméneff, un des grands admirateurs de la cantatrice, avait répondu :

— Si, seulement, elle perdait sa mère !

Madame Sauval, pour être juste à son égard,

ne ressemblait en rien au type souvent décrit
de la mère d'actrice. Elle estimait, de la
meilleure foi du monde, que sa fille dérogeait
en chantant sur les planches, même sur les
planches de l'Opéra. Fort indifférente à ces
éternelles questions d'engagement, de débuts,
de compétition de rôles — sans parler d'autres
questions plus ténébreuses — qui remplissent
d'ordinaire l'esprit de ces dames, celle-ci
n'avait qu'un but : le mariage de sa fille. Au
reste, elle n'avait guère fait autre chose que
de chasser aux maris durant toute sa vie,
d'abord pour son compte, bien entendu, et,
dans ce sport intéressant, elle avait eu moins
de bonheur que d'adresse.

Elle était Roumaine par sa naissance, de
famille honorable, mais très pauvre. On la
considérait, à dix-huit ans, comme la beauté
de sa petite ville, ce qui n'était point faire
l'éloge de ses compagnes. De fait, elle avait de
beaux yeux, de ces grands yeux de *modèle* du
Transtévère, en qui l'on voit flotter, suivant
l'heure, la curiosité, l'innocence ou le vice.
Un rien leur donne l'effronterie ou l'insolence.
Mais, sauf de rares exceptions, celle qu'on
appelait la jolie Martscha savait éviter ce rien
et garder l'innocence, du moins quant au

regard. Elle avait les joues trop creuses, la
taille trop longue, les attaches trop grosses, le
sein placé trop haut pour trouver grâce aux
yeux d'un connaisseur accompli. Mais ce qui
faisait son désespoir — car elle connaissait
mieux que personne le fort et le faible de
son moral et de son physique — c'était sa
bouche d'Allemande, une bouche qui suppri-
mait chez cette femme le plus grand des
charmes féminins : le sourire. Au lieu de s'ouvrir à la façon d'une fleur, cette bouche se
retirait nerveusement, découvrant les dents et
les gencives, faute vénielle dans la jeunesse,
péché mortel plus tard.

Martscha n'avait jamais connu son père,
mort quand elle avait quelques mois. Sa mère,
un cœur dévoué, mais une âme faible, avait
succombé au chagrin de découvrir en sa fille
une créature ignorant toute affection, toute
justice et toute morale, quand il s'agissait d'arriver au but. Ces dispositions, essentiellement
pratiques, avaient éclaté lors de son premier mariage avec un diplomate français,
brave garçon qu'elle avait honoré de son choix,
non sans l'avoir étudié comme un livre et retourné comme un gant. Cet honnête jeune
homme, dont la santé n'était pas forte et dont

l'intelligence valait la santé, crut tout ce qu'on
voulut lui faire croire : qu'il était fort comme
un Hercule, pénétrant comme un Metternich,
et sûr d'arriver aux plus grandes ambassades,
pour peu qu'il eût la chance d'épouser une
femme taillée sur le patron de la maréchale
de Guébriant. Il crut bien d'autres choses qui
n'exigeaient pas une foi moins robuste et, le
mariage accompli, sa belle-mère enterrée, il
amena sa jeune femme à Paris, ce sur quoi
elle comptait plus que sur tout le reste. Malheureusement, il mourut presque au débotté, c'est-
à-dire deux ou trois ans plus tôt que ne l'a-
vait décidé la Roumaine. Elle se trouva sur le
pavé, sans argent, sans position, sans autre
appui, pour entrer dans le monde — son principal objectif — qu'un nom fort ancien dans
l'armorial, mais trop neuf sur ses cartes de
visite pour qu'elle pût s'en servir avantageu-
sement.

Toutefois, la tâche était loin de l'effrayer,
car elle se croyait encore en Roumanie, où chacun la citait comme la belle des belles. A Paris,
elle vit bientôt qu'il faudrait en rabattre,
et le peu d'effet que produisait sa figure, en
quelque lieu qu'elle la montrât, ne fut pas
sans l'étonner péniblement d'abord.

Pour comble de malheur, elle manquait d'argent. Bref, elle épousa, sans le moindre enthousiasme, un officier supérieur d'infanterie du nom de Sauval, moins jeune, mais plus solide et plus intelligent que le diplomate enlevé trop tôt à sa tendresse. Moins pressée par les circonstances, Martscha eût mieux choisi ; mais, certes, elle aurait pu faire un choix pire : Sauval, au dire de tous, était un officier d'élite. La jeune femme employa toutes ses ressources, et Dieu sait si elle en avait, à pousser l'avancement de son mari. Plusieurs divisionnaires sont encore là pour dire qu'elle n'y ménagea rien. L'un d'eux (celui-là manque à l'appel) prit Sauval avec lui comme chef d'état-major, quand on forma nos braves et impuissantes armées de la Loire, après nos irréparables désastres de l'Est. Mais, décidément, la Roumaine portait malheur à ses maris.

On apprit un jour que le commandant avait perdu la vie à la bataille d'Orléans, dans des circonstances restées toujours mystérieuses, car aucun témoin oculaire ne put donner le moindre détail sur sa mort, causée par une affreuse blessure à la tête. La guerre finie, le protecteur de Sauval quitta l'armée, sous prétexte qu'une maladie chronique l'empêchait de continuer sa carrière. Ce général était sans parents proches et bientôt tout le monde l'eut oublié. Pour la seconde fois, Martscha se trouvait dans une mauvaise passe, étrangement compliquée par ce fait qu'elle avait sur les bras une fillette de neuf ans, la future Adossidès.

Bien qu'elle ne péchât point par excès de sensibilité, la Roumaine parut assez longtemps atterrée de la mort de son mari. Pendant plusieurs années, elle vécut fort à l'écart dans une petite maison que le défunt possédait au fond du Béarn, ne voyant personne et semblant prendre à tâche de se faire oublier. Puis, brusquement, elle regagna Paris pour donner à sa fille, disait-elle, une éducation achevée. De fait, l'enfant eut les meilleurs maîtres, bien que son père fût mort sans laisser la moindre fortune. Mais — détail inconnu de tous — une somme assez ronde était tombée, sinon du ciel, du moins des mains d'un généreux anonyme, dans celles de Martscha.

La veuve et l'orpheline en vécurent, assez doucement.

Vers ce temps-là, Jenny devint une jeune

fille si belle que sa mère comprit que l'avenir était de ce côté. D'ailleurs, madame Sauval commençait à prendre de l'expérience, ayant reconnu, par de nombreux déboires, que Paris n'est pas la Roumanie et qu'elle avait trop compté, au début de sa carrière, sur sa propre intelligence et sur la bêtise des autres.

Ce fut alors qu'elle rencontra Godefroid, grâce à sa bonne étoile, une étoile dont elle avait toujours su se servir comme d'une lanterne. Très isolé par le départ de Patrice, le compositeur s'ennuyait, mal habitué encore à sentir manquer autour de lui l'un des grands intérêts de sa vie. De son côté, madame Sauval se voyait plus éloignée que jamais de la position mondaine ambitionnée par elle depuis vingt ans. Les revenus de Pomeyras consistaient en légumes et en quelques sacs de maïs. Deux arpents de vigne donnaient de l'atroce piquette une année sur trois. Quant au capital espèces, le notaire venait d'en compter les derniers louis.

Madame Sauval avait entendu répéter cent fois que le gosier de Jenny recélait une voix au-dessus de l'ordinaire et, même sans entendre la jeune fille, il fallait qu'un homme fût difficile pour ne pas prendre beaucoup de plaisir à

la regarder. Pourtant ce furent d'abord les
oreilles de Godefroid qui furent charmées, si
charmées qu'à la première note il songea que
la cage du Conservatoire ne voyait pas souvent
de pareils rossignols.

Sur un signe de lui, le Conservatoire ouvrit
ses portes à celle en qui le compositeur devinait d'avance une incomparable diva pour ses
opérettes. Mais il comptait sans la destinée,
et surtout sans madame Sauval.

— Ma fille chanter aux Bouffes! Passe pour
l'Opéra, et encore!...

Elle nourrissait tout bas cette pensée et,
tandis que d'autres enseignaient la vocalise
à Jenny, elle enseignait elle-même à Godefroid
l'art d'être ambitieux. Fort étonné d'abord, et
aussi un peu récalcitrant, le jeune maître sut
bientôt gré à cette clairvoyante amie de ce
qu'elle ne trouvait pas la scène de l'Opéra
trop grande pour lui — c'est-à-dire pour la
jeune fille, — car elle comptait sur l'un pour
remorquer l'autre. Cette femme de tête fit si
bien que *Constantin* fut écrit, reçu par le
directeur et distribué aux artistes. Il va sans
dire que Jenny avait un rôle et que ce rôle,
composé pour elle, était le premier de l'ouvrage. Et voilà quel fut le motif réel, mais

ignoré, de cette « évolution de Godefroid vers
le grand art », qui fit alors tant de bruit et qui
souleva tant de prédictions favorables ou fâ-
cheuses, entre lesquelles l'avenir devait bientôt
prononcer.

V

Le salon de Jenny Sauval, ou plutôt de sa
mère, car la Roumaine avait conservé la haute
main dans leur existence commune, ressemblait
moins à celui d'une artiste qu'à celui d'une
bourgeoise de moyenne grandeur. Cependant,
lorsque Patrice et son ami firent leur entrée,
les fleurs qui encombraient la pièce de leurs
corbeilles voyantes rappelaient les souvenirs de
la veille. Les meubles n'étaient ni d'un grand
luxe ni du goût le plus délicat, mais ils témoi-
gnaient d'un extérieur de tenue convenable jusqu'à la sévérité. Les costumes des deux femmes
semblaient étudiés à plaisir pour se faire op-
position l'un à l'autre et pour dérouter l'œil

le plus subtil. Mademoiselle Sauval portait une
de ces robes de drap, sobres et ajustées comme
une amazone, que la mode anglaise commençait à introduire chez nous. Les bottines à
fortes semelles dans lesquelles son pied charmant conservait toute sa grâce montraient
qu'elle allait sortir à pied, sans doute par prin-
cipe d'hygiène. Marstcha, tout au contraire,
avec une mine épuisée, des poses languissantes,
étalait des draperies mollement attachées et
des mules d'odalisque. Jamais, à les voir, on
n'aurait imaginé que ce n'était pas celle-ci
qui avait chanté la veille cinq actes d'o-
péra.

Cette indolente personne se réveilla et dressa
l'oreille en voyant Godefroid arriver chez sa
fille accompagné d'un inconnu. Mais, dès qu'on
eût prononcé le nom d'O'Farrell, sa curiosité
devint de la méfiance. Depuis plusieurs années, l'objectif de sa manœuvre était de combler le vide laissé par cet absent, dont elle
n'avait pas été longue à connaître l'histoire.
Ce retour subit n'avait rien qui pût la
charmer.

Tandis que Godefroid causait avec sa protégée, la mère s'empara du jeune homme,
tant et si bien, qu'il n'aurait pas pu dire, en

descendant l'escalier, si la princesse Adossidès
ressemblait, ou non, à sa photographie. En
revanche, madame Sauval aurait pu faire soñ
portrait à lui, physique et moral, de la tête
aux talons, voire même sa biographie et celle
de sa famille à dater de la chute des Stuarts.
Elle avait décidé que c'était une âme chaude,
croyante, convaincue, un de ces poètes en
action qui cherchent toute leur vie à faire
rimer l'idéal avec la réalité, noñ sans qu'il leur
en cuise souvent, comme de juste. Elle décida,
du même coup, qu'il avait trop bonne mine
et pas assez d'argent pour être admis, sur un
pied d'intimité, là où s'épanouissait une fleur
digne seulement du parterre conjugal d'un
prince, et encore d'un prince orné de millions.
Car la bonne dame n'entendait pas que sa fille
chantât jusqu'à l'âge mûr, pour gagner la
monnaie des cigares de son mari.

Toutefois, elle resta convaincue que Patrice
était un homme à ménager pour l'influence
qu'il avait dû garder, qu'il reprendrait dans
tous les cas sur Antoine. Point de bonne diplomatie sans alliances.

Quand ils furent sur le trottoir de la rue
de Vienne où demeurait la cantatrice, O'Farrell
dit à son ami, qui marchait sans ouvrir la

bouche, enfoncé jusqu'aux yeux dans son par-
dessus :

— C'est le quatuor de *Faust* que nous ve-
nons de jouer. La prochaine fois, j'espère que
tu te chargeras de dame Marthe, d'autant plus
que tu m'as l'air d'un ténor peu en voix.

— La mère est une charmante femme, répondit Godefroid. Vous causiez comme de
vieux amis.

— Nous causions comme doivent causer le
voleur et le juge d'instruction. Du moins, je
le suppose, n'ayant jamais été à pareille fête.
Je m'aperçois maintenant que j'ai raconté à
cette commère toutes mes histoires, et même
un peu des tiennes. Mais tant pis pour toi !

— Je n'ai pas d'histoires, soupira Godefroid.

— Si j'étais à ta place, mon ami, j'ai quelque
idée qu'il ne me faudrait pas longtemps pour
en avoir une. On dit que, chez ces dames du
chant et de la danse, les élans de gratitude
vont vite et qu'ils vont loin.

— Encore ! Une fois pour toutes laisse aux
imbéciles qui ne me connaissent pas cette fade
plaisanterie.

— Où serait le mal ? T'es-tu fait abbé pendant que j'étais au Cambodge ?

— Non ; mais je me suis fait compositeur

d'opéra, ce qui revient au même à certains
égards. Si j'étais assez fou pour... distinguer
une de mes cantatrices, je serais perdu. J'aurais contre moi, dans la semaine, le directeur
craignant pour son autorité et pour sa caisse,
les camarades jalouses, les abonnés furieux de
cette concurrence déloyale, en un mot tout le
monde.

— C'est bien, dit O'Farrell en regardant
son ami en dessous. Tu me laisses le champ
libre, j'en profiterai. Car moi, Dieu merci! je
ne compose pas d'opéras.

Antoine haussa les épaules sans répondre
et les deux compagnons se quittèrent, l'un
pour retourner chez Godefroid, l'autre pour
mettre des cartes chez quelques gros bonnets
de l'art et du journalisme. En rentrant chez
lui, la première chose qu'aperçut le musicien
fut Patrice, voluptueusement étendu dans un
fauteuil, et fumant en face d'un bon feu.

— Tu te reposes! grommela-t-il en ôtant
son pardessus. Tu as de la chance! Il faut
que je travaille, moi. Des lettres à écrire
pour la moitié de la nuit.

— Maître, dit O'Farrell, déjà debout, ton
esclave attend tes ordres. Me veux-tu pour
secrétaire?

— Avec enthousiasme. Si tu crois que je vais me faire prier ! Assieds-toi là et réponds au menu fretin, aux gens qui se plaignent de n'avoir pas eu de place à la première représentation ou qui m'en demandent pour les suivantes. Je me charge des autres, des importants, pour qui l'autographe est de rigueur. Il faut avant tout que je brode une demi-douzaine de variations sur ce thème obligé : « Monsieur — ou Madame — *Constantin* a » réussi grâce à vous. Sans votre immense » talent, c'était une chute. »

— Pourquoi ne leur as-tu pas dit cette phrase de vive voix ?

— Je l'ai dite et redite. Mais il faut que mes épanchements soient imprimés demain dans les journaux. C'est l'usage. Allons, vite à la besogne !

Bientôt les plumes grincèrent sur le papier. Quand l'heure vint de se mettre à table, on était débarrassé du plus gros de la tâche. Godefroid demeura taciturne pendant le repas et ne fit guère honneur aux mets. Comme on servait les fruits, il quitta la table, se sentant mal à l'aise, et voulut ouvrir la fenêtre. Mais il ne put accomplir le court trajet. Ses jambes le trahirent et, sans le secours d'O'Farrell, qui

le reçut dans ses bras, il serait tombé. Il put
arriver jusqu'à un fauteuil où il perdit connaissance.

Une heure après, le médecin de l'Opéra
quittait son malade revenu à la vie, mais visiblement épuisé. Patrice l'accompagna dans
l'antichambre et, baissant la voix, l'interrogea.
Le docteur ne répondit que par cette question :

— Vous êtes l'ami de Godefroid?

— Son meilleur ami, revenu, hier seulement,
d'une longue absence.

— Monsieur O'Farrell, sans doute? Le cher
maître m'a souvent parlé de vous.

Patrice s'inclina en signe d'affirmation.

— Voulez-vous, reprit le médecin, venir chez
moi demain de bonne heure? Nous causerons.
Mais il ne faut pas que notre ami s'en doute.

Le lendemain matin les deux hommes se
retrouvèrent, comme il était convenu.

— Monsieur, commença le docteur, votre
présence m'ôte un souci pénible. Il n'y a pas,
dans tout Paris, d'homme plus isolé que Godefroid. C'est sa faute, mais chacun arrange
sa vie selon son caractère. Godefroid est sérieusement menacé, car l'accident dont vous
avez été témoin n'est pas le premier qui lui
survient. Il travaille trop depuis vingt ans, et,

comme chez lui, le cœur travaille plus que la tête, il mourra par le cœur.

— Comment ! s'écria Patrice, il est condamné?

— Nous avons, Dieu merci! des délais d'appel, et voilà précisément ce que je voulais vous dire. En l'obligeant à modérer son travail, en écartant de lui toute secousse morale, tout chagrin, en le distrayant de ceux qu'il peut avoir — je soupçonne qu'il en a — ses amis peuvent prolonger longtemps sa vie. L'affection qu'il vous porte est grande; sa confiance en vous est complète. J'ignore quels sont vos projets. Mais si vous deviez vivre à portée de lui, je me sentirais bien rassuré, sachant ce que vous valez et qui vous êtes.

— Monsieur, répondit Patrice en s'inclinant, vous n'exagérez rien en ce qui concerne mon amitié pour Godefroid. Quant à mes projets, ils sont encore très vagues. Mais n'estimez-vous pas qu'une bonne femme est un remède plus sûr qu'un bon ami?

— Une *bonne* femme, assurément. Reste à trouver la pharmacie où se vend ce rare produit. Si vous la connaissez, vous êtes plus avancé que moi. Marier Godefroid! Il n'est pas assez malade encore pour arriver à ce mé-

dicament hasardeux. Une femme pot-au-feu
l'étouffera sous la vulgarité du terre à terre.
Une coquette le fera rôtir au petit feu de la
jalousie. Une acariâtre fera crever son ané-
vrisme dans un accès de rage. Une avare
l'achèvera en l'obligeant à gagner des écus,
coûte que coûte, par un travail d'arrache-
pied. Parbleu! monsieur, laissez-moi vous le
dire. Si je connaissais une femme distinguée,
belle, vertueuse, agréable d'humeur et désintéressée, la première chose que je ferais serait
de la prendre pour moi. Aussi, j'ai bien peur
de rester vieux garçon et, puisque vous aimez
Godefroid, je vous conseille de compter sur
vous-même pour le soigner. Il y gagnera
quelques mois de vie et vous aurez quelques
regrets de moins. Mais surtout pas de secousses!

VI

En rentrant chez son ami, Patrice le trouva
debout comme à l'ordinaire. Il semblait nerveux, préoccupé, et, d'un pas vacillant, il
arpentait son cabinet de travail.

— Pourquoi t'être levé si tôt? demanda le
jeune homme. Rien ne t'empêche de te reposer maintenant.

— Me reposer? Le jour d'une seconde représentation? Je voudrais bien t'y voir! C'est aujourd'hui qu'a lieu la vraie bataille et, ce soir,
le terrain n'est plus libre. Hier, chacun pouvait
encore applaudir à volonté ma pauvre musique,
selon son bon plaisir. Mais la critique a fait
son œuvre, elle a mis des écriteaux, planté

des barrières, tracé d'avance l'espace laissé libre à l'approbation, qui est, je te prie de le croire, mesuré parcimonieusement. Le public obéira, car il est dressé. Tu le verras se renfrogner ou s'épanouir aux endroits désignés, automatiquement. Quelle torture pour un artiste!

— Les artistes, répondit O'Farrell, sont des êtres supérieurs en apparence, mais, en réalité, merveilleusement incomplets. Ils sont désarmés contre les luttes et les réactions de la vie. Tu devrais être, en ce moment, le plus heureux des hommes, et je ne serais pas étonné d'apprendre que tu penses au suicide.

— N'y as-tu donc jamais pensé? demanda Godefroid sans répondre à la question faite à lui-même.

— Jamais. Le suicide est bourgeois, quoi que tu en dises. La vie est une bataille, et moi j'aime la bataille. J'ai lutté contre les hommes, contre les bêtes, contre le soleil, contre la mauvaise chance, contre tout...

— As-tu lutté contre toi-même?

— Non. Le sieur Patrice et moi nous nous entendons sur toute chose comme les deux doigts de la main.

— Alors, ne te presse pas de dire que tu

aimes la bataille. Tu ne connais pas la pire de toutes.

— Allons ! conclut O'Farrell qui voulut changer de conversation; je vois un monceau de lettres sur la table. Je reprends mon ,service. Travaillons.

Ils continuèrent à dépouiller la correspondance, interrompus fréquemment par des visites nombreuses : le docteur, un impresario étranger, un journaliste en retard pour son *interview*, un attaché de cabinet venant solliciter une loge pour l'amie de son ministre. Au milieu de ces distractions salutaires, la matinée se passa. Comme les deux compagnons s'allaient mettre à table, un billet fut apporté dont la seule écriture amena tant de pâleur sur les joues de Godefroid, qu'on aurait pu craindre qu'il ne s'évanouît de nouveau.

— Jenny Sauval! s'écria-t-il en déchirant l'enveloppe.

— Voilà-t-il pas, observa Patrice, de quoi te troubler à ce point?

— C'est que... c'est que j'ai peur de tout en ce moment. Si elle m'écrivait qu'elle est enrouée !

Dieu merci, les craintes du compositeur étaient vaines.

« On dit que vous êtes souffrant, » écrivait
la jeune femme. « Que ne puis-je aller vous
» soigner! J'espère que cette indisposition n'est
» rien. Vite des nouvelles. Je les attends à
» votre porte, dans ma voiture. »

Godefroid se leva d'un bond.

— Je cours moi-même, dit-il.

Mais il s'arrêta court en jetant les yeux sur
son costume de chambre.

— Un peu négligé pour paraître aux yeux
d'une si belle dame, fit Patrice en riant. D'ailleurs, il fait trop froid. Je te défends de sortir.
J'irai à ta place; mes fonctions de secrétaire
me désignent pour cet office.

Godefroid se préparait à faire une objection,
mais déjà son ami descendait l'escalier, tête
nue, comme un écolier qu'on demande au
parloir. Devant la porte, un équipage attendait, un de ces coupés sans luxe extérieur,
attelés d'infatigables chevaux, que certains
loueurs mettent à la disposition des gens qui
veulent aller vite, sans payer les bottes à
revers du cocher et l'argenture des harnais.

Une glace se baissa, laissant voir dans le
cadre resserré un adorable portrait, sobre
comme le travail d'un grand peintre, mais
achevé et saisissant comme lui. Pour la pre-

mière fois, O'Farrell put examiner de près, à loisir, la beauté de la cantatrice.

Elle avait — elle a encore, Dieu merci! — la tête petite, l'oreille parfaite, le front très bas, ou tout au moins diminué par la coiffure, selon le goût plus général qu'indiscutable des femmes d'aujourd'hui. Les cheveux, d'un blond chaud, emmêlés sur le devant en bouclettes frisées, donnent au visage une expression fugitive de mutinerie, bientôt corrigée par les yeux noirs, habituellement muets, tristes plutôt qu'indifférents, dont le repos superbe irrite comme un défi. Tels ces grands orateurs, silencieux d'ordinaire, qui réservent leur éloquence pour les causes dignes des flammes de leur génie. Quand il plaît à ces redoutables yeux de parler, une lumière les transfigure, leur donnant cet humide éclat du soleil de mai, qui fond, pénètre, amollit tout, même la puissante écorce des chênes.

Le nez, du modèle le plus exquis, peut paraître froid dans sa perfection. Rarement ses ailes, purement ciselées, daignent sortir de leur immobilité de marbre. Cette physionomie annonce la plus haute intelligence unie à la plus indomptable volonté; mais il s'en faut qu'elle manque d'animation. A elle seule, la

bouche lui donnerait la vie, bouche toujours
en éveil, tantôt maligne, tantôt désillusionnée,
quelquefois cruelle, plus facilement sérieuse
que coquette. L'ombre la plus légère de con-
trariété ou d'ennui prête à l'ensemble un trait
dédaigneux, auquel tend déja, dans l'ordinaire,
le dessin accusé, tant soit peu dur, des sourcils.

Rien n'est plus étrange que le sourire de
cette bouche aux lèvres discrètement accusées,
presque insexuelles. Ce n'est, le plus souvent,
qu'un léger relèvement à droite de la commis-
sure des lèvres, creusant une fossette dans la
joue teintée de rose pâle, arrondie, savoureuse
comme celle d'un enfant. Aussi, peut-on dire,
en général, qu'une seule moitié de ce beau
visage prend la peine de sourire. Heureux qui
peut voir cette splendeur de perles dans son
épanouissement complet, quand une lueur de
gaieté, rarement prolongée, souvent fugitive
comme un éclair, fait sortir la jeune femme
de sa demi-impassibilité de déesse !

Un maître sculpteur n'aurait à redire, dans
cet ensemble, qu'au menton travaillé avec un
peu de parcimonie, mais délicieux avec son
double étage à peine indiqué, se raccordant
aux joues par une cassure mignonne, qui huma-
nise l'impeccable régularité du chef-d'œuvre.

Cette jolie tête, *sérieusement* coiffée d'un chapeau de velours noir gros comme le poing,
piqué d'une rose rouge, sortait, ce matin-là,
plus petite encore, du lourd soubassement
d'une épaisse fourrure brune, où le reste du
corps disparaissait.

Patrice, en arrivant au coupé, fut gratifié
du demi-sourire à l'usage des simples mortels.
C'était tout ce qu'il avait le droit d'attendre,
et la moitié qu'on lui donnait lui parut avoir
tant de prix, qu'il n'eut pas l'idée de regretter
l'autre. Mais il apportait sur son propre visage
tant de jeunesse et de bonne humeur, il était
si heureux d'avoir à communiquer de meilleures nouvelles de son ami, si agréablement
surpris, à dire le vrai, de ne pas trouver
madame Sauval à côté de sa fille, que la
jeune femme ne put s'empêcher de sourire
tout à fait.

Ce fut un éblouissement. Patrice oublia tout :
le vent froid qui caressait sa tête nue, les
passants qui ralentissaient le pas pour avoir
leur part de la fête, le malade qui l'envoyait.
Il n'avait plus qu'une pensée : boire, sans en
rien perdre, ce regard lumineux, ce sourire
empourpré, ces parfums discrets de femme
élégante. Il avait une de ces physionomies

parlantes qui disent tout, qu'il est impossible
de ne pas croire. Si Jenny Sauval était arrivée
à son âge sans savoir qu'elle était belle, son
ignorance aurait disparu devant le regard d'in-
tense admiration de ces yeux bleu clair, des
yeux d'Irlandais avec la flamme française.
On y lisait le respect du gentilhomme pour la
femme, pour l'universelle reine; mais des
éclairs en sortaient. Ainsi brille, en s'abaissant
devant le trône, l'acier d'un glaive qui salue.

Jenny reçut l'hommage sans colère, mais,
par un instinct naturel, son visage recula dans
le fond du coupé. Comme il fallait bien dire
quelque chose :

— Godefroid va mieux, n'est-ce pas? Vous
auriez l'air moins heureux, si les nouvelles
n'étaient pas bonnes.

— Il va mieux, beaucoup mieux. Son costume négligé l'a seul empêché de paraître
devant vous. Je viens, comme ambassadeur,
mettre ses remerciements aux pieds de la plus
belle des princesses.

— Oh! non, fit la jeune femme en souriant
tout à fait pour la seconde fois. (Heureux
homme que ce Patrice!) Le matin, je ne suis
que la plus dévouée des amies. C'est bien assez
de mettre une couronne le soir.

— Il est une couronne qui reste à toutes les heures sur votre tête, répondit le jeune homme en continuant d'envelopper Jenny de son regard ardent.

— Vous m'excuserez, dit la cantatriçe après un court silence. Mais l'air est glacial et mon pauvre larynx ne m'appartient pas. Dites à notre ami que je rentre chez moi tout heureuse des nouvelles que j'emporte. Je ferai de mon mieux pour achever de guérir le maître ce soir, par une bonne pluie de bravos.

Une dernière lueur toute rose éclaira l'intérieur du coupé; une main très fine remonta la glace dans ses rainures. Un joli signe de tête, un coup léger frappé au vasistas et la voiture s'éloigna, laissant Patrice planté sur le trottoir, la cervelle embrouillée. Un passant, qui le dévisageait d'un air moqueur, le fit sortir de sa rêverie. Il remonta lentement l'escalier sans s'apercevoir qu'il se frottait les yeux comme un dormeur éveillé subitement.

— Eh bien?... demanda le compositeur en voyant reparaître son envoyé.

— Eh bien, elle est ravie de savoir que ton indisposition n'est pas sérieuse.

— Que t'a-t-elle encore dit?

— Qu'elle chantera comme un ange ce soir.

— Sa mère était avec elle ?

— Non, Dieu merci !

— Pourquoi : Dieu merci !

— Parce que je ne peux pas la supporter.

— Que t'a-t-elle fait ?

— Il ne manquerait plus que cela, qu'elle m'eût fait quelque chose ! N'as-tu jamais détesté des gens qui ne t'ont rien fait ?

Godefroid, sans répondre, haussa les épaules, sachant de quoi Patrice était capable en fait d'antipathies et d'enthousiasmes subits. Puis il se dirigea vers la salle à manger, en disant d'un air satisfait, comme s'il se fût parlé à lui-même :

— Tu n'es pas resté longtemps.

Il ne se doutait pas, personne ne se doutait encore à cette heure, que Patrice était resté *assez longtemps.*

VII

La seconde représentation de *Constantin* fut
encore un succès incontestable, toutefois avec
la nuance de réserve prédite par Godefroid. Le
public entrait déjà dans cette voie d'abdica-
tion et de renoncement à ses goûts, dans
laquelle nos puissants critiques le font marcher à grands pas et dont ils dissimulent les
humiliations sous le nom protecteur et pédant
d' « éducation musicale ».

On applaudissait encore, mais en ayant
l'œil sur son voisin. Les plus avancés dans
leur « éducation » s'essayaient à faire de
l'analyse. Or, l'enthousiasme et l'analyse ne
passeront jamais par la même porte, non plus

4.

que l'amour, qui est l'enthousiasme du Beau
féminin. Et, cependant, les femmes d'aujour-
d'hui permettent, que dis-je ! elles souhaitent
passionnément qu'on les analyse. Dieu veuille
qu'avec le nouveau système, il n'arrive pas
pour elles ce qui arrive pour les opéras des
maîtres nouveaux — qui atteignent rarement
la *centième* !

— Enfin ! dit O'Farrell à son compagnon,
quand ils partirent pour le théâtre ; je vais
connaître les coulisses !

— Mais, répondit assez froidement le compositeur, tu seras beaucoup mieux dans la salle
pour entendre et pour voir. Je t'ai procuré un
bon fauteuil.

Le fauteuil resta vide. Fort de ses préroga-
tives d'ami intime, le jeune homme s'attacha
aux pas de Godefroid et ne le quitta point
qu'ils ne fussent arrivés sur la scène. Là,
Patrice, réfugié dans le coin le plus solitaire,
attendit que Jenny Sauval parût en scène.
Tout le reste manquait d'intérêt pour lui.

D'abord très déconcerté de ne voir que le
dos de la cantatrice et d'entendre assez mal sa
voix, il se consola en pensant qu'il pourrait
s'approcher d'elle à la fin de l'acte. En attendant, il savourait ses moindres mouvements,

sa voix qu'il croyait entendre pour la première fois, et les applaudissements qui arrivaient à lui comme le fracas très lointain d'un écroulement de décombres.

Le rideau baissé, la cantatrice resta deux ou trois minutes sur la scène pour échanger quelques paroles avec Godefroid, mais, tandis qu'elle causait avec lui, elle cherchait une autre personne du regard. Elle aperçut bientôt Patrice embusqué sur le chemin qu'elle devait prendre pour gagner sa loge.

Comme elle passait devant lui :

— Eh bien, demanda-t-elle en lui tendant sa main un peu fiévreuse encore de l'émotion de la rampe, êtes-vous content de votre soirée?

Il pouvait la voir alors dans tout l'éclat de sa beauté et de son costume superbe, et Dieu sait qu'il ne se faisait pas faute de la regarder. Il lui semblait avoir sous les yeux non plus Jenny Sauval mais une copie d'elle, moins jeune, aux traits plus durs, à qui le fard faisait un visage ardent comme celui d'une femme en colère, et qu'écrasait une profusion de faux bijoux. Incapable de déguiser sa pensée, O'Farrell répondit à la jeune femme :

— Si je n'étais pas content, après la grâce

que vous daignez me faire en ce moment, je
pourrais passer pour difficile. Et, cependant,
je ne changerais pas ma soirée pour ma matinée.

Elle le regarda, posant devant lui l'énigme
éternelle de son demi-sourire.

— Allons ! soupira-t-elle. Je vois que la
pauvre Adossidès n'a point trouvé grâce à vos
yeux.

— Mes yeux se souviennent trop de Jenny
Sauval, répondit le jeune homme, pour ne pas
la regretter, même quand ils admirent la princesse. Je suis bien mauvais courtisan, n'est-ce
pas ?

— Au contraire, fit-elle, redevenue très
sérieuse. Vous ne pouviez trouver une plus
douce flatterie. Car c'est la pauvre Jenny que
je préfère, moi aussi.

Elle s'échappa sur un signe de sa mère qui
l'attendait, une sortie de bal à la main.
Patrice la regardait s'éloigner, charmé de la
grâce exquise qu'elle venait de déployer en se
courbant pour saisir la longue traîne de sa
robe. Il eut envie de regagner la maison quand
la cantatrice eut disparu, car il lui semblait
que sa soirée venait de finir; en quoi il se
trompait fort, ainsi qu'on le verra.

Il resta, voulant donner encore à ses yeux le régal de cette beauté incomparable. Il revit la Sauval, mais entourée, assiégée d'admirateurs, sans pouvoir lui parler de nouveau. Pour la seconde fois, le rideau se baissa.

Tout à coup, le joli monde piaffant et court vêtu des danseuses remplit la scène, car on allait jouer l'acte du ballet. Au milieu de ce fourmillement de jambes roses et de jupes de mousseline, O'Farrell se sentait un peu gêné de l'embarras d'un novice, quand une main se posa sur son épaule.

— Tu ne vas pas faire de bêtises? lui dit Godefroid, reprenant paternellement son rôle de tuteur.

Une de ces demoiselles entendit le mot. En moins de cinq minutes, le bruit se répandit que ce jeune homme à la stature élevée, à la mine fière, très beau sous le hâle d'Orient qui accentuait l'énergie de ses traits mâles, était quelque neveu de l'auteur de *Constantin*. Dès lors, ce fut à qui lui ferait « faire des bêtises »; mais il avait l'esprit ailleurs. Naturellement, on se piqua au jeu Trop peu modestes pour admettre qu'il pût être distrait en présence de leurs charmes, toutes ces folles déclarèrent que le nouveau

venu était timide. Aussitôt les œillades et les
plaisanteries de pleuvoir sur lui.

Que pouvait-il faire, sinon de montrer qu'il
n'était pas si poltron? Il y parvenait assez
bien, pour être juste, quand Jenny Sauval,
redescendue sur la scène, aperçut cet autre
Télémaque folâtrant parmi la troupe des nym-
phes. A cette vue, elle s'arrêta brusquement,
au point que sa mère lui demanda, étonnée :

— Qu'est-ce que tu as, ma fille?

— Rien ; ma traîne s'est accrochée.

Mais déjà Patrice, à l'approche de son idole,
avait oublié tout le reste et n'avait plus d'yeux
que pour la rayonnante Adossidès, dont la
traîne ne s'accrocha plus. A la fin de l'acte,
Godefroid appela son ami d'un signe :

— Fais-moi le plaisir, dit-il, de rentrer
dans la salle et d'écouter ce qu'on dit de la
pièce.

Cinq minutes après, O'Farrell se mêlait à la
foule des habits noirs répandue dans le pour-
tour de l'orchestre. Depuis six ans qu'il avait
quitté Paris, une barbe blonde, longue et
soyeuse, avait eu le temps d'envahir son visage
et de le changer, de telle sorte qu'il n'était
pas aisé de le reconnaître. Apercevant un ancien ami de collège, il lui tendit la main :

— Tu m'as oublié?

— Un peu, j'en ai peur, dit l'autre. Mais si tu voulais seulement me dire ton nom...

— Patrice O'Farrell.

— Quoi ! avec cette apparence de *globe-trotter* ! Ah ! c'est vrai. Tu reviens d'Australie, je crois?

— Non, mais du Cambodge.

— C'est la même chose.

— Oh ! tout à fait, pour la géographie d'un Parisien. Et toi, que deviens-tu?

— Journaliste, mon cher.

Patrice fit un grand salut.

— Je ne pouvais pas mieux tomber, alors. Que pense-t-on de *Constantin*?

— Ah! oui. Je sais que Godefroid t'intéresse. Vous êtes toujours collés ensemble?

— Jolie expression ! Mais, réponds-moi : qu'est-ce qu'on dit dans la salle?

— Cela dépend. Les vieux se pâment et déclarent que les beaux jours de *la Muette* sont revenus. La nouvelle école fait des réserves. Si tu veux mon avis, je te dirai que ton ami a bien mal fait d'abandonner l'opérette. Il est vrai qu'il a gagné une jolie maîtresse à cette évolution.

— Comment?

— Mais oui. Tu no sais pas l'histoire? Depuis quand es-tu donc à Paris?

— Depuis avant-hier, et je n'ai vu personne.

— Enfin, tu as vu la Sauval, je pense? Eh
bien, mon bon, depuis des années, Godefroid
l'élève à la brochette. Pas seulement pour sa
belle voix, tu le devines. Mais Sauval, qui
comprend son affaire, n'a rien voulu entendre.
« Faites-moi débuter à l'Opéra, et nous verrons. » Elle n'a pas donné plus que le bout
de son doigt, tant que l'engagement n'a pas
été signé.

— Et maintenant?

— Maintenant on est en train de filer le
parfait amour. Mais ce vieux renard de Godefroid cache son bonheur. Il ne t'a rien dit,
même à toi?

— Non, répondit O'Farrell avec un ébahis-
sement douloureux. Mais c'est peut-être une
histoire?

— C'est de l'*histoire*, mon ami. Tiens, je
vais te convaincre.

Le bon apôtre appela un confrère qui passait.

— Munier, un mot. Avec qui est la Sauval
en ce moment?

— La Sauval? répondit le reporter. Mais

avec son auteur, c'est connu. Toutefois, le prince Kéméneff la serre de près, et je crois que le musicien doit se hâter de jouir de son reste. C'est la nouvelle de ce soir.

— Eh bien ! demanda le journaliste à Patrice, quand ils furent seuls, me crois-tu, maintenant ? Veux-tu d'autres témoignages ? D'ailleurs, tu m'avoueras que ton ami serait bien bête d'avoir manqué une pareille occasion de rentrer dans ses frais. Car on dit qu'il a payé l'apprentissage... musical.

— Il serait bien bête, en effet. Tout de même je l'aurais cru moins... pratique. Allons ! il se sera formé en mon absence.

O'Farrell, un peu moins calme qu'il n'affectait de le paraître, ne poussa pas les investigations plus loin et revint incontinent dans les coulisses.

— Eh bien, qu'est-ce qu'on dit ? interrogea le compositeur.

— Qu'est-ce qu'on dit ? Mais il n'y a qu'une voix sur ton compte. On te félicite...

— Euh ! je trouve la salle un peu froide.

— Attends : tu ne m'as pas laissé finir ma phrase. On te félicite, on t'envie d'avoir pour maîtresse une des plus jolies femmes de Paris. Pourquoi, diable ! en avoir fait mystère avec

5

moi ? Seulement, à l'avenir, tu ne me prendras plus pour chambellan, n'est-ce pas ?

Il s'éloigna, laissant son ami frappé au cœur par ces mots cruels. Jenny Sauval entrait en scène, mais il n'avait plus envie de la voir ni de l'entendre. Elle lui faisait horreur. Tout lui répugnait dans cette boutique immense où chaque chose se paye : les places, les applaudissements, l'art, le génie, le talent, la beauté surtout.

— Allons ! se dit-il, en suivant le long corridor très bas de plafond qui mène à la sortie des artistes. Amuse-toi aussi, imbécile !

Dans la petite cour, un groupe de coryphées lorgnait d'un œil d'envie les camarades *arrivées* s'installant, avec des airs de duchesses, sur les coussins soyeux de leurs coupés.

— Tiens ! le petit cousin, s'écria une jolie fille encore dépourvue d'équipage. Tout seul ! si tard ! gare aux bêtises !

Et toute la bande joyeuse de rire.

— Gamines ! risposta Patrice, dont la timidité, cette fois, avait bien disparu. Voyons : qui vient souper ? Ah ! ah ! c'est vous qui avez peur maintenant ?

On aurait eu peur à moins. Le gentilhomme, en faisant son invitation cavalière,

avait le poing sur la hanche, et sa mine con-
quérante était plutôt d'un mousquetaire que
d'un petit cousin. Ses yeux brillaient comme
peuvent le faire ceux d'un Robinson de vingt-
huit ans quittant son île, fort ému de la joie
de retrouver des visages pâles.

Mais les danseuses, comme les Francs nos
pères, ne craignent rien, sinon la chute... du
ciel. Sur quatre qui se trouvaient là, quatre
acceptèrent le souper, quitte à donner plus
tard des explications à qui de droit. Patrice
n'avait point eu la main malheureuse. Une de
ses invitées était jolie ; deux n'étaient point
sottes. Il prit le bras de la jolie ; le reste suivit
en masse ; il n'y avait que deux ou trois cents
pas à faire pour gagner le café de la Paix.

Quelques minutes plus tard, ces demoiselles
commençaient à souper comme on soupe à
dix-sept ans... quand on a mal dîné. Patrice,
pour sa part, se contentait de boire, ayant sur
l'estomac quelque chose de plus lourd qu'un
dîner à trois services. Bien des verres furent
vidés par lui avant qu'il pût éloigner de son
souvenir l'obsédante vision de deux yeux noirs
brillant d'un feu si doux et si chaste — ô per-
fidie ! — sous une forêt de cheveux blonds, à
l'ombre d'une capote de velours ornée d'une

rose. Il lui semblait voir ces yeux devenir singulièrement tristes à mesure qu'il buvait, mais plus doux encore. Ah ! s'il avait pu espérer que cette calme pureté ne mentait pas ! Comme il aurait quitté sa place en laissant quelques louis sur la table, pour aller rafraîchir sa tête déjà brûlante à l'air de la nuit !

Stupide folie ! Pour ignorer qu'*elle* s'était donnée à Godefroid, il fallait arriver du Cambodge ! Il continua de vider son verre, tandis que les rires joyeux s'animaient autour de lui. Bientôt une brume flottante monta entre les yeux noirs et les siens. Puis, comme les derniers éclats du phare protecteur dont on s'éloigne pour gagner la haute mer houleuse et sombre, la douce et charmante lueur disparut. Jenny Sauval, enfin ! était oubliée.

VIII

Le lendemain matin, un homme pâli,
vieilli, fatigué, courbé en deux dans son fauteuil, parcourait les journaux et les laissait
tomber sur le tapis l'un après l'autre, avec un
sourire nerveux de dédain. Godefroid n'avait
pas fermé l'œil de la nuit. A cette heure, il
attendait toujours le retour de l'enfant pro-
digue, dont les derniers mots retentissaient
encore dans son oreille. Il s'étonnait de
l'amertume de certains moments de la vie.
Tout lui manquait; tout le faisait souffrir.
L'ami ingrat se tournait contre lui et, pour
parler le langage du métier, la presse était
mauvaise.

Il sentait sur lui ce premier attouchement du doigt glacé de la vieillesse qui se nomme le doute de soi-même. Il remontait le cours déjà long de sa vie, vallée si riante quand on en suit la pente au soleil levant, si mélancolique quand l'ombre à tourné dans le paysage !

— Où vais-je? pensait-il. Quel sort m'attend? Qu'y a-t-il devant moi, au détour du chemin? Que reste-t-il de ce que j'ai voulu faire de bon et de beau dans ma vie? L'art m'échappe et mon dernier effort sera ce *Constantin* qu'ils n'ont pas compris. L'amitié m'outrage et me délaisse. Jenny Sauval... Hélas! En voulant tout lui donner, je l'ai seulement compromise. En voulant en faire ma fille, j'en ai fait le trouble, la torture de mon existence!

La porte s'ouvrit. O'Farrell parut, calmé, rafraîchi, purifié de son mieux par le bain prolongé qu'il venait de prendre. Il s'assit en face de Godefroid sans lui tendre la main.

— Deux mots seulement, fit-il. Hier soir, je t'ai parlé comme un rustre. Tes secrets t'appartiennent; rien ne t'oblige à me les dire. Je vois dans tes yeux que je t'ai blessé plus profondément encore que je ne croyais. Pardonne-moi, et quittons-nous bons amis comme avant.

— Nous quitter ! gémit Godefroid en tres-
saillant.

— Il le faut bien. Crois-tu que je peux con-
sentir à vivre à tes dépens ? Même sans mon
algarade encore plus sotte que coupable, je te
jure que j'aurais cessé demain d'être ton hôte.
Mais ton ami, je le serai toujours ; je t'en fais
le serment sur cette image de ma mère !

Godefroid releva sa belle tête d'artiste et,
fixant O'Farrell dans les yeux :

— Alors, tu crois aux serments ? demanda-
t-il.

— Oui, parce que je crois à Dieu et à l'honneur. Mais, s'il est un serment que je respecte
au monde, c'est celui que je viens de faire.
Il est saint et sacré pour nous deux, mon
vieux Godefroid, car, tant que nous vivrons,
le souvenir d'une sainte planera sur nous :
pour m'exhorter, moi qui l'aimais tant, pour
te bénir, toi qui l'as si bien remplacée.

Le maître se leva. Il ôta la légère toque
de velours noir qui couvrait le sommet de sa
tête et, la main tendue vers le cadre d'or :

— Écoute-moi donc, prononça-t-il. Sur ta
mère, je jure que Jenny Sauval n'a reçu de
moi qu'un seul baiser, celui que j'ai mis sur
son front devant deux cents personnes, le

soir où elle a été si belle dans mon pauvre
Constantin...

Godefroid s'arrêta, étrangement troublé, et
Patrice attribua cette émotion à l'orgueil de
l'artiste également fier de son élève et de son
œuvre. Lui-même, à dire le vrai, semblait
vraiment agité par ce qu'il venait d'entendre.

— Tu me crois? insista le compositeur.

— Certes! répondit le jeune homme avec
un gros soupir. Quel dommage que tu ne
m'aies pas dit cela plus tôt!

Godefroid le regardait d'un air étonné et
soupçonneux.

— Mon Dieu! expliqua Patrice, ne va pas
te figurer que je... que la conduite de mademoiselle Sauval m'intéresse particulièrement.
Mais... mais j'ai le remords d'avoir outragé
une femme que tu respectes.

Il avait, surtout, le remords d'avoir soupé.
Toutefois, il garda son secret pour lui seul
et, chose qui n'était jamais arrivée, son père
adoptif ne sut pas tout ce qu'il pensait.

— Aussi, pourquoi diable s'est-elle faite
chanteuse? grommela-t-il en frappant du pied.

— *C'est moi* qui l'ai faite chanteuse, répondit
Godefroid d'un air accablé. Ah! mon ami, tu
ne comprends pas ce que je souffre, moi qui

ai trompé cette noble jeune fille en me trom-
pant moi-même! Oui, je l'ai trompée; j'ai
trompé sa mère.

— Oh! sa mère!... fit Patrice en levant
les épaules.

— J'ai montré à cette enfant l'art, le succès,
la gloire couronnant son front resté pur. Je
rêvais d'en faire une chanteuse, comme tu dis,
mais une chanteuse illustre dans le présent,
mémorable dans l'avenir, et placée si haut
dans l'estime de tous qu'aucun soupçon ne pût
l'effleurer. Ah! je n'ai pas eu de chance
avec mes rêves, depuis trois jours!

— Bon! tu te laisses déconcerter par quelques propos d'envieux et d'imbéciles!

— Cependant, si tu savais quelles précautions j'ai prises! Je ne vais pas chez ces
dames trois fois par an. Quand la mère vient
chez moi, elle y vient seule.

— Je te souhaite du plaisir, moi qui connais les charmes de sa conversation.

— Et dire que ce lâche public nous salit
tous les trois, la mère, la fille et moi! Pauvres
femmes! Pourvu qu'elles ignorent toujours
cette boue qu'on leur jette et dont nul bras
ne peut les garantir sans les souiller davantage!

5.

Il parlait avec tant de chaleur qu'O'Farrell fut pris d'un soupçon.

— Pourquoi ne l'épouses-tu pas?... demanda-t-il à brûle-pourpoint. — Ce serait le meilleur moyen de faire quinauts tous ces imbéciles.

Le compositeur, comme saisi d'un frisson, se ramassa dans son fauteuil.

— Tu trouves que j'ai la mine d'un jeune marié? dit-il en feignant de rire. Moi, épouser une jeune fille de cet avenir, de cette beauté, et dont je pourrais être le père! Tu ne l'as donc jamais regardée?

— Alors prends une femme plus mûre et moins belle. Mais marie-toi. Plus je t'observe, plus je vois que tu as vécu seul trop longtemps. La solitude est un fardeau qui t'écraserait bientôt : tu plies déjà.

— Oui, ma tâche est lourde, mais une femme ne me soulagerait guère. Ce qu'il me faut, c'est un soutien moins encombrant, sans nerfs, sans migraines, sans froufrou de jupons : une sorte de confident de tragédie, partageant mes secrets qui ne sont pas nombreux, répondant à mes lettres qui le sont davantage, recopiant à l'occasion mes doubles croches, surtout remontant l'horloge quand

les poids sont à bas. Dis donc, toi qui veux
une place, que dis-tu de celle-là?

Une teinte pourpre s'étendit sur le visage
d'O'Farrell.

— Tu oublies d'indiquer le chiffre des émo-
luments, fit-il en riant d'un rire forcé.

— J'oublie que je parle au descendant du
compagnon des Stuarts; voilà ce que j'oublie.
Décidément nous ne pouvons plus ouvrir la
bouche sans nous faire de la peine l'un à
l'autre. Mon Dieu! Qu'y a-t-il donc entre
nous depuis ton retour?

Il y avait entre eux ce qui sépare les amis
les plus étroitement liés : une femme.

— Voilà ce que c'est que d'avoir bu trop
de champagne cette nuit! dit Patrice entre
ses dents, par manière d'excuse.

— Non, insista l'autre, c'est moi qui ai
tort. A mon tour de te dire : pardonne-moi
et quittons-nous. Je t'empêcherais d'aller ton
chemin en ce monde. Pars, laisse-moi crever
comme un chien, comme une bête que je
suis. Mais, d'abord, nous allons faire nos
comptes, car j'ai ma fierté, moi aussi, et je
redois encore de l'argent, beaucoup d'argent,
à l'héritier de la comtesse O'Farrell, ma bienfaitrice.

Godefroid s'arrêta, n'en pouvant plus. Sa
poitrine haletait; une quinté de toux le prit;
des gouttes de sueur mouillèrent son front.
Il semblait malheureux et découragé autant
qu'un homme peut l'être. Patrice, effrayé, se
souvint des paroles que le médecin avait prononcées la veille. Il dit à son ami, en lui
tendant la main avec la cordialité impétueuse
qui était dans sa nature :

— Touche là, et que le diable m'emporte
si tu peux me faire sortir de chez toi, désormais, autrement que par exploit d'huissier.
Oublions cette vilaine matinée. Allons, mon
vieux Godefroid ! par où ton secrétaire doit-il
commencer sa besogne ?

— Par ceci, répondit le compositeur en
ouvrant ses bras à O'Farrell.

Toutefois, quand vint l'heure de la troisième représentation de *Constantin,* Patrice
demanda congé, prétextant qu'il était trop las
pour s'habiller et pour passer quatre heures
dans un théâtre. Il craignait d'abord, par ce
peu d'empressement, de froisser son ami dans
son amour-propre d'auteur, mais il n'en fut
rien.

— Tu as raison; repose-toi, dit Antoine.
Demain, je te donnerai des nouvelles de là

soirée. Je voudrais être à ta place et pouvoir
me coucher de bonne heure, moi aussi.

Quelqu'un, ce soir-là, chercha vainement
Patrice O'Farrell dans les couloirs, parmi le
dédale des abords de la scène et aussi dans
l'immense grotte lumineuse de la salle, ta-
pissée de visages humains du sol jusqu'à la
voûte. Quelqu'un le chercha, surtout, au
milieu des groupes jaseurs des ballerines et
dans le lointain crûment éclairé du foyer de
la danse. Car Jenny Sauval avait appris par
sa mère les hauts faits de Patrice, et cette
histoire, bien qu'ordinaire en pareil lieu, avait
causé à la jeune femme une surprise mêlée
d'une étrange amertume.

La Roumaine essaya, pendant la soirée,
d'exciter l'indignation de Godefroid contre son
ami.

— Joli début pour son arrivée! dit-elle.
Vous qui m'en parliez comme d'un petit saint!

— Je ne vous en parlais pas comme d'un
grand saint, répondit le compositeur en riant.
Quand on a vingt-huit ans et qu'on revient
du Cambodge...

— Et c'est un fou de cette espèce que vous
présentez à ma fille et à moi! Belle connaissance pour deux femmes dans notre position!

— Mon Dieu ! madame, ce n'est pas moi qui vous blâmerai d'être sévère. Mais enfin, si vous deviez n'adresser la parole qu'à des anges munis de leurs ailes !... D'ailleurs, il fallait bien que vous fissiez connaissance avec le futur compagnon de ma vie.

— Comment ! s'écria-t-elle, vous allez vivre ensemble ?

Godefroid, avec le penchant à la confidence commun chez les hommes faibles, avait pris l'habitude d'initier madame Sauval aux moindres incidents de son existence. Il s'empressa de faire le récit expurgé de son entretien avec Patrice et de l'accord qui l'avait suivi.

L'adroite femme, après avoir écouté le récit avec une attention particulière, tendit les deux mains à Godefroid, en l'enveloppant d'un regard savamment attendri :

— Ah ! vous êtes un grand cœur, soupira-t-elle.

IX

Vers ce temps-là, Godefroid reçut un billet de la baronne de Pragnères.

Les trois dons qu'une femme désire en ce monde : la fortune, l'esprit et la beauté, sont fort inégalement répartis sur celle-là, car elle est riche à profusion, spirituelle dans une certaine mesure et parfaitement laide. Au fond, c'est une excellente personne, pavée de bonnes intentions, qu'elle lâche de temps à autre sur les gens, à la façon dont l'ours de la fable jetait son grès. Disposant de nombreux loisirs, car elle n'a pas d'enfants, pas d'admirateurs et fort peu de mari, elle fut l'une des premières à inventer cette omniscience de la

femme du monde, qui fait tant de ravages
de nos jours! Elle expose au Salon, tantôt le
buste en terre cuite de sa femme de chambre,
tantôt le portrait de son chien. Parfois, elle
fait jouer chez elle, par les acteurs des Français, un proverbe de sa composition. Un autre
jour, entre une romance de Gounod et un
concerto de Saint-Saëns, elle glisse une séré-
nade perfidement anonyme. Elle écrit dans
les journaux sur des sujets mondains et, dans
les revues, sur des questions d'archéologie.
Enfin, on annonce son premier roman pour
une date prochaine.

On devine, à moins d'arriver de Pontoise,
que la baronne possède un cuisinier fameux
et qu'elle ne dîne pas souvent seule. Tout ce
qui porte un nom dans l'art, c'est-à-dire tout
ce qui peut faire partie d'un jury, défile dans
sa salle à manger, en compagnie de ces jurés
perpétuels qu'on nomme journalistes. Bien
entendu, elle conserve la moitié des couverts
de sa table pour son public, c'est-à-dire pour
les gens du monde.

— Quel dommage, disent les artistes, qu'elle
prenne au sérieux sa peinture, sa musique et
sa prose! Elle est grande dame jusqu'au bout
des ongles.

— Pauvre baronne, soupirent les mondains. Chez elle on se croirait dans une brasserie de Montmartre. Mais elle a le droit d'être originale; c'est une artiste. Et puis, on voit dans son salon des figures amusantes.

Voici ce qu'elle écrivait à Godefroid :

« Cher maître, vous avez toujours refusé
» mes invitations. Ne refusez pas celle-ci, car
» je ménage une surprise à mes invités et à
» vous. N'ayez pas peur; on ne vous fera pas
» mettre au piano; on ne vous demandera
» votre appui pour aucune étoile encore in-
» connue; vous pourrez partir à minuit.
» J'ajoute, afin de vous décider, qu'on n'en-
» tendra pas une seule note de *ma* musique.
» Enfin, il y aura peu de monde; vous me
» trouverez (jeudi soir) entre deux lampes,
» au milieu de quelques amis, avec ma robe
» de chambre. Si vous ne venez pas, je croi-
» rai que vos succès à l'Opéra vous portent
» à considérer le commun des mortels comme
» indigne de vous. »

Un post-scriptum disait :

« Je compte aussi sur la présence de mon-
» sieur... (ici une rature), du célèbre voyageur
» dont tout le monde parle et qui ne vous
» quitte non plus que votre ombre. Présentez-

» moi cette ombre, fort agréable à voir et à
» entendre, d'après ce qu'on dit. »

Patrice ne put s'empêcher de rire du *post-*
criptum.

— Pauvre femme ! Elle n'a pas pu se pro-
curer le nom du célèbre voyageur dont tout
le monde parle. Iras-tu chez elle ?

— Y viendras-tu ?

— Allons-y ; ce sera ma rentrée dans la
société civilisée.

Le jeudi soir, les deux amis aperçurent la
baronne en manteau de cour, à l'entrée d'une
enfilade de salons illuminés et remplis d'une
foule compacte.

— Sauvons-nous, dit le compositeur. Voilà
ce qu'elle appelle une robe de chambre et
deux lampes ! On lui apprendra...

Mais, sans doute, une sentinelle guettait
Godefroid, car la maîtresse de la maison fondit
sur lui jusque dans l'antichambre. Saisi, gar-
rotté par un bras opulent chargé de bracelets
sans nombre, le maître fit, au milieu de la
fête, une entrée à sensation, suivi du fidèle
Patrice trop brave pour abandonner son ami.
Dans la pièce du fond, Saint des Saints ré-
servé aux personnalités de marque, la Sauval
occupait le centre d'un groupe d'hommes qui

se disputaient la fière caresse de son regard.

Droite, à peine accoudée dans un fauteuil, avec sa grâce un peu triste de jeune reine détrônée, parlant peu, souriant de son sourire éternellement inachevé, simplement vêtue de satin noir et de jais, la jeune femme obligeait cependant tous les yeux à se tourner d'abord sur elle. Vainement les autres invitées de la la baronne, vaincues par ce charme, elles aussi, fatiguaient leurs yeux à étudier la coiffure de Jenny, la ligne harmonieuse tracée par l'étoffe sombre sur la blancheur laiteuse de la poitrine et des bras, l'arrangement des plis de la jupe. La robe n'était plus neuve et ce n'était point la main d'un coiffeur fameux qui avait roulé comme au hasard, sur le sommet de la tête, le reflet doré des torsades.

Assise à côté de Jenny, madame Sauval jouissait du triomphe de sa fille, sans envie, mais non pas sans regret.

— Si j'avais eu ce qu'elle a, ou si elle avait ce que j'ai! soupirait-elle tout bas. Cette enfant ne saura jamais profiter de rien.

En même temps elle allongeait son regard aussi loin que le permettait l'étendue des salons, cherchant celui qu'elle désirait par-dessus tout voir paraître. Car tous les gens

qui étaient chez la baronne, à commencer par
la baronne elle-même, auraient été bien
étonnés d'apprendre qui avait sinon organisé,
du moins inspiré cette soirée, plus étonnés
encore d'apprendre qu'elle avait pour but de
montrer Jenny Sauval au prince Kéméneff
ailleurs que « sur les planches ». Il s'agissait
bien de madame de Pragnères et de ses préten-
tions artistiques ! Il s'agissait bien de Godefroid,
de son opéra et de tous les opéras du monde !
Il s'agissait bien de la voix et de la réputation
musicale de Jenny !

Ce que Martscha voulait, c'était de faire voir
que sa fille était du bois dont on fait les
princesses : les vraies s'entend. Personne, ce
soir-là, n'eût élevé le moindre doute à cet
égard.

Cependant, mademoiselle Sauval s'était
levée à l'approche de la baronne qui s'avançait donnant la remorque à Godefroid. La
rencontre de l'auteur de *Constantin* et de la
principale interprète de son œuvre, ne manquait
pas de pittoresque. Aussi l'ovation éclata,
soit qu'elle fût spontanée, soit que la maîtresse de maison, qui aimait « les effets »,
eût préparé celui-là.

Mais, en levant les yeux sur son élève,

Godefroid la vit se troubler, puis pâlir. Elle fixait les yeux devant elle avec un mélange de surprise et d'une sorte de douleur contenue. Elle regardait quelqu'un, sa blanche poitrine soulevée par une puissante émotion... Il n'y avait pas à s'y tromper, c'était Patrice qu'elle regardait.

La baronne avait lâché le bras du compositeur pour battre des mains comme tout le monde. Elle s'en donnait à cœur joie et criait de sa voix de fausset :

— Voyons ! cher maître, que dites-vous de ma surprise ? Avouez que vous êtes content !

Le cher maître semblait plus surpris que content : il était lugubre. Néanmoins, il répondit en s'inclinant devant la cantatrice :

— Comment ne serais-je pas heureux quand je vois mademoiselle applaudie et fêtée ainsi qu'elle le mérite ?

— Regardez-la ! continuait la baronne habituée à faire à elle-même et aux autres les honneurs de tout ce qui entrait dans son salon. Elle a encore des émotions d'enfant, et qui lui vont !... Elle pourrait chanter avec ses yeux si elle perdait sa voix.

Le compositeur regarda les yeux de Jenny. En effet, ils semblaient chanter, mais le

pauvre homme, obligé de sourire, frémissait
en songeant malgré lui à cette phrase d'un
autre :

> ,.. Pardon ! mon camarade,
> Ce n'était pas pour vous qu'était la sérénade !

Patrice, à son tour, s'était incliné devant
Jenny Sauval qui lui rendit à peine son
salut. Il n'avait point, s'il faut l'avouer, la
conscience tellement pure qu'il fôt en droit
de blâmer la froideur de l'accueil.

— Sans doute, pensa-t-il, quelque âme charitable l'aura instruite des propos obligeants
tenus sur son compte et de la part que j'y ai
sottement prise. Mais, dussé-je me couper
un bras, il faut que j'obtienne mon pardon.
J'ai besoin de son sourire.

Avant tout il était prudent de connaître
l'étendue du mal. Une chaise était vide à
côté de la mère de Jenny. Patrice vint s'y
asseoir, malgré l'air moins que gracieux de
la voisine.

— On ne vous aperçoit plus à l'Opéra,
monsieur, prononça la dame du bout des
lèvres.

Le jeune homme répondit :

— Je viens de faire un long voyage qui

m'a fatigué ; je me couche de bonne heure.

— Pas tous les soirs, à ce qu'on prétend, reprit la Roumaine. — Le proverbe : *Qui se ressemble s'assemble,* n'est pas toujours vrai. Vous êtes devenu le compagnon de l'homme le plus rangé du monde et, tandis qu'il préfère la musique, c'est la danse qui vous charme.

— La danse ! interrompit O'Farrell très étonné.

— Ou du moins les danseuses. L'autre soir, à l'Opéra, il n'était bruit que de vos largesses.

Cette fois Patrice comprenait. Son crime, ce n'était point la calomnie ; c'était certain souper en compagnie peu édifiante. Voilà ce qui chargeait de nuages un front charmant!... A cette pensée, il rougit, moins de confusion que de joie. Mais, sans se piquer, dans l'occasion, de sa franchise habituelle, il répondit:

— Hélas! madame, j'ai cent bonnes raisons pour ne point faire de largesses, même aux danseuses. Pure invention, que tout cela. Je ne pourrais vous citer par cœur le nom de trois de ces demoiselles.

— Ce n'est pas ce qu'on dit.

— Ah ! madame, je vous jure... Mais,

que ne dit-on pas dans ces affreuses coulisses? D'ailleurs, je n'ai pas la prétention
de vous l'apprendre et, du premier jour où
j'ai eu l'honneur de vous voir, je n'ai pu
m'empêcher de plaindre une femme ayant
vos sentiments, votre éducation, vos manières,
condamnée à fréquenter un pareil lieu.

— C'est ma pauvre fille qu'il faut plaindre,
monsieur, elle si peu faite pour monter sur
les planches! D'autres se font institutrices;
elle s'est faite chanteuse, ou plutôt... Mais
j'aurais mauvaise grâce à blâmer notre ami
Godefroid de l'avoir poussée dans cette voie.
Naturellement, il ne voit rien au-dessus de
la musique... Tenez, c'est un grand malheur
que de perdre sa fortune!

— J'en sais quelque chose, dit Patrice en
riant.

— Vous avez eu de grands revers? questionna la bonne âme gagnée par toute cette
diplomatie savante.

— Ils ne pouvaient être plus complets.
Mais un homme se tire d'affaires; tandis qu'une
femme...

— Et surtout une femme élevée comme
j'ai élevé ma fille.

— La fille d'un père mort en héros, qui

serait aujourd'hui l'une des gloires de l'armée.

— Pauvre Jenny ! reprit la veuve, prompte à se dérober chaque fois qu'il était question de la mort de Sauval. Si fière, si honnête, si passionnée pour la vie d'intérieur ! Elle est faite pour le fard, le clinquant et l'éborgnement de la rampe comme vous pour dire la messe. Et moi, monsieur ? A mon âge, avec mon passé, vivre de longues heures dans un milieu qui me répugne, entre des mères dont je ne puis frôler la robe sans un haut-le-cœur, et des hommes du monde qui me saluent à peine, moi qui ai eu un salon, un château...

Madame Sauval interrompit, afin de respirer, cette phrase un peu longue. Patrice en profita pour verser quelque baume sur ce cœur blessé. Il aurait mieux aimé, à coup sûr, causer avec Jenny qu'avec sa mère, mais il n'avait pas le choix. Rien qu'à l'obstination avec laquelle une nuque marmoréenne se montrait à lui de l'autre côté de sa voisine, il se sentait en pleine disgrâce.

— Apprivoisons d'abord la mère, se disait-il. Jenny vaut bien dix minutes d'hypocrisie.

6

— Il est prudent de mettre ce naïf dans mon jeu, pensait la Roumaine. Il a de l'influence sur Godefroid, et celui-ci nous est nécessaire, tant qu'il n'y aura pas du nouveau.

Cependant « le nouveau » concrété dans la personne du prince Kéméneff, tardait à se montrer, retard inexplicable qui rendait madame Sauval nerveuse. L'heure avançait. La baronne de Pragnères, avec des excuses, des prières et des précautions oratoires sans nombre, avait obtenu que la jeune cantatrice vînt au piano pour faire entendre une toute petite phrase de *Constantin*, accompagnée par Godefroid. Comme l'audition, très courte en effet, s'achevait au milieu d'un enthousiasme plus ou moins sincère — car ni l'œuvre du compositeur ni la voix de l'artiste ne gagnaient à être transportées dans ce milieu — de graves nouvelles se répandirent parmi l'assistance.

Un verglas subitement tombé couvrait la terre. Il était impossible aux voitures de circuler. Des accidents étaient survenus. On citait, parmi les victimes, Kéméneff ou du moins un de ses chevaux, circonstance qui avait obligé le prince, sportsman avant tout, à préférer, pour le moment, la consultation de son vétérinaire aux charmes de la baronne et même de Jenny.

Déjà l'antichambre se remplissait de valets de pied venant informer leurs maîtres que les équipages n'avaient pu quitter la remise. Ce fut une panique, inexplicable comme toutes les paniques. Le vestiaire fut envahi, chacun n'ayant plus qu'une pensée : le désir d'être chez soi, avec tous ses membres entiers, les pieds dans ses pantoufles.

O'Farrell se montra le plus héroïque des hommes, peut-être le plus habile. Tandis que Godefroid s'occupait de son élève, lui s'attachait aux pas de sa mûre compagne avec des soins d'amoureux dans la phase préliminaire. Ils partirent tous quatre à pied, comme tout le monde. Sous peine d'un danger sérieux, il fallait marcher avec une lenteur extrême au milieu d'un brouillard glacé. Au bout de cinq minutes, Godefroid qui allait devant avec la cantatrice s'arrêta désespéré.

— Que faire ! s'écria-t-il. Nous en avons pour une demi-heure avant d'être rue de Vienne. Le moins qui puisse vous arriver, mademoiselle, c'est une extinction de voix de quinze jours.

— Si mademoiselle veut me laisser faire,
dit Patrice, elle sera chez elle dans un demi-
quart d'heure. Je m'en charge.

— Comment cela? demandèrent les trois
autres naufragés en chœur.

— C'est bien simple. Vous allez voir.

Déjà le jeune homme, abandonnant madame Sauval à ses destinées, s'approchait
d'un banc du boulevard Malesherbes, où la
petite troupe en détresse louvoyait en ce
moment. Il s'y assit quelques secondes et
revint, marchant d'un pied non moins sûr
que s'il eût foulé le tapis de sa chambre.

— Venez, mademoiselle, dit-il en prenant
le bras de Jenny.

Personne ne réclama, ainsi qu'il arrive
toujours quand un homme d'action se révèle
à propos. Le jeune couple s'éloigna rapidement; ils avaient l'air de voltiger sur la
surface brillante où les lueurs du gaz se
réfléchissaient comme dans une glace. Néanmoins, après quelques glissades menaçantes
de sa compagne, le jeune homme, toujours
ferme comme un roc, prit un grand parti
et, ceignant cette taille souple et charmante
d'un bras vigoureux, il l'entraîna, la portant
presque.

— Monsieur !... dit-elle, plutôt confuse qu'irritée. Vous n'y pensez pas !

— Non, répondit-il sans ralentir sa course,
je n'y pense pas. Je ne pense qu'à vous tirer
d'affaire au plus vite, Ayez confiance en moi.

Elle se tut, car ce n'était ni l'heure ni le
lieu de discuter. Mais Patrice, d'après ce
qu'elle en avait appris, n'était pas précisément digne de confiance. Lui, devinant
ces dispositions hostiles, demanda :

— Ne vous sentez-vous pas en sûreté avec
moi ?

— Cela dépend comme vous l'entendez,
dit-elle. J'ai confiance dans votre force et
dans votre adresse...

Tout à coup elle s'aperçut que Patrice allait
sans chaussures.

— Mon Dieu ! s'écria-t-elle. Vous jouez
votre vie ! Arrêtez-vous... Je ne veux pas...

Il répondit, en résistant au désir qu'il
avait de la serrer sur son cœur :

— Ne vous inquiétez pas de ma vie. Je la
donnerais pour vous éviter une souffrance
d'une heure. Croyez que je vous suis dévoué
comme un frère, dévoué à vous seule.

— A moi seule? à moi seule? répéta-t-elle
en fronçant ses beaux sourcils.

6.

— Je vous le jure, protesta-t-il. Si quelqu'un vous a jamais dit le contraire, c'est
un odieux mensonge. Il faut avoir confiance
en moi. Si vous saviez comme... comme je
voudrais avoir votre amitié !

— Vous la méritez ce soir, fit-elle, sincèrement émue. Mais qui sait? Peut-être qu'à
cette heure vous ne songez qu'à votre ami
Godefroid. Quel contretemps pour lui si je
ne pouvais pas chanter demain !

— Personne ne se consolerait plus vite que
moi si vous ne pouviez plus chanter de votre
vie. Mon être entier s'irrite quand je vous
vois paraître sur la scène, vous offrant à
l'admiration... sacrilège de cette foule qui
daigne vous applaudir, qui vous juge, comme
si elle était digne d'élever ses regards jusqu'à
votre beauté.

— C'est donc pour cela?... commença-t-elle
un peu hésitante...

— Oui, mademoiselle, c'est pour cela que
je ne vais plus à l'Opéra. Et j'irai, maintenant, moins que jamais. Je veux oublier
jusqu'aux pierres de la façade de cet édifice
maudit.

— Vous êtes un homme étrange, dit-elle.
Je ne vous aurais point imaginé ainsi. Vous

êtes le premier qui m'ayez comprise. Comment cela se fait-il ? Nous nous connaissons depuis si peu de temps !

— C'est vrai. Mais il me semble que je vous ai toujours appartenu. J'ai dormi longtemps, croyant que ce sommeil était la vie. Un jour, comme un esclave éveillé par la sandale d'or de sa maîtresse, je suis sorti de mon rêve, j'ai tressailli sous votre regard et j'ai trouvé que je portais des liens que je n'avais jamais sentis. Comment? pourquoi suis-je à vous? je n'en sais rien. Tout ce que je peux dire, c'est que vous me possédez, c'est que vous pouvez user de moi selon votre caprice, c'est que, si je voulais m'enfuir, l'heure suivante me verrait à vos pieds avec des chaînes plus lourdes.

— Vous parlez en homme qui a tenté l'essai, fit-elle, revenant toujours aux souvenirs néfastes du fameux souper.

Il allait mentir encore. Ceux-là lui jetteront la pierre qui n'ont sur la conscience aucune de ces fautes contre la sainte vérité que deux beaux yeux nous font commettre. Mais on était arrivé rue de Vienne et Jenny, qui n'était plus une enfant, savait peut-être déjà que tout le monde gagne à ne pas laisser certains procès venir jusqu'à l'audience.

— Allons; dit-elle, sauvez-vous et Dieu veuille que vous ne soyez pas malade. Je ne vous remercie pas de ce que vous venez de faire. Mais nous sommes quittes, car je vous pardonne les sottises que j'entends depuis cinq minutes. Je les mets sur le compte du froid. Seulement, souvenez-vous que l'esclavage est aboli, surtout rue de Vienne.

Elle avait sonné; la porte venait de s'ouvrir. Elle entra et, prête à repousser le lourd battant :

— Mais l'amitié existe encore, dit-elle. Nous nous verrons quelquefois.

De toute la personne de celle qui parlait, une petite main restait seule visible. Patrice y mit ses lèvres et fut délicieusement surpris de sentir que le gant n'y était plus. Et, cependant, il s'en fallait de beaucoup que cette main fût froide.

Quand madame Sauval, hors d'haleine, rejoignit sa fille, elle trouva celle-ci déjà réchauffée, douillettement enveloppée dans son peignoir, les joues animées, les yeux brillants.

— Bon ! voilà une enfant qui a la fièvre !
s'écria ce modèle des mères.

Il y a, Dieu merci ! plus d'un genre de
fièvre, et certain proverbe anglais dit que les
fièvres sont comme les enfants : elles se
ressemblent toutes au moment de leur naissance.

X

Chacun, ce soir-là, ne devait pas se tirer d'affaire à si bon compte.

Lorsque Patrice, rentré sans bien savoir comment, fut éveillé de sa rêverie par le bruit d'une porte, il alla recevoir son ami dans l'antichambre. Il reconnut à peine Godefroid dans le personnage qui restait immobile, debout dans la lumière incertaine, sans avoir l'idée, ou peut-être la force, de quitter sa pelisse dont le poids semblait trop lourd pour lui. Son front ruisselait de sueur et, cependant, ses dents claquaient de froid. Patrice eut à peine jeté les yeux sur son ami qu'il oublia le monde éthéré dans lequel son âme flottait depuis quelques minutes pour la réalité fâcheuse qu'il avait devant lui.

— Vite, s'écria-t-il, viens te coucher ! Il faut réveiller Baptiste et faire chauffer ton lit.

Mais Godefroid, qui entrait le premier dans le salon, ne parut point avoir entendu ces paroles. D'un pas chancelant il traversa la pièce doucement éclairée par la lampe, sans voir la flamme bienfaisante du foyer. Il s'approcha de la fenêtre et s'appuya au chambranle, collant son front aux vitres glacées. Il avait l'air d'un homme écrasé par la récente nouvelle d'une catastrophe irréparable; jamais O'Farrell ne l'avait vu accablé ainsi.

— Viens te coucher, répéta le jeune homme en lui mettant la main sur l'épaule. Ne reste pas...

Soudain Godefroid se retourna et, saisissant les deux poignets de Patrice avec une force inattendue, dardant sur lui deux yeux hagards qui étincelaient dans l'ombre, il cria presque, faisant tressaillir par l'éclat de sa voix les échos endormis:

— Tu sais !... je l'aime... et je l'ai aimée avant toi !

Patrice ferma les yeux pour tâcher de se recueillir et de rester maître de lui devant cette

folie. Pendant quelques secondes, il se demanda ce qui allait se passer. L'être furieux,
dément, qui lui brisait les poignets, allait-il
être la proie d'un accès de délire spasmo-
dique? Fallait-il faire usage de la force
pour le contenir ou bien essayer de calmer
la crise?

Godefroid reprit, exaspéré par ce silence :

— Tu m'entends ; réponds-moi. Je te dis que
je l'aime !

Sous l'emportement sauvage de cette exclamation réitérée, une douleur si atroce apparaissait que Patrice répondit, ému de pitié :

— Pauvre ami! Je le vois bien !

Cette parole, prononcée avec la douceur toute-
puissante dont les êtres forts disposent dans
les cas extrêmes, sembla détendre subitement
les nerfs de Godefroid. Ses mains crispées se
relâchèrent ; il devint docile comme un enfant
et se laissa conduire près du feu. Là, sans
savoir où il était, il s'assit dans un fauteuil et
regarda la flamme d'un air égaré. Patrice,
comprenant qu'il fallait commencer à calmer
l'esprit avant de s'occuper du corps, demanda
de sa même voix douce :

— Pourquoi ne me l'as-tu pas dit plus tôt?

A voir la rapidité prodigieuse de la réaction

qui s'opérait, un médecin aurait jugé qu'Antoine était bien malade.

— Parce que, répondit-il d'une voix basse, humble, qu'on n'entendait presque plus, parce que je ne voulais pas me le dire à moi-même! C'est une stupidité tellement misérable, tellement honteuse, tellement inutile !

Patrice l'interrompit, calme en apparence, mais déchiré jusqu'au fond du cœur par l'avenir qu'il entrevoyait :

— Ami, sois plus juste pour toi-même. Toute femme, si belle, si haut placée qu'elle soit, sentirait son orgueil flatté en apprenant qu'elle a ton amour.

— Ah ! comme je la mérite, cette humiliation d'être consolé par toi ! Et consolé... comment ? Je l'aime, elle ne m'aime pas, elle ne m'aimera jamais. Que fallait-il faire ? Que fallait-il lui donner de plus ? J'ai mis son nom dans toutes les bouches ; grâce à moi, sa beauté brille comme un soleil au-dessus de la foule. Et que d'années de travail, de dévouement, de peine, j'ai traversées pour en arriver là ! Que d'années d'amour ! Il y a si longtemps que je frissonne et que je tremble une heure avant d'approcher d'elle! Tout cela pour rien ! Elle ne s'est pas doutée une fois qu'elle arrête

le sang dans mes veines quand elle me touche
de sa robe. Toi, tu n'as qu'à paraître, et la
voilà qui t'adore !

Patrice fit semblant d'éclater de rire, quoiqu'il n'en eût guère envie.

— Ma foi ! dit-il, je ne m'attendais pas à
cette conclusion.

— Elle t'adore, répéta Godefroid. Quand tu
l'as abordée à cette soirée maudite, son regard
me l'a crié mieux que sa bouche n'aurait pu
le faire. Mais toi, la chance te favorise: tu pos-
séderas cette femme. Je l'ai compris en te
voyant t'éloigner seul avec elle. Tu la portais
presque dans tes bras ! Qu'avez-vous dit? Que
s'est-il passé entre vous? Je ne le saurai jamais. O torture !

Il s'était levé, revenant à son agitation première.

— Allons ! tu rêves, dit O'Farrell. Trouves-
tu que le temps était au marivaudage ? Nous
n'avons songé qu'à marcher vite, et je ne
pense pas avoir prononcé vingt paroles.

— Vingt paroles! Tu ne sais pas ce que je
donnerais pour lui en dire seulement trois,
celles que j'ai là, qui m'écrasent, qui m'étouf-
fent, dont je mourrai.

— Tu les lui diras. Tu te feras aimer d'elle ;

je te le promets. Pour cela, il faut vivre, et tu
vas te tuer, si tu continues.

— Qu'importe ! Il est trop tard maintenant :
elle t'aime ! Et toi, tu lui appartiens corps et
âme.

— Écoute ! ordonna Patrice. Tu es fou et je
vais te traiter comme tel. Si tu refuses de m'o-
béir et d'aller te mettre au lit, je te préviens
que je t'y conduis de force.

Godefroid retomba dans son fauteuil. O'Farrell, jetant les yeux sur lui, vit qu'il n'avait
garde de désobéir. Il était évanoui.

Avec le jour, vint le délire, causé par une
fièvre ardente.

— En voilà pour six semaines, dit le docteur, ou pour beaucoup moins, car le pauvre
diable est fortement pris. Écoutez-le ! « Jenny
Sauval ! » Toujours le même nom ! Si je ne
connaissais mon client pour l'homme le moins
sentimental, je dirais qu'il est amoureux de
cette femme.

— Oui, répondit froidement Patrice, qui se
défiait de la discrétion des médecins de théâtre,
ce serait à s'y tromper ; mais c'est à la cantatrice qu'il pense, non point à la femme.

Il avait décidé que Godefroid n'aurait pas
d'autre garde-malade que lui, mais il en vint

une autre, qu'il fallut poliment accueillir, bon
gré, mal gré : c'était madame Sauval. Heureusement qu'elle avait autre chose qu'un malade
à garder : elle avait sa fille. Aussi, les stations
qu'elle faisait auprès du lit du compositeur
n'étaient jamais bien longues. Quand celui-ci
fut en état de comprendre quelque chose, on
put voir que la grande préoccupation de la
visiteuse était que sa sollicitude ne passât
point inaperçue.

Elle jugea même à propos, un certain jour,
d'amener sa fille avec elle ; mais Jenny était à
peine entrée, que la fièvre du malade redoubla, bien que Patrice eût évité de lever les
yeux sur la jeune femme et de s'approcher
d'elle.

— C'est pour toi qu'elle est venue ! mur-
mura Godefroid, quand son élève se fut retirée,
après une simple apparition.

O'Farrell, un peu plus nerveux qu'un infir-
mier ne doit l'être, dit d'un ton bref :

— Alors, elle ne reviendra plus, je t'en réponds.

— J'aime mieux cela, prononça faiblement
le malade.

Il tourna son visage vers le mur, comme
honteux de cette faiblesse, et Patrice, dans son

heureuse inexpérience, destinée à finir bientôt, s'étonna que l'amour pût être, à certaines
heures, moins fort que la jalousie.

A Paris, les malades en vue, quand la
terminaison fatale se fait attendre, passent par
trois périodes distinctes. D'abord, la foule
s'inscrit chez eux, les gazettes publient le bul-
letin de leur santé et les rédacteurs spéciaux
préparent, à tout événement, l'article funèbre,
de façon à n'être point forcés, un beau soir,
de manquer un dîner. Ensuite, comme par un
mot d'ordre tacite, le nom du patient, qui
s'étalait partout la veille, devient invisible,
introuvable, ignoré comme celui d'un mort
de l'année précédente. Finalement, le bruit
se réveille autour d'un cercueil, ou bien trois
lignes discrètes, parfois presque désappoin-
tées, annoncent que le malade en est revenu
et que sa place n'est pas à prendre.

Depuis plusieurs semaines, la seconde période
avait commencé pour Godefroid. Des jours
s'écoulaient sans qu'un passant franchît le
seuil de sa porte et vînt prendre de ses nouvelles. Patrice continuait ses veilles et ses
soins. Madame Sauval multipliait ses visites.
Souvent, pour laisser le convalescent reposer
à l'aise, ils allaient causer au salon.

— Madame, dit un jour le jeune homme,
n'êtes-vous pas surprise, inquiète plutôt, de
voir que *Constantin* ne tient plus l'affiche ? On
l'a donné quinze fois en tout, si je ne me
trompe.

— Il est certain, dit la Roumaine, que l
succès de l'œuvre a tourné court. La maladie
de l'auteur est arrivée bien mal à propos pour
lui.

— Pour lui et pour mademoiselle votre fille,
insista Patrice. Car je n'ai point entendu dire
qu'on fasse répéter d'autre rôle à la jeune
artiste.

— Monsieur, répondit la dame avec une
désinvolture parfaite, je ne me fais pas d'illusion. Le rôle d'Adossidès est le premier qu'a
chanté ma fille; ce sera le dernier. Vous sentez
bien que je ne parlerais point avec cette franchise à notre ami; il a ses espérances; je les
respecte, mais j'ai l'oreille fine et j'entends
parler des gens qui s'y connaissent. Ma fille a
du talent, de l'intelligence et des avantages
qu'il m'appartient moins qu'à toute autre de
vanter. Elle a réussi fort vite et, du premier
coup, le public s'est déclaré pour elle. Une
autre, dans la voie qu'elle suit, se sentirait
heureuse et ferait son chemin. Mais Jenny est

fière; elle a des instincts que le théâtre froisse constamment ; ce qu'ils appellent le feu sacré lui manque. Aussi, le plus tôt qu'elle quittera l'Opéra sera le mieux. Plût à Dieu qu'elle n'eût jamais eu besoin d'y entrer ! Mais la destinée a ses mystères.

Les mystères de la destinée semblaient être, pour madame Sauval, tout ce qu'on peut rêver au monde de moins inquiétant, et Patrice, à part lui, s'étonnait de la voir admettre, avec un si beau calme, que la carrière musicale de sa fille était gravement compromise. Mais, peu de jours après, ce fut une autre antienne.

— Ah ! monsieur, une mère dans ma situation est bien à plaindre ! Qu'arriverait-il de ma pauvre enfant si je venais à disparaître ? Quel avenir l'attend ? Je vous disais un jour qu'elle s'était faite chanteuse comme on se fait institutrice. Hélas ! il est plus facile pour une institutrice que pour une chanteuse de se bien marier.

— Quant à cela, fit le jeune homme, vous m'étonnez.

Et il cita des noms.

— On voit que vous n'avez pas bien étudié la question, répondit la Roumaine.

Elle semblait, tout au contraire, la connaître

sur le bout du doigt. Elle reprit les noms
cités, un par un, avec la biographie des époux
depuis leur mariage, en l'émaillant de détails
qui, pour être parfois inédits, n'en étaient pas
plus édifiants. On apprend tant de choses dans
les coulisses !

— Croyez-vous, conclut-elle avec tristesse,
qu'il y a là de quoi encourager les amateurs ?
On ne verra plus guère désormais, soyez-en
convaincu, un homme sérieux, c'est-à-dire
ayant de l'argent et de la considération,
prendre sa femme sur les planches d'un
théâtre. Encore une fois, notre ami a cru faire
pour le mieux en mettant ma fille où elle
est. Mais ils auraient gagné tous deux, pour
être franche, à rester où ils étaient, l'une
tranquille auprès de moi, l'autre sur un terrain moins flatteur pour son amour-propre,
mais plus sûr pour sa fortune.

Là-dessus, la bonne âme se mit à parler de
Godefroid, c'est-à-dire à faire des questions sur
son compte, ce qui était sa manière habituelle
de parler des gens. O'Farrell, sans s'en douter,
fut amené à dire ce qu'il savait de la fortune
de son ami. Comme on lui demandait si, d'a-
près lui, le compositeur avait encore pour
longtemps à vivre, il se récria :

— Longtemps à vivre ! Mais j'espère bien le voir parvenir à la vieillesse.

— Moi aussi, répondit froidement madame Sauval, mais ce n'est pas l'avis des médecins.

L'heure étant venue où elle devait regagner ses pénates, elle plia son ouvrage et disparut de son pas silencieux de chatte engoncée dans sa fourrure.

— Que s'est-il passé dans cette tête-là ? se demanda Patrice. Il y a deux jours, elle voyait tout en rose. Aujourd'hui, elle est sombre comme un brouillard de la Tamise. Brrr ! J'en suis tout refroidi.

Le jeune homme n'avait pu apprendre à connaître les brouillards au Cambodge, où ils sont plus que rares. Autrement, il aurait deviné que celui-ci venait de la Néva plutôt que de la Tamise. La veille, le prince Kéméneff s'était laissé confesser par la mère de Jenny. Le grand seigneur aimait assez la cantatrice pour l'épouser; il aimait trop sa place de chambellan pour la perdre par un mariage d'aventure. Une autre aurait gémi sur ses plans écroulés, mais madame Sauval avait vu, durant sa vie, bien d'autres catastrophes. Déjà, dans son esprit fécond, elle échafaudait des combinaisons nouvelles. Épouser un soprano

7.

d'opéra ou la veuve respectée d'un musicien
célèbre, la chose est toute différente, même
aux yeux du czar. Et voilà pourquoi Martscha
faisait une enquête sur les chances de vie du
malade aussi bien que sur l'état de sa fortune. Car il fallait que Godefroid vécût assez
pour donner son nom à Jenny; pas assez,
d'autre part, pour que Kéméneff perdît patience et portât sa flamme ailleurs.

A partir de ce jour, madame Sauval soigna
Godefroid, ou, plutôt, elle le surveilla avec
un zèle et un dévouement... à faire dresser
les cheveux sur la tête. Il se rétablissait lentement, mais enfin il se remettait. Il commençait à causer et, selon toute apparence, il
entrait dans les vues de sa garde-malade de
s'entretenir en tête à tête avec lui, car elle
s'avisa, tout à coup, qu'O'Farrell avait mauvaise mine.

— Cher monsieur, dit-elle, vous ne tenez
plus debout. A votre âge on a besoin de grand
air et vous en êtes privé depuis des semaines.

— Mon Dieu! c'est vrai, dit le convalescent.
Voilà quelque chose comme un mois que tu
n'es pas sorti.

— Qu'en sais-tu? répondit O'Farrell en riant.
N'ai-je pas pu sortir pendant que tu dormais?

Godefroid regarda le jeune homme avec une soudaine inquiétude.

Puis, après avoir réfléchi :

— Non, reprit-il. Même pendant mon sommeil — bien léger — je sentais que tu étais près de moi.

— Je n'ai jamais vu d'amitié plus fidèle, déclara madame Sauval d'un air attendri.

— Je voudrais bien savoir, pensait Patrice, quel intérêt celle-ci peut avoir à faire mon éloge ; en quoi il entre dans ses vues que Godefroid ne vive pas longtemps, et pourquoi elle veut rester seule avec lui. Un testament à préparer, peut-être. Mais nous n'en sommes pas là, Dieu merci !

Bon gré, mal gré, il dut sortir, pour échapper à leurs instances réunies. Comme il venait, tout équipé pour braver le froid, prendre congé du malade :

— Où iras-tu ? demanda celui-ci avec un intérêt singulier.

— N'importe où, pourvu que j'y trouve du soleil.

— Si j'étais de vous, suggéra la Roumaine, j'irais au Bois...

— Patiner ? interrompit le jeune homme. Ma foi ! non. Je crains trop le froid.

— Il ne s'agit pas de patiner. Quelqu'un, hier, parlait devant moi de la serre du Jardin d'Acclimatation comme de la merveille de Paris, en ce moment.

— Excellente idée! appuya Godefroid. Va, visiter la serre. Tu y retrouveras tes chers tropiques.

— Soit! fit Patrice d'un air résigné. Mais c'est une longue promenade.

— Pas trop longue pour toi, insista le malade. L'air du Bois te fera plus de bien que l'air de la ville.

— Comme il a peur que j'aille voir Jenny! songea le jeune homme en refermant la porte sur lui. Si j'y allais pourtant?

Mais il réfléchit qu'il faudrait, au retour, accumuler mensonge sur mensonge et que, — tôt ou tard, — Godefroid serait informé de sa tromperie.

— Décidément, se disait-il en prenant le chemin de la gare Saint-Lazare, la liberté n'est qu'un mot. J'ai vingt-huit ans; je jouis de tous mes droits, et me voilà forcé d'aller voir une serre au lieu de causer une heure avec le seul être dont la conversation me ferait du bien!

XI

Un quart d'heure après, quittant la station de la Porte-Maillot, Patrice entendait crier sous ses pas le sable de l'immense avenue durcie par le froid. Il était presque seul ; à cette heure peu avancée, l'on apercevait de rares équipages remplis de bonnes et d'enfants. L'espace et l'air qu'il était venu chercher s'offraient à lui. D'un pas rapide il marchait, se détournant parfois devant un groupe de marmots qui fustigeaient leurs toupies, tandis que le cocher, superbe dans sa fourrure, ébauchait une idylle avec la *nurse* grelottant sous son waterproof.

Étonné d'abord, puis charmé du contrast

de cette solitude, O'Farrell se mit à réfléchir
et, tout d'abord, il se demanda où et quand il
avait pu *penser* pour la dernière fois.

C'était sur le pont du paquebot, quelque
trois mois plus tôt, pendant les longues heures
qu'il employait à y faire les cent pas. Comme
il était tranquille alors ! Du Cambodge il ne regrettait rien. La pensée qu'il allait revoir la
France, lui causait une joie douce, plutôt
qu'une attente fiévreuse. Parti pauvre, il revenait pauvre, mais non découragé. A l'exception
d'un ami qui lui tenait au cœur par une affection au-dessus de l'ordinaire, pas un être,
dans tout Paris, ne s'apercevrait de son
retour...

— Mon Dieu ! soupira-t-il ; suis-je destiné à
revoir jamais des heures aussi calmes !

Quelle vie troublée, au contraire, depuis
qu'il avait mis le pied sur le quai de Marseille ! D'abord ce journal acheté, où il avait
vu l'annonce de l'opéra de Godefroid pour le
lendemain. Ensuite, quel tourbillon d'imprévu ! La précipitation du voyage et de l'arrivée ; la joie d'entendre son ami acclamé ;
l'émotion de le revoir et de jouir de sa surprise ; la douleur de découvrir que son cœur et
son esprit n'étaient pas en meilleur état que

son corps ; le chagrin de retrouver presque
vieux celui qu'il avait quitté encore si jeune.
Et puis... Jenny Sauval !

Étrange apparition, pleine d'un charme qu'il
ne soupçonnait pas avant de l'avoir connu !
Cette femme, il le sentait bien, marquait dans
sa vie une période nouvelle, de même que,
dans l'histoire des peuples, un nom tout à
coup prononcé trace pour jamais, entre deux
époques, une ligne ineffaçable.

Jenny Sauval ! Pour lui, ce nom semblait
clore le passé et commencer l'avenir.

— L'avenir !... soupira-t-il en s'arrêtant, saisi
par la réalité poignante.

Un autre aimait cette femme, et cet autre
était un bienfaiteur, un ami, qui revenait des
portes de la mort. Pauvre Godefroid ! que de
tortures subies, trop longtemps cachées ! Quelle
explosion de souffrance ! La santé, le succès,
l'amour, se dérobant tout à la fois sous les
pas de ce lutteur déjà fatigué ! Et l'amitié
elle-même, l'amitié qui avait tenu tant de place
dans cette vie consacrée au dévouement, l'amitié
atteinte, ébranlée, menacée par une rivalité
funeste !

— Elle ! mon Dieu ! toujours elle ! toujours
cette pensée ! gémit Patrice en reprenant sa

marche. Cette femme est le tourment, l'obstacle, la douleur... et aussi le ciel, un ciel
entrevu et déjà plus qu'à demi fermé !

— Eh bien, monsieur, dit une voix — trop
connue — qui partait de la contre-allée. A qui
en avez-vous? Qu'est-ce qu'on vous a fait?
Vous avez l'air en même temps furieux et
lugubre.

O'Farrell se détourna sans tressaillir. La
surprise était si forte qu'elle ôtait à ses nerfs
le pouvoir de la réaction. D'ailleurs il croyait
rêver, et rien ne surprend dans un rêve. Il
salua Jenny Sauval, et l'abordant, sans sortir
de sa torpeur :

— On ne m'a rien fait! répondit-il. Je me
promène, voilà tout.

— Vous vous promenez en répétant le rôle
d'Hamlet! Serais-je, par hasard, destinée à
l'honneur de vous donner quelque jour la
réplique?

Et, d'une voix très douce quoiqu'un peu
moqueuse, elle se mit à chanter :

Le voici ! — Vers ces lieux est-ce moi qui t'attire ?

Mais elle s'arrêta, en voyant l'air navré de
Patrice.

— Allons! vous n'avez pas envie de plai-

santer. Moi, ce beau soleil d'hiver me rend
gaie. Sérieusement, comment allez-vous? Pas
trop bien, d'après votre mine. Certes, on serait
fatigué à moins. Je sais quel ami dévoué vous
êtes, monsieur O'Farrell, et je m'en félicite.
Car vous m'avez promis d'être le mien aussi.

A cette heure, Patrice avait eu le temps de
reprendre possession de lui-même. Il regarda
Jenny éclatante de beauté, de fraîcheur et de
l'heureuse surprise de leur rencontre. Autour
d'eux, tout n'était que joie, vie et promesse.
Le soleil brillait de cet éclat un peu froid d'or
neuf, que l'hiver à peine achevé lui laisse
pendant quelques jours. Certains arbres
verdissaient déjà, comme de jeunes raffinés en
avance sur la mode. Dans les places abritées
contre le Nord, la terre exhalait déjà cette
odeur subtile qui n'est pas un parfum, mais
l'émanation de soi, exquise, délicieuse, particulière aux êtres jeunes dans lesquels bouillonne
la fécondité.

Aucun homme, si blasé qu'il fût, ne serait
resté impassible en face de cette réunion des
principaux attraits de la vie. Quant à l'enthousiaste O'Farrell qui, pour la première fois
depuis plusieurs semaines, quittait l'appartement sombre et la société morose d'un malade,

il se sentait sous l'influence d'une ivresse très douce, prête à devenir, pour peu qu'on l'y aidât, l'oubli de toute pensée austère.

En certaines rencontres, sous l'empire d'émotions puissantes longtemps refoulées, il devient impossible d'adresser la parole à celle qui a causé ce trouble, autrement que par le plus passionné des aveux ou par la plus banale des phrases. Mais, entre des enfants acharnés à leur toupie et les deux yeux d'un cocher vissé sur son siège, attendant sa maîtresse à distance, Patrice ne pouvait s'accorder la joie d'ouvrir son cœur. Il dit, faute de mieux :

— Alors, vous vous promenez aussi?

A cette phrase d'écolier désarçonné la princesse de tragédie eut un joli rire de soubrette qui découvrit ses dents blanches, des perles qu'elle n'avait pas coutume de montrer si généreusement.

— J'essayerais en vain de le nier, répondit-elle. Et, même, je suis en escapade. Ma mère m'avait prévenue que nous ne pourrions sortir ensemble aujourd'hui, puisqu'elle devait être absente la plus grande partie de l'après-midi. A l'heure ordinaire, la voiture, qu'on n'avait pas décommandée, se trouvait devant ma porte. En voyant ce beau soleil, je n'ai

pas pu y tenir et je suis venue ici, espérant
n'y rencontrer personne...

— Oh ! vous n'avez rencontré personne, interrompit Patrice. Moi je ne compte pas. Le
plus piquant, c'est que je viens en ces lieux
envoyé par madame Sauval elle-même.

— Quelle histoire me faites-vous là ?

— Je vous assure. Votre mère paraissait tenir à ce que la serre du Jardin d'Acclimatation reçût ma visite.

— Mon Dieu ! expliqua Jenny, la chose est
moins extraordinaire que vous ne pourriez le
croire. Hier, le prince Kéméneff nous a parlé
de ce jardin d'hiver avec tant d'enthousiasme
que je venais le visiter sur sa recommanda-
tion. Le prince disait qu'on n'y rencontre
jamais âme qui vive.

La physionomie d'O'Farrell exprima un certain malaise.

— Peut-être qu'on l'y rencontre, lui ? demanda-t-il. Qui sait ?

Jenny s'arrêta soudain, comprenant l'accu-
sation sous-entendue ; ses sourcils se fron-
cèrent ; déjà son regard cherchait sa voiture.
Tout à coup, se ravisant :

— Monsieur, dit-elle d'un air qui la montra toute différente, entrez avec moi. Ce sera

votre punition pour les paroles que vous venez
de dire. Apprenez, une fois pour toutes, que
je prends fort mal certaines plaisanteries.

— Mademoiselle, dit Patrice, j'accepte la
punition. Mais je n'ai péché que par étour-
derie. Je ne sais plus ce que je dis. Je m'attendais si peu à vous rencontrer ! Ma joie est
si grande et... je suis si peu habitué à la
bonne chance ! J'ai parlé sans réfléchir. Je
vous assure qu'à force de vivre près d'un
homme dont le cerveau est affaibli par la
souffrance, on gagne un peu son mal.

— Cependant il va mieux ? fit-elle, radoucie.

— Assurément, beaucoup mieux. Toutefois
il faut avec lui des précautions de toute sorte...

Il soupira en songeant quelle était la première de toutes ces « précautions » qu'il fallait
prendre. Si, en ce moment, Godefroid pouvait
le voir franchissant la grille du jardin au bras
de Jenny, quelle amère surprise ! quelle terrible rechute, peut-être !

— Mon Dieu ! que c'est beau ! s'écria la
jeune femme. Quelle bonne idée nous avons
eue ! Quelle tranquillité, quelle tiédeur délicieuse dans cette miniature de forêt !

C'était beau, en effet, quoique d'une beauté
factice et singulièrement énervante. Là, rien

de naturel et de connu pour des Parisiens : ni
le sol caché sous la verdure rampante du lyco-
pode qu'on dirait découpé à l'emporte-pièce,
ni le jour tamisé par le toit de verre, ni
les arbres au tronc démesurément gros pour
sa hauteur et semblable à une barrique ve-
lue, d'où sortaient brusquement des rameaux
grêles, au feuillage d'une aérienne légèreté.

Patrice, lui, reconnaissait, avec l'émotion
douce du voyageur rapatrié, la réduction du
grand décor qu'il avait contemplé chaque
matin à son réveil, pendant si longtemps.
Il retrouvait la fougère gigantesque des tropiques, les touffes de bambou aux longues
verges jaunes, couronnées par une frondaison
menue comme des plumes d'oiseau, les lianes
au réseau souple et enchevêtré, les orchidées
à la longue chevelure pendante, dont certaines
fleurs, à la fois charmantes et hideuses, ressemblent à de gros insectes sommeillant à
l'abri de leurs ailes repliées. Surtout il retrouvait ces émanations capiteuses de l'Extrême-
Orient, auxquelles il faut s'habituer, comme à
des poisons, avant de pouvoir les supporter
sans souffrance.

— Oui, c'est beau ! dit-il, en prenant un
siège à deux pas de celui de sa compagne.

C'est beau comme ce qui n'est pas réel. Un
adorable mensonge, limité à la durée de quelques minutes, à l'espace de quelques pieds,
nous endort maintenant de ses illusions délicieuses. Mais tout à l'heure, quand nous
aurons franchi de nouveau cette porte, nous
retrouverons la réalité froide, l'air glacé, la
terre sans verdure, les arbres sans feuillage.
La vérité nous ressaisira, ou plutôt elle ressaisira l'un de nous, car l'autre est une
créature tellement comblée de dons divins,
qu'elle semble élevée au-dessus de la réalité
même.

Jenny Sauval l'avait écouté les yeux baissés
devant elle, comme si ses oreilles, en ce moment, étaient charmées plus encore que ses
yeux. Quand il eut cessé de parler, elle s'agita
doucement avec une sorte de frisson, et dit
d'une voix grave, sonore dans sa douceur
veloutée :

— Il est étrange que ce soit vous qui parliez de rêve et d'illusions. Vous arrivez du pays
où respire la réalité des choses qui nous en-
tourent.

— C'est vrai, dit-il en fermant à demi les
yeux pour revoir une image lointaine. J'ai
voyagé pendant des jours et des nuits dans

des forêts dont cette cage vitrée n'est qu'une miniature ingénieuse. J'y ai ressenti les plus grandes émotions par lesquelles la nature puisse faire vibrer les nerfs de l'être humain. C'était sublime, c'était immense, et pourtant c'était vide. Au milieu de cette ardente fermentation de la matière, dans ce fourmillement de vie qui volait, rampait, bondissait, aimait à sa manière, autour de moi, j'étais glacé par une solitude affreuse. Combien de jours de mon existence n'aurais-je point donnés, alors, pour voir surgir à mes côtés la merveille unique, suprême, sans qui toutes les autres ne sont qu'un cadre attendant l'image ! Ah ! comme je vous ai appelée souvent, sans vous connaître ! Pourquoi n'êtes-vous pas venue ! Peut-être serais-je mort sous l'excès de l'ivresse, en rencontrant dans ce paradis l'Ève de mon cœur, si elle m'avait permis seulement cette joie : toucher sa main du bout de mes lèvres !

Patrice oubliait, en ce moment, qu'un autre homme avait mis le pied dans son Éden. Il oubliait le malade, qui suivait, d'un œil attristé et soucieux, la marche des heures sur l'émail aux aiguilles lentes. Il avait pris la main gantée de Jenny. D'un baiser discret comme un souffle, il l'effleura, sans que la jeune femme essayât de s'en défendre.

Elle regardait toujours devant elle, à ses pieds, et ses narines nacrées, ses lèvres pourpres, montraient seules par un imperceptible frémissement qu'elle avait senti le baiser. Sur son buste de Nymphe antique la chaleur de la serre avait fait glisser la fourrure, de même qu'elle forçait d'autres fleurs moins belles à sortir de leur fourreau verdoyant. Personne n'était venu les troubler. Nul bruit humain n'arrivait jusqu'à eux. Le ramage exotique des aras criant dans la volière voisine achevait de leur donner l'illusion d'un pays · inconnu, féérique, où quelque Génie les aurait transportés subitement.

Patrice, vaincu par l'ivresse croissante qui lui faisait oublier tout au monde, tout, sauf le respect, se laissa glisser à genoux, les mains jointes, les yeux noyés d'une extase où l'adoration éclatait. Mais, à ce moment, Jenny revint à elle et, ramenant sa pelisse sur ses épaules, elle se leva d'un mouvement souple, dont aucun effroi ne dérangeait l'harmonie. Elle dit d'une voix très faible, mais molle et caressante à ce point qu'un étranger, ignorant notre langue, aurait cru que ses paroles avaient un sens tout opposé :

— Il faut que nous nous quittions. L'heure est venue.

— Hélas!... gémit O'Farrell en soupirant, comme si on l'eût tiré tout à coup d'un songe trop délicieux.

Cependant il restait à genoux, immobile, suivant des yeux celle qui s'éloignait déjà, et qui paraissait glisser sur le sable humide avec la gracieuse lenteur d'une vision fuyante. Quand elle arriva, sans s'être retournée, sur le seuil de la serre, il se mit debout par un effort brusque.

— Allons ! dit-il tout haut.

L'ayant rejointe, il offrit son bras.

— Merci, dit-elle. J'ai les mains froides; je les laisse dans mon manchon.

Au même instant le cortège endimanché d'une noce d'arrière-boutique les rejeta sur le côté de l'allée. Un peu gris déjà, rouge comme un coq, le marié dévorait de ses gros yeux ronds la nouvelle épousée qui portait ses fleurs d'oranger ainsi qu'un travestissement de carnaval, et qui, dédaignant de jouer la pudeur, s'amusait comme une folle.

Patrice et sa compagne, détournant le regard, s'éloignèrent sans dire un mot de

8

plus, secrètement indignés contre cette lourde tendresse qui frôlait leur poésie et s'appelait aussi l'amour, profanation misérable ! En quelques pas ils rejoignirent la voiture de Jenny.

— Rue de Vienne, dit-elle au cocher, tandis qu'O'Farrell, chapeau bas, ouvrait la portière.

Un sourire très doux de femme heureuse fut le seul « au revoir » qu'elle lui donna.

XII

O'Farrell sortit du Bois comme il y était
entré une heure plus tôt, c'est-à-dire à pied.
Mais, en passant devant la gare, il oublia
d'entrer et de descendre les marches pour
prendre le train, de façon que ses jambes le
ramenèrent chez Godefroid, de même qu'un
cheval bien dressé traîne sans encombre son
cocher endormi.

Il s'était aperçu tellement peu de la lon-
gueur et des incidents du trajet, qu'en ouvrant
la porte du malade, il lui sembla qu'il refer-
mait à peine le guichet vitré du jardin d'hiver.
Le contraste fut rude. Il quittait la verdure,
les fleurs, la lumière, un air tiède, mais rendu

léger par l'exhalation saine de la végétation
des plantes. Il se trouva subitement dans
l'atmosphère confinée. des draperies lourdes,
dans le demi-jour des rideaux baissés, dans
l'affadissante odeur pharmaceutique, parfum
favori que la maladie traîne après elle. Surtout
il quittait Jenny pour Godefroid, le plaisir
pour le devoir, le fantastique pour le réel

— Comment! s'écria madame Sauval. Déjà
vous?

— Hum! pensa le jeune homme; il paraît
que nous n'avons pas eu le temps d'égrener
tout le chapelet. Comment vas-tu? ajouta-t-il
tout haut en serrant la main de son ami.

— Très bien, répondit Godefroid d'un air
farouche.

Mais, désignant du regard la veuve qui
remettait du bois dans la cheminée :

— Je vais très mal, corrigea-t-il à voix
basse. Elle m'a tué.

Quand les deux amis furent seuls :

— Qu'est-ce qu'elle t'a dit?... — demanda
Patrice.

Godefroid ne l'avait pas quitté des yeux
depuis qu'il était rentré. Sans répondre à la
question qu'on venait de lui faire, le malade
interrogea :

— Tu es allé au Bois ? Tu n'en as pas eu le temps, il me semble.

— Mais si, mon cher, articula nerveusement Patrice. Veux-tu voir mon ticket d'entrée à l'Acclimatation ?

Il tira de sa poche le petit carré de carton, ayant soin d'y laisser l'autre, celui qu'il avait pris pour Jenny. Godefroid, devant cette preuve évidente, parut calmé. Il ferma les yeux, et, si ses paupières n'eussent tremblé légèrement, on aurait pu croire qu'il dormait.

— Pauvre ami ! songea Patrice ému d'une grande pitié. Comme je le trompe, mais comme il est nécessaire de le tromper! S'il savait que c'est lui-même qui a causé la rencontre de tout à l'heure ! S'il savait...

— Patrice ! cria le malade en quittant les oreillers d'un soubresaut convulsif, je suis un homme fini !

— Tu es un homme guéri, dit l'autre avec une douceur extrême dans la voix ; mais un homme qui a gardé le lit trop longtemps et dont la diète a meublé le cerveau d'idées noires. Bois, mange, morbleu ! et recommence à vivre comme un être ayant tout ce qu'il faut pour trouver la vie douce.

— Pourquoi m'as-tu menti ? continua le

8.

malade sans répondre. Pourquoi m'as-tu dit qu'on jouait encore *Constantin*, quand ce n'est pas vrai? Depuis trois semaines, mon nom n'a point paru sur l'affiche.

— Il n'y paraîtra point de sitôt, pour peu que tu continues à t'énerver ainsi.

— Pourquoi ne me préviens-tu pas que mademoiselle Sauval, qui ne chante plus son rôle d'Adossidès, et pour cause, n'entend parler d'aucun rôle nouveau, ni dans le répertoire courant, ni dans les œuvres que l'on monte?

— Ah! mille diables! s'écria le jeune homme hors de lui. Voilà donc pourquoi cette satanée Cassandre tenait si fort à m'envoyer prendre l'air! Elle n'a pas perdu le temps pendant lequel je vous ai laissés seuls. Je te retrouve dans un bel état, au moral et au physique!

Ainsi qu'il arrive toujours, l'exaspération de l'un des interlocuteurs sembla calmer l'autre.

— Voyons, dit Godefroid, tu n'avais pas la prétention de me cacher jusqu'à la fin de mes jours que mon opéra est un demi-désastre. Et cependant, tu l'aurais pu sans beaucoup de peine, peut-être. Ma fin viendra bientôt, et Dieu sait si j'aurai envie de m'en plaindre!

— Oui, grommela Patrice, tu es mourant, tu es mort, tu es enterré ; c'est convenu. Elle te l'a dit en même temps que le reste, n'est-ce pas? J'espère qu'elle t'a parlé aussi de ton testament ?

— Oh ! mon ami, tu la calomnies. C'est la plus désintéressée des femmes. Enfin, laissons cela. Je vais guérir, puisque tu l'as décidé. Quand je serai debout, je chercherai une place d'organiste et je composerai des messes.

— Très bien, prononça O'Farrell en fixant sur son ami ses yeux clairs, car un soupçon lui venait à l'esprit. Et que ferons-nous de mademoiselle Sauval ?

Une rougeur fugitive monta aux joues du malade, qui resta un instant sans répondre, comme un homme embarrassé. Tout à coup il essaya de rire et répondit d'un ton plaisant :

— Elle fera ce que font les cantatrices ratées. Elle chantera dans les concerts, ou bien aux soirées des gens qui n'ont pas le moyen de se payer des étoiles, de vraies étoiles.

Sur cette boutade visiblement forcée, la conversation tomba brusquement et l'on aurait pu, jusqu'au soir, compter les paroles de Godefroid. Le lendemain le docteur disait à Patrice, après sa consultation :

— Je ne sais par quel bout le prendre. Quand je dégage le poumon, c'est le cœur qui ne marche plus. Et quand les deux vont tant bien que mal, je me demande si ce n'est pas le cerveau qui décampe. Malgré tout, il va mieux, et ce qu'il faut maintenant, c'est de le décider à partir pour le Midi. A vous, qui êtes sans cesse auprès de lui, de manœuvrer en conséquence.

Mais, aux premières ouvertures, Godefroid fut pris d'une sorte d'épouvante et poussa les hauts cris. Madame Sauval, admise à la délibération, jura que les médecins de Paris sont tous les mêmes, se fatiguant de leurs malades comme on se dégoûte d'un maîtresse, et ne songeant plus alors qu'à les expédier au loin.

— Quant à moi, conclut-elle, si j'étais à la place de notre cher convalescent, je défierais bien toute la Faculté de me faire seulement traverser la Seine.

Il ne fallait plus songer à partir, car, de jour en jour, la Roumaine prenait sur Godefroid un empire plus manifeste. Il y avait entre eux des colloques secrets dont on n'avait pas besoin d'éloigner Patrice au moyen d'un subterfuge, car il voyait clairement qu'on ne voulait pas de lui et, de son propre gré, il prenait son chapeau pour laisser le champ libre.

Un symptôme, toutefois, le frappait. Cassandre et ses lamentations dolentes avaient disparu, pour faire place à une amie douce, consolante, au cœur débordant de maternité et de poésie, avec un fonds de bonne humeur, toujours prête à louer les bons côtés de la vie. Avec cela, bonne et dévouée plus que jamais. Vous auriez cru voir une sœur de Saint-Vincent-de-Paul sans cornette et fredonnant : *Nous n'avons qu'un temps à vivre*, d'un bout de la journée à l'autre.

Ce qui achevait de subjuguer Godefroid, c'est que, grâce aux bons soins de sa garde-malade, il faisait à cette heure de réels progrès vers la santé.

— Il va mieux, déclarait le docteur, et surtout j'aime mieux sa maladie. Le pouls est agité en diable, mais enfin il y a du pouls. Cet homme-là se raccroche à l'existence : il veut vivre. Or, pour nous autres, rien n'est plus difficile que d'empêcher de mourir un client qui se moque du cimetière comme d'une pilule.

D'abord, Patrice avait éprouvé quelque amertume de sentir qu'il n'était plus le premier

dans la confiance de son ami. Toutefois, il
était trop heureux de ce changement salutaire,
et même il y trouvait trop son compte pour
ne pas s'en réjouir sans arrière-pensée. A tous
égards son existence était moins pénible. Son
rôle ingrat de consolateur contre toute évidence était terminé. Il n'avait plus besoin de
parler des heures entières, pour démontrer à
Godefroid que sa maladie n'était qu'une fatigue momentanée, qu'il arriverait à cent
ans, et que le public attendait son rétablis-
sement pour redemander *Constantin* à cor et
à cri.

Entre les deux hommes, à cette heure, il
était surtout question d'avenir, d'existence pai-
sible à la campagne, et surtout d'évaluations,
de chiffres, de placements. Qui les aurait en-
tendus causer se serait cru dans le bureau
d'un négociant supputant ses bénéfices, recher-
chant si l'heure était venue de vendre son fonds
et de vivre de ses rentes.

Le travail n'était point des plus faciles, car
le compositeur n'avait jamais voulu avoir ni
agent de change ni notaire attitré. Le désordre
commun à tous les artistes se trahissait en
lui, mais d'une façon qui n'est point l'ordinaire; car Godefroid, ses capitaux placés,

perdait la chose de vue et négligeait même de toucher ses dividendes.

En fin de compte, à force de dépouiller des bordereaux, de compulser des certificats de dépôts dans vingt banques diverses, d'additionner des soldes créditeurs, Patrice, moins secrétaire que comptable à cette heure, finit par obtenir un chiffre dont il fut lui-même étonné.

— Cinq cent mille francs ! s'écria-t-il en posant son crayon sur la table. Est-il possible que tu aies gagné cinq cent mille francs à barrer des croches !

— Mon Dieu ! répondit modestement Godefroid, ma seule opérette des *Filets de Vulcain* a été jouée plus de trois cents fois à Paris. Ajoute les tournées à l'étranger, en province. Mais surtout considère que je n'ai ni chevaux, ni hôtel, ni collection, ni maîtresse, ni femme légitime, ni enfants. J'en avais un, mais, depuis cinq ans, celui-là ne me coûte pas cher. Certes, cinq cent mille francs c'est un beau chiffre, même pour un homme que l'on accuse d'avoir thésaurisé. Et pourtant j'aurais cru...

— Bon ! fit Patrice, voilà que tu vas te plaindre ! Que te manque-t-il ? En quoi serais tu plus heureux si tu avais un million?

Godefroid ne répondit pas, mais, le regard perdu dans le vague, il secouait doucement la tête comme pour dire :

— Je ne trouverais pas qu'un million fût trop pour ce que j'ai en vue.

Cependant les visites de madame Sauval n'étaient ni moins régulières, ni moins confidentielles, ni moins longues. S'il arrivait qu'elle rencontrât Patrice, il fallait voir quels mots gracieux elle prodiguait au jeune homme, quelles poignées de mains, quels sourires; tout cela, d'ailleurs, en pure perte. Contre cette femme O'Farrell sentait croître son antipathie, ne doutant pas qu'il n'en fût lui-même détesté et se bornant, pour sa part, à une politesse cérémonieuse. Il comprenait que des événements graves allaient s'accomplir, dans lesquels son rôle deviendrait, selon toute apparence, pour le moins ingrat. Mille incidents journaliers vinrent le convaincre qu'il était bien près d'être l'homme dont on n'a plus besoin, ce qui, dans certains cas, ressemble beaucoup à être l'homme qui gêne. Malheureusement pour le repos de sa vie, le jour était proche, au contraire, où l'on n'aurait que trop besoin de lui.

XIII

Un soir, après dîner, Godefroid s'assit dans son fauteuil de bureau tandis qu'à cette heure-là, d'ordinaire, il s'étendait au coin du feu sur une chaise longue. Il était agité, ses mains tremblaient, il n'avait mangé que du bout des dents. Patrice, craignant qu'il n'eût la fièvre, lui demanda :

— Te trouves-tu moins bien ce soir ?

— Ai-je donc l'air si malade ? fit le convalescent d'un air désappointé.

Il se leva, s'approcha d'un miroir, et, s'étant regardé avec l'angoisse d'une coquette à sa première ride, il revint à sa place.

— Mais non, dit-il. Je vais bien. Seulement

9

je suis préoccupé. Mon cher Patrice, fit-il tout à coup, j'ai quelque chose de grave à t'apprendre.

— Quelque chose d'heureux, j'espère, ajouta Patrice pour encourager son ami qui semblait très ému par la communication qu'il avait à faire.

— Si tu t'en souviens, reprit Godefroid, tu m'as conseillé jadis de prendre femme. Peut-être aussi te souviens-tu quelle est la femme que tu m'engageais à épouser ?

— Je ne l'ai point oublié, c'est mademoiselle Sauval, répondit O'Farrell en se levant pour baisser l'abat-jour de la lampe dont l'éclat lui donnait dans les yeux.

— Tu te souviens aussi de mes objections. Je disais qu'un compositeur est fou d'épouser l'artiste qui chante ses rôles.

— Je devine que tu as changé d'avis.

— Ce n'est point mon avis qui a changé, mais les circonstances ne sont plus les mêmes. Le musicien Godefroid est mort et enterré.

— Bon ! fit le jeune homme avec une gaieté tant soit peu méritoire, voilà un avis d'enterrement qui ressemble fort à un billet de part de mariage. Quant au mariage, parbleu ! j'en suis. Mais quant à l'enterrement, je fais mes réserves.

— Non, mon cher, ne réserve rien. *Constantin* sera ma dernière œuvre, moins parce
qu'elle est méconnue, incomprise, que pour
une raison plus péremptoire : je n'ai plus en
moi la force nécessaire. Et même, si j'avais la
force, la confiance me manquerait !

— Mon cher Godefroid, je mérite mieux
que cette demi-franchise. Tu as quarante-cinq
ans. Il y a quelques jours, nous comptions
ensemble ta fortune. Ton premier grand ouvrage a réussi comme art, sinon comme argent. Quelques-uns disent que tu t'es trompé.
Nul n'a prétendu que tu n'es pas un grand
artiste et un maître. Et c'est à ce moment
que tu te poses en vaincu, forcé de quitter
le champ de bataille ! Allons donc ! Pourquoi
ne pas m'ouvrir ton cœur ? Pourquoi ne pas
me dire : « J'aime encore mieux Jenny Sauval
que la musique. A la gloire d'écrire des chefs-
d'œuvre, je préfère la joie de faire mienne,
pour la vie celle qui tient mon bonheur dans
ses mains. » Crois-tu par hasard que je n'en
ferais pas autant à ta place ?

Godefroid ne quittait pas son ami des yeux
tandis qu'il parlait ainsi, mettant dans sa
phrase un enthousiasme tel qu'on eût pu
croire que Patrice plaidait sa propre cause.

Trouvant tout à coup, dans ce regard fixé sur lui, une défiance farouche, le jeune homme dit, pour faire diversion :

— Tu prends un air accablé ! Lève la tête, que diable ! En te voyant, on s'imaginerait que tu vas commettre un crime.

— Un crime ? non, répondit Godefroid très lentement. Une folie, probablement ; une mauvaise action, peut-être.

O'Farreil se tut, car, cette fois, malgré son désir de soigner l'esprit de ce malade comme il avait soigné son corps, il ne trouvait plus rien à répondre. Durant quelques minutes, on n'entendit que le pétillement des bûches mordues par la flamme.

— Ah ! ton silence est éloquent ! s'écria Godefroid. Je sens que tout sombre sous mes pieds, tout, notre chère amitié elle-même. Quoi qu'il arrive, nous ne serons plus l'un pour l'autre ce que nous étions. Mon Dieu ! pourquoi t'ai-je laissé partir ? Comme elle était douce, heureuse, remplie, notre existence, et si calme ! Tu me tenais lieu de tout, et, voyant à mes côtés ce grand fils dont j'étais fier, il ne me venait pas à l'idée qu'il pût y avoir place dans mon cœur pour d'autres tendresses. Mais tu es parti. Dans le vide laissé

par toi une autre image a pris racine, se-
mence légère déposée au hasard par le vent.
Puis, peu à peu, la plante a grandi, et maintenant...

Il s'interrompit avec un geste si accablé
qu'O'Farrell, ému par cette souffrance, essaya
de lui rendre le courage avec l'illusion.

— Voilà ce que c'est, dit-il en riant, que
d'avoir un père trop jeune. Tôt ou tard, il
faut compter qu'on verra poindre la belle-
mère. Si tu crois que notre amitié en souf-
frira !...

— Notre amitié ! fit Godefroid revenant à la
crainte obsédante qui ne le quittait ni jour ni
nuit. Peut-être que tu me hais, à cette heure.
Comment n'aurais-tu pas de haine pour moi,
si tu as de l'amour pour elle ?

— Mais, morbleu ! faut-il te répéter... ?
commença Patrice.

Godefroid s'était levé et se promenait à
grands pas, comme il faisait jadis avant sa
maladie. Sans laisser son compagnon finir sa
phrase, il continua :

— Toi, tu ne peux l'aimer que depuis
quelques semaines. Moi je l'aime depuis quatre
ans, depuis un certain soir où une étrangère que je connaissais à peine m'invita chez

elle sans me prévenir de ses projets. Tout à
coup je vis s'approcher du piano une jeune
fille... Elle chanta, médiocrement, je pense,
mais je ne l'écoutais guère. Quand elle eut
achevé, quand elle apprit qu'elle avait chanté
devant le compositeur Godefroid, cette admirable créature devant laquelle j'ai tremblé si
souvent devint toute tremblante et toute pâle.
Il me fallut — ironie du sort! — prendre sa
main, la rassurer, l'encourager, lui dire que
j'avais eu du plaisir à l'entendre. C'est moi
qui balbutiais, qui ne pouvais trouver mes
paroles, plus troublé que je n'étais lorsque,
tout enfant, on me conduisait devant ta
mère, moi le petit paysan qui n'avais parlé
jusque-là qu'à des villageoises. Quand je sortis
de ce salon, il paraît que j'avais promis toute
sorte de choses. Quoi qu'il en soit, j'ai tenu
mes promesses. Je me suis dévoué pour Jenny
Sauval comme je m'étais dévoué pour toi.

— Oui, dit O'Farrell, mais, cette fois, ton
dévouement trouvera sa récompense.

— Hélas! il faudrait pour cela qu'elle pût
m'aimer! M'aimer! répéta-t-il en s'arrêtant
devant une glace. Comment puis-je avoir dans
l'esprit cette folie, moi dont les jours sont
comptés? Tu as beau faire des gestes, mon

pauvre ami. Dans mon être, je sens une blessure invisible par où s'écoule doucement cette
chose inconnue qui est la vie. Ce serait pour
un sage le moment de dire adieu au monde,
à l'avenir, de renoncer à tout. Mais je ne veux
pas mourir ainsi. J'ai savouré plus ou moins
quelques-unes des félicités d'ici-bas : le travail,
la joie d'être utile aux autres, le rayon du
brillant soleil de l'art. Mais il me semble que
j'ignore tout et que, si mon heure sonnait
maintenant, je mourrais sans avoir vécu.

Il s'était animé en parlant ; ses traits rajeunis
rayonnaient ; il était vraiment beau d'inspiration et d'un enthousiasme où se mêlait l'énergie d'un désespoir sombre. O'Farrell ne put
s'empêcher de dire tout haut :

— Ah ! si elle te voyait ainsi !... Elle ne
pourrait s'empêcher d'être touchée.

— *Touchée !...* répéta Godefroid avec un
rire plein d'ironie. Eh bien, n'importe. Qu'il
me soit donné seulement de lui dire que je
l'adore, de lui dire cet amour à ses pieds,
en les baisant, de faire jaillir de mon cœur
qui, sans doute, va se briser en moi, tout
ce qu'il contient de passion, de tendresse accu-
mulée. Ah ! fit-il en appuyant ses mains sur
son visage enflammé, pour ce bonheur seu-

lement, pour une année de cette ivresse, il
me semble que je donnerais ma part du ciel
si j'avais ta croyance. Du moins, je donne tout
ce que j'ai, l'art qui a été le seul dieu de ma
vie, ce peu de gloire qui entoure mon nom.
Je te donne toi-même. Patrice. Mais, si, à cette
heure, j'aime une autre plus que toi, va, ne
sois point jaloux. Ton lot restera le plus fort.
Je t'ai consacré quinze ans de ma vie. Dans
quinze ans, personne, excepté toi, peut-être,
ne se souviendra que j'ai existé.

Godefroid reprit haleine, tellement épuisé
par son excitation que son ami voulut le calmer comme on calme un enfant, en lui parlant du jouet qu'il désire.

— Tu laisses de côté, dit-il, ce qui est le
plus intéressant. T'es-tu déclaré?

Le compositeur jeta les yeux sur la pendule
et répondit:

— En ce moment elle doit tout savoir: sa
mère s'est chargée de lui parler pour moi;
c'est une excellente amie. Pourvu seulement
qu'elle ait agi adroitement, qu'elle ait bien
préparé sa fille...

— Oh! ce n'est pas l'adresse qui manque à
ta future belle-mère, interrompit O'Farrell. Si
elle t'accepte pour gendre, c'est qu'elle y dé-

couvre son intérêt. Or, quand madame Sauval
est intéressée à une chose... Mille diables ! si
j'étais sûr qu'elle trouvât son compte à me
voir pendu aussi bien qu'à te voir marié, je
croirais déjà sentir le chanvre autour de mon
cou.

Godefroid ne répondit rien à cette boutade.
Il était facile de voir qu'elle n'était pas de son
goût, mais il semblait avoir déjà perdu la
prérogative amicale de la contradiction.

— Tu seras fixé bientôt? demanda Fabrice
pour rendre le parole à son ami.

— Oui ! à deux heures, demain, je con-
naîtrai la réponse.

Il ferma les yeux une seconde, tressaillit
nerveusement, et se leva de son siège pour
gagner sa chambre. En disant bonsoir à Patrice, il garda la main du jeune homme em-
prisonnée dans la sienne.

— Puisque tu crois en Dieu, prononça-t-il
d'une voix vibrante, prie-le pour qu'elle ne
dise pas non. Je me tuerais.

— Sois tranquille ; tu n'auras pas besoin de
te tuer, répondit O'Farrell en lui rendant son
étreinte.

Cette confiance, il faut le croire, n'était pas
des plus sincères, car, le lendemain, Patrice

9.

manœuvra de telle sorte qu'il se trouva sur l'escalier comme la mère de Jenny montait. Le coup d'œil plein de colère et de ressentiment dont il se sentit foudroyé lui fit voir que l'ambassadrice avait échoué dans sa diplomatie.

— C'est un *non* que vous apportez? demanda-t-il sans perdre son temps à des formules de politesse.

— Ne vous réjouissez pas trop tôt, gronda la Roumaine. Votre ami saura tout. Nous verrons ce qu'il pensera du rôle édifiant que vous jouez auprès de ma fille.

— Madame, dit O'Farrell, je vous jure que vous n'entrerez pas chez Godefroid sans m'avoir promis une chose. Vous allez lui répondre qu'on l'accepte.

Elle ouvrit de grands yeux, rendue muette par la surprise. Elle était trop habile dans l'art de tromper les autres pour ne pas lire la vérité, quand elle est écrite sur un visage.

— Mais alors, balbutia-t-elle, je ne comprends pas...

— Je crois en effet qu'une femme comme vous aurait de la peine à comprendre un homme comme moi. D'ailleurs, ce n'est pas ici que je pourrais vous donner des explications!... Allez, madame, le temps presse:

rassurez Godefroid qui se meurt d'inquiétude.
Faites-lui savoir qu'il épousera votre fille,
car il l'épousera, foi d'O'Farell !

— Cependant, Jenny le refuse... Et j'imagine que vous savez pourquoi.

Patrice eut un geste d'impatience, comme si,
au contraire, il eût été à cent lieues de connaître ce « pourquoi ». Il insista, plus fiévreusement encore :

— Je vous en prie, madame, faites ce que
je dis. Gagnez du temps. Inventez une réponse:
votre fille est prise au dépourvu ; elle s'attendait peu à ce qui arrive! Elle demande
vingt-quatre heures... Enfin imaginez quelque
chose. Mais ne laissez aucune crainte à
Godefroid. Je vous en conjure, madame, allez
vite. Chaque minute qui se passe est un danger
pour lui.

Sans laisser à madame Sauval le temps
de répliquer, il s'éloigna rapidement, le cœur
plein de joie tout à la fois et de la plus
amère angoisse. Elle avait dit non !...

— Mon Dieu ! pensa-t-il, comme nous
allons souffrir ! Mais comme je souffrirais
davantage encore si elle avait répondu « oui » !

Il courait presque afin de s'étourdir et de ne
pas se laisser le temps de songer à ce qu'il

allait faire. Jamais amant heureux ne mit plus de hâte à voler aux pieds de sa maîtresse. En quelques minutes il arriva rue de Vienne et, sans faire attention que le domestique venait de lui refuser la porte, il entra au salon. Jenny, affaissée dans un fauteuil avec un grand air de fatigue, contemplait de ses yeux orillants la flamme qui dansait dans l'âtre.

XIV

Habituée, de tout temps, à se soumettre
à la volonté d'acier de sa mère, Jenny avait
pris de bonne heure l'habitude d'une résignation dont elle s'indemnisait, dans le secret
de son âme, par une révolte invisible mais
fière contre les personnes et les événements.
De là cette mélancolie que son visage exprimait souvent, et que beaucoup de gens prenaient pour une froideur dédaigneuse. De
là ce sourire ébauché, si rarement épanoui.
Comment aurait-elle pu sourire? Sa jeunesse
ne lui avait pas donné une seule des joies
qu'elle avait espérées comme une chose due.
Dans sa carrière d'artiste, embrassée non pas

goût, mais par nécessité, mademoiselle Sauval avait trouvé de nombreux froissements
pour sa nature délicate. Et tous les côtés
séduisants de la vie de théâtre, qu'elle
avait si largement connus, étaient sans sa-
veur pour elle, de même que, pour l'oiseau
emprisonné, le grain le plus choisi ne saurait
remplacer l'air libre.

Pour faire connaître l'état de son âme, un
seul mot suffit : elle attendait. Car, pour la
jeunesse encore ignorante des longs refus de
la vie, la résignation, en réalité, n'est que
l'attente d'un sort meilleur. Mais, à dater
du jour où Patrice O'Farrell eût paru devant
ses yeux, l'attente, pour elle, prit un nom,
une couleur, une forme Elle prit une voix
bientôt. Enfin, ces paroles qu'elle avait rêvé
d'entendre adressées à son être intime et complet, non pas au masque de théâtre qu'elle
portait en étouffant, ces paroles, un homme les
avait prononcées ! Cette tendresse profonde, ce
respect charmant comme une mélodie sou-
pirée au pied d'un balcon, cette admiration
murmurée, discrète, si peu semblable aux
madrigaux de coulisse qu'elle connaissait
trop, tout cela semblait à Jenny la pré-
face délicieuse d'un livre qu'elle comptait

lire bientôt, avec quelle émotion touchante!

Aussi la demande que sa mère lui transmit de la part de Godefroid glissa-t-elle sur son cœur, comme une question en langue étrangère qui aurait frappé son oreille sans rien dire à son entendement. Mais madame Sauval n'était pas de celles qui se tiennent aisément pour battues. Elle insista, interrogea, et, quand celle-là voulait savoir, les secrets les mieux défendus ne tenaient pas facilement devant sa curiosité. Elle apprit bientôt deux choses: l'une qu'on ne songeait point à lui cacher, à savoir que le cœur de sa fille était pris; l'autre, qu'elle devina presque aussi vite: Jenny aimait O'Farrell.

Connaissant trop sa fille pour s'arrêter à des reproches inutiles ou même dangereux, madame Sauval n'hésita point sur la décision à prendre, et, quand Patrice l'arrêta fort à propos sur l'escalier, elle se rendait chez Godefroid pour lui dire, sans autre périphrase :

— Votre ami est votre rival. Chassez-le!

Jenny, en voyant Patrice, fut à peine étonnée, bien qu'une visite du jeune homme, fait sans précédent, eût tout ce qu'il fallait pour la surprendre. Depuis quelque temps,

laissée à elle-même par son oisiveté forcée,
elle pensait si souvent à ce nouveau venu
dans sa vie qu'il était entré, pour ainsi
dire, dans son intimité. La pensée, non moins
que l'échange de la parole, peut nous rendre
une personne familière. Avec cette facilité
d'oubli de tout le reste, donné par la nature
à la femme qui aime, elle avait déjà presque
perdu le souvenir du message transmis par sa
mère et de la scène qui avait suivi. Tout ce
qui s'était passé, entre la visite au Jardin
d'Acclimatation et l'heure présente, n'était
qu'un enchaînement de détails accessoires.
Elle ne se demanda pas à la vue de Patrice :

— Que vient-il me dire?

Elle songea seulement :

— Comme je suis heureuse !

Cependant O'Farrell avait salué la jeune fille
sans la regarder, de crainte d'oublier son
rôle. Il prit un fauteuil assez loin d'elle et
commença, très vite :

— Mademoiselle, vous tenez dans vos mains
non seulement le bonheur de Godefroid,
notre bienfaiteur et notre ami, mais encore
sa vie.

— Sa vie ! répéta-t-elle avec un effort

douloureux pour suivre son interlocuteur dans une direction inattendue.

Patrice eut un soupir qui fit voir qu'il n'en pouvait déjà plus.

— Oui, continua-t-il, sa vie. Car, si vous le refusez, il se tuera.

S'il existait au monde une femme insensible et cruelle, certes ce n'était point Jenny. Et cependant elle répondit, d'une voix presque indifférente :

— Ils sont rares les hommes qui se tuent... pour cela; surtout à son âge.

— C'est, au contraire, à son âge qu'on se tue, quand les années n'ont point fermé le cœur. Et Godefroid, précisément, est un de ceux qui se tuent. Sans Dieu, sans famille, sans consolation, déçu mortellement dans les plus chers espoirs de sa vie, affaibli dans son corps et dans son esprit, n'ayant jamais soutenu certaines luttes, il est perdu si vous le repoussez, il est mort; c'est infaillible, c'est certain.

— Mon Dieu ! fit-elle en frissonnant, ma mère est allée...

— Madame votre mère est allée lui dire d'espérer. Je l'ai rencontrée et, comme il s'agissait de la vie de mon ami, j'ai pris sur moi de changer son message dont elle m'avait confié le sens.

— Vous avez fait cela! s'écria Jenny d'une voix brisée; vous avez fait cela! Oh! malheureux!...

Patrice recueillait une à une ces paroles comme autant d'aveux d'amour. Il les gravait dans sa mémoire pour être sa suprême consolation, en quelque lieu lointain qu'il dût aller finir sa vie. Comme il gardait le silence, elle reprit :

— Je comprends; il faut le calmer, le préparer, gagner du temps. Vous avez bien fait. Le pauvre homme! Ah! Dieu! croyez bien que moi-même, je ne me consolerais pas, si... Mais qui aurait pu soupçonner ce... cette idée chez lui? C'est une folie passagère, n'est-ce pas? Vous lui parlerez; vous lui ferez comprendre que c'est impossible?

— Pourquoi impossible? dit lentement O'Farrell. Vous n'aimez pas le théâtre, il vous en délivre. Il vous donne un nom honoré dans l'art, une fortune convenable, un passé sans tache, un dévouement sans bornes...

— Ce que j'entends est si étrange, interrompit mademoiselle Sauval, que je sens ma raison chanceler. Je ne sais que dire, ou

plutôt je ne peux pas dire ce que je voudrais.
Je ne croyais pas qu'il pût exister un homme
faisant ce que vous faites.

— Je fais ce que tout ami dévoué ferait à
ma place. Je défends la cause de Godefroid,
afin qu'il vive, et qu'il soit heureux.

— Vous souvenez-vous, dit-elle en baissant
les yeux, de la soirée du verglas ? Vous
souvenez-vous des paroles que vous avez prononcées ? « Je serai votre frère dévoué ; dévoué
pour vous seule ! » Pourquoi, entre ces deux
dévouements, est-ce l'autre qui l'emporte ?
Pourquoi sacrifiez-vous votre sœur à votre
ami ?

— Parce que cet ami s'est sacrifié pour moi
pendant quinze années de sa vie. Parce que
je lui dois tout, le pain dont il m'a nourri,
les habits dont il m'a vêtu, plus encore : les
exemples de courage et d'honneur qu'il m'a
montrés et qui ont fait de moi un homme.
A cette heure, l'être faible, c'est lui. Si vous
saviez comme il souffre, comme il est malheureux, abandonné !

— Ne lui êtes-vous pas revenu ?

— Oh ! répondit Patrice en secouant la tête,
ce n'est plus la même chose. Quand je suis
parti, Godefroid ne connaissait que l'amitié.

Sans moi, c'est à peine s'il a souffert : sans vous il mourrait. Il ne faut pas qu'il meure.

Avec une indignation passionnée, Jenny se leva et, s'approchant de la cheminée, promena fiévreusement sa main sur les objets qui l'encombraient.

— Et moi, fit-elle tout à coup, suis-je donc la seule dont personne ne s'occupe ? Ne puis-je pas aimer, moi aussi ? Ai-je donc passé l'âge où le cœur a le droit de parler ? Suis-je une de ces créatures vouées d'avance à l'abnégation, marquées dès la naissance pour le sacrifice ? Ma mère, pendant des heures, m'a torturée ce matin. Et quand je croyais, Dieu sait après quels combats, m'être reconquise, voilà que vous revenez à la charge et que vous me dites d'épouser Godefroid, que je ne peux pas aimer !

— Si vous saviez comme il est bon, comme il vous adore, quel esclave reconnaissant vous auriez en lui !

— Je le crois, répondit-elle. S'il avait parlé six mois plus tôt, j'aurais peut-être posé ma main dans la sienne avec bonheur. Mais je vous dirai ce que vous me disiez il n'y a qu'une minute : aujourd'hui, ce n'est plus la même chose.

— Pourquoi? demanda-t-il d'une voix tremblante.

— Vous voulez savoir pourquoi? Soyez donc
satisfait, et, si je vous étonne par ma franchise, ne vous en prenez qu'à vous-même.
Aussi bien je lutte pour défendre mon bonheur, et je lutte seule. D'ailleurs, on ne saurait attendre de moi les timides effarements
d'une jeune fille ordinaire. Donc, assez de
détours entre nous. Oui, quelque chose a
changé dans ma vie; j'ai connu, moi aussi, un
autre sentiment que l'amitié! J'aime: cherchez
bien qui! Je suis aimée: tâchez de découvrir
par quel homme!

O'Farrell sentit qu'il était arrivé à la minute
décisive. Un seul éclair de tendresse dans ses
yeux et, venu pour accomplir l'austère sacrifice de lui-même, il partait emportant, signé
de sa main, l'arrêt de mort de son ami.

— Je pense, dit-il en balbutiant, que bien
des hommes vous ont aimée et vous aime-
ront. Mais, de tous ceux-là, un seul doit passer
avant les autres. Plus qu'un mot : Godefroid n'a-t-il rien fait pour vous?

Jenny Sauval regardait le jeune homme avec
des yeux rayonnants d'enthousiasme. Ceux qui
lui reprochaient d'ignorer la passion dans ses

rôles auraient eu quelque peine à la reconnaître, à cette heure. D'une voix vibrante elle répondit :

— Il m'a fait éprouver la joie suprême de ma vie.

Et comme Patrice, à bout de forces, gardait le silence, elle continua :

— C'est à lui que je dois d'avoir rencontré celui que j'aime, que j'aimerai toujours, que j'admire, en m'étonnant qu'un être humain puisse porter si haut la noblesse. Allez, je vous donnerais mon cœur, après ce que je viens de voir, si vous ne l'aviez déjà. Gardezmoi le vôtre et que Dieu nous aide à sauver notre cher Godefroid !

Patrice, à chacune de ces paroles, frémissait comme à la blessure d'autant de coups de poignard. Son bonheur et son supplice dépassaient tout ce qu'il avait supposé. Il était venu pour se reprendre, et voilà qu'on se donnait à lui !

Cachant de son mieux l'horrible angoisse qui l'étreignait, il balbutia :

— Mais, vous vous trompez... Je ne vous ai jamais dit que... que je vous aime.

Elle bondit à ces mots ; puis une expression de terreur passa sur ses traits. Mais bientôt, reprenant confiance :

— Par pitié ! dit-elle, ne continuez pas. Que deviendrais-je, si je m'étais trompée ! Songez que je vous ai vu à mes genoux... Ah ! Dieu ! ne prolongez pas ce malheureux mensonge. A qui pourrait-il profiter ?

— Mademoiselle, répondit Patrice, quand on vous annoncera demain que je suis retourné au bout du monde, vous ne croirez peut-être plus... qu'il s'agit d'un mensonge.

— Mon Dieu ! s'écria-t-elle en se tordant les mains. Qu'ai-je donc fait pour mériter d'être soumise à cette torture ? Mais enfin, qu'est-il arrivé ? Que vous a-t-on dit ? Quel secret se cache dans votre âme ? Me croyez-vous indigne de vous ? Non, sans doute, puisque vous me trouvez digne de cet ami, qui passe pour vous avant tout le reste. Ou bien, peut-être, vous vous effacez, dans votre dévouement pour moi, afin que j'épouse un homme riche !... Y pensez-vous ? Si je cherchais la fortune, croyez-vous que celle de Godefroid me suffirait ?

— Non, reprit O'Farrell, je ne pense point à l'argent. Si j'y pensais, il me faudrait vous dire que je suis pauvre, que le travail est mon seul lot. Mais je suis fort et je suis jeune — trop jeune quelquefois !... — Je puis lutter contre la vie. Godefroid, sans vous, est perdu ; avec lui vous pouvez être heureuse. Sachez voir la vérité.

— Hélas ! s'écria Jenny, la vérité, c'est que je suis perdue aussi ! Vous ne laissez rien là — elle frappait sa poitrine. Vous tuez tout en moi : l'amour que j'avais espéré, l'amitié promise, l'orgueil, l'espoir dans la vie. Avec l'homme que j'aime, j'aurais été une sainte. Avec la haine, le désespoir, l'éternelle rancune, qui sait quelle femme je vais devenir ?

— Allons ! dit le jeune homme avec un amer sourire, de toute façon, je vois qu'il faudra que je parte. Aussi bien, pour les joies que j'ai trouvées à Paris, pour celles qui m'y attendent, j'aime encore mieux le désert et ses solitudes.

Jenny Sauval parut soudain frappée de stupeur. Ses traits se détendirent, laissant voir une sorte de terreur navrée, qui aurait ému de compassion même un étranger.

— Ah ! je suis perdue ! Vous êtes tous contre moi ! gémit-elle d'une voix brisée. Cependant, vous m'aviez promis votre amitié. C'est la seule chose qui me reste en ce monde.

— Si vous sauvez Godefroid, jusqu'à mon dernier jour, je serai plus que votre ami. Je vous aimerai comme une sœur, une sœur qui m'aurait sauvé la vie.

— Oui, dit-elle en secouant tristement la tête, jusqu'au jour où une autre, plus heureuse...

Patrice l'interrompit en étendant la main vers elle, avec ce regard qu'il avait quelquefois et qu'il était impossible de ne pas croire. D'une voix douce comme un adieu suprême, il prononça :

— Soyez tranquille. Ce jour n'arrivera jamais. Je vivrai et je mourrai seul. Les heures qui viennent de s'écouler marqueront trop dans ma vie pour que je puisse oublier leur dure leçon. Maudit soit l'amour, les maux et les ruines qu'il cause !

Elle se laissa tomber dans un fauteuil, la tête cachée dans ses mains. Au mouvement qu'elle faisait en sanglotant, Patrice, avec une exclamation étouffée, s'élança, mais une dernière lueur de raison le retint. A moitié fou, il gagna la porte. Jenny cria, terrifiée par le bruit des pas qui s'éloignaient :

— Patrice !

Il se retourna, le visage bouleversé.

— Mais, mon Dieu ! mon Dieu ! supplia-t-elle au milieu de ses pleurs, je ne suis donc rien

pour vous, rien, pas même le chien qu'on
caresse une dernière fois avant de le donner
à un autre! Vous partez, sans me dire une
parole douce, sans songer qu'il y a aussi des
femmes qui se tuent! Vous partez? Je ne vous
reverrai plus?

— Sur l'honneur, vous me reverrez demain,
dit Patrice.

Il franchit le seuil, emportant dans son
oreille le cri de joie, faible et déchirant tout
à la fois, qu'il venait d'entendre.

XV

Enfin, c'était fini !

Bien souvent, en ramenant sa mémoire aux tortures de cette longue demi-heure, Patrice O'Farrell a pensé que, s'il les avaient connues d'avance, ils ne les aurait point affrontées. Il aurait disparu sans rien dire à personne, laissant les événements s'accomplir, faisant tomber par son départ tous les obstacles dont Godefroid pouvait le rendre responsable. Mais voir ce qu'il venait de voir, achever l'œuvre dont son cœur saignerait jusqu'au bout de sa vie, mentir avec cette cruauté, immoler avec cette barbarie impitoyable... Non ! jamais, la prévoyant, il n'aurait entrepris cette tâche !

Tandis que Jenny pleurait à chaudes larmes la jeunesse de son cœur à peine éveillé, et déjà mort, son bourreau, deux fois plus à plaindre, puisqu'il faisait du même coup deux victimes, s'éloignait du pas fuyant de la bête blessée que l'instinct pousse, à défaut de la volonté. Il marcha longtemps; il traversa des carrefours; il suivit des avenues, il passa des ponts. Des voitures le frôlèrent; des hommes chargés de fardeaux lâchèrent des imprécations sur ce promeneur à l'air illuminé qui les heurtait. Des femmes jolies et parées qui trottaient à pied, toutes roses dans leurs fourrures, cherchèrent en vain le regard de ce grand jeune homme à la physionomie étrange. Mais il semblait hors d'état de rien voir et de rien entendre.

Le seul être qui put l'arracher à l'obsession douloureuse de sa pensée fut un pauvre chien perdu qui mourait de faim, de froid et de fatigue. Dans l'angle d'un mur où la brise glaciale roulait des tourbillons de poussière, le petit animal tremblait ses derniers frissons, couché en rond sur un lambeau d'affiche décollé par le vent, seul lit qu'il eût trouvé dans son agonie errante, pour ne pas expirer sur la terre durcie. Devant ce mo-

ribond qui n'avait plus la force de chercher
son maître, qui attendait son dernier spasme,
insensible à tout, insoucieux même du pied
des passants qui se hâtaient, Patrice éprouva
ce relâchement attendri des douleurs extrêmes,
qu'un détail insignifiant de la vie fait éclater.

Il se baissa et prit le chien pour l'emporter
avec lui, pour en faire un compagnon dont
aucun amour, aucun devoir ne le séparerait.
Mais il était trop tard. Un effort reconnaissant
de deux bons yeux fidèles, une caresse essayée
par la petite langue déjà paralysée, et ce fut
tout. Un être de moins souffrait ici-bas.

Alors, celui qui souffrait encore s'éloigna, se
souvenant de la parole qu'il avait entendu prononcer par une femme qui pleurait :

— Je ne suis rien pour vous, pas même un
chien que l'on caresse avant de le donner à un
autre !

Peu après il entrait dans le cabinet de Godefroid, qu'il trouva radieux, souriant, rajeuni
de dix années.

— Devine la réponse ! cria joyeusement le
musicien.

— Je la sais, dit Patrice en se laissant tomber sur un siège.

— Comment, tu la sais !

10.

— Je veux dire que je la devine en te voyant si heureux.

— Et pourtant, fit observer Godefroid, parlant avec une volubilité singulière, *elle* me remet à huitaine pour la réponse définitive. Mais sa mère — cette femme est la bonté personnifiée ! — sa mère a pris soin de m'ôter toute inquiétude. Ces huit jours ne sont qu'un délai de convenance.

— Évidemment, appuya Patrice. En pareil cas une jeune fille ne doit point avoir l'air de se décider trop vite.

Une ironie — à coup sûr involontaire — se devinait dans la phrase. Mais Godefroid, devenu très philosophe depuis qu'il n'avait plus besoin de philosophie, hocha la tête avec un sourire indulgent.

— Ah ! tu m'en veux sans le savoir ! fit-il. Au fond, si quelqu'un se réjouit de mon bonheur, c'est toi, je n'en doute pas. Mais enfin — tu peux en convenir avec un vieux camarade — mademoiselle Sauval avait paru te... te distinguer des autres. Et, en pareil cas, le moins fat d'entre nous n'aime point à voir qu'il s'est trompé.

— Tu y reviens ? interrompit Patrice avec lassitude.

— En vérité, j'ai tort. Car, s'il en était besoin, les confidences que la mère de... Jenny m'a faites sur sa fille suffiraient pour m'ôter jusqu'à l'ombre d'une arrière-pensée.

— Ainsi, tu es heureux? complètement heureux?

— Mon bonheur est tellement grand que je n'ose pas le sonder de crainte de m'y engloutir. Si tu me vois aussi calme aujourd'hui, c'est qu'une sorte d'hébètement m'accable. L'impression du réel ne m'a pas encore pénétré. Mais tu peux comprendre ce que j'éprouve en songeant à la parole que je t'ai dite hier, que je te répète en ce moment : *elle* ou *lui*.

Sa main tremblante de fièvre désignait un revolver suspendu au mur. Patrice, pour toute réponse, laissa échapper un profond soupir.

— Et, maintenant, continua Godefroid, veux-tu connaître mes projets?

— Peut-être — le jeune homme ne put retenir cette insinuation — conviendrait-il de dire « les projets de madame Sauval » car ta belle-mère, je le suppose, les connaît mieux que toi-même.

— Tu la jugeras moins sévèrement quand tu l'auras pratiquée davantage, prophétisa

patiemment le futur gendre, qui semblait voir
tout en beau à l'heure présente.

Alors il exposa les arrangements déjà com-
binés pour l'avenir. Son premier soin serait
de faire résilier l'engagement de la cantatrice.
Quant à lui, pendant une année au moins, il
se reposerait, sauf à se remettre à la composition suivant l'état de sa santé et les dispositions de son esprit. Cette période de repos, il
la passerait loin de Paris, dans le Béarn où
madame Sauval et sa fille possédaient « une
terre ».

— Une terre! interrompit O'Farrell. Je les
croyais sans la moindre fortune.

— Oh! quant à cela, je crois que le domaine
de Pomeyras coûte plus qu'il ne rapporte, et
qu'il est moins chargé de récoltes que d'hypo-
thèques. Mais nous y pourvoirons. Nous vivrons
là comme d'heureux campagnards, faisant semblant de soigner nos prairies et nos vignes,
nous suffisant à nous-mêmes. D'ailleurs, le voisinage est agréable, paraît-il.

— Ainsi donc, *finita la musica?*

— La musique! dit lentement Godefroid en
retrouvant le regard d'inspiration passionnée
qu'il avait jadis, mais avec une flamme plus
terrestre. La musique! Ah! c'est maintenant

que je vais commencer la vraie, la seule musique de ma vie! Tiens, veux-tu savoir ce que
je pense? Eh bien, je voudrais avoir ta croyance
pour remercier Dieu du bonheur qui m'arrive.
Je me sens comme étouffé par une reconnaissance qui ne sait vers quel bienfaiteur se tourner. Que Dieu est bon, s'il existe!...

Quand O'Farrell, rentré dans sa chambre,
eut le loisir de songer à ses propres affaires, il
sentit avec joie qu'une grande fatigue de corps
et d'esprit allait l'engourdir. Cet épuisement
double et distinct lui donnait l'impression que
sa personne s'était séparée en deux êtres.
L'un, le Patrice de Godefroid et de Jenny
Sauval, était voué aux sacrifices, aux déchi-
rements douloureux, aux entreprises surhu-
maines. L'autre, était un Patrice terre à terre,
condamné, par la force des circonstances,
à se préoccuper sans retard des nécessités vulgaires mais impérieuses de la vie matérielle.

Ce Patrice d'étage inférieur, à dire le vrai,
n'était pas celui des deux dont les affaires
étaient le plus mal en point. Cependant, si
Godefroid combinait ses projets, il était temps
que son compagnon — pas pour longtemps
désormais — se mît en devoir d'ajuster les
siens.

— Quel dommage que j'aie vendu mon îlot cambodgien, pensa-t-il, et surtout qu'il soit à quatre mille lieues! J'y aurais couché cette nuit. Et encore! je n'aurais pas le droit de partir. Je *lui* ai promis de la revoir demain.

Le lendemain, madame Sauval ne se méfiait plus d'O'Farrell, car elle avait pu voir, au seul abattement de sa fille, que le nouvel allié avait joué franc jeu. Sans doute il avait, lui aussi, de puissantes raisons — peu importait lesquelles — pour désirer que ce mariage eût lieu. Le meilleur était de le laisser continuer sa prédication, puisque ses homélies produisaient tant d'effet. Aussi la jeune fille était seule quand O'Farrell se présenta, frémissant encore d'angoisse au souvenir de ce qu'il avait enduré dans sa précédente visite. Mais au premier coup d'œil il comprit que les choses, pour cette fois, ne se passeraient pas de même.

Jenny Sauval, très calme, visiblement brisée de fatigue, lui tendit la main sans le regarder et le fit asseoir en face d'elle. En vingt-quatre heures, sa physionomie, déjà grave et plus sérieuse que ne comportait son âge, avait pris cette immobilité morne que donne le poids longtemps enduré d'une douleur sans issue. Patrice, voyant qu'elle voulait parler la première, gardait le silence. Au bout d'un instant, elle commença :

—. Vous m'avez causé hier une surprise tellement forte que j'ai perdu tout empire sur moi-même. J'ai dit certaines choses que je regrette et qu'il faut oublier. Ou plutôt — à quoi bon n'être pas franche désormais? — je voudrais qu'il vous fût possible de vous souvenir toute votre vie de ce que vous savez maintenant, mais d'oublier que vous l'avez appris de ma bouche. Ceci posé, causons pratiquement, comme dit ma mère. Votre... fermeté à mon égard a produit des résultats qui dépasseront, j'en suis sûre, tout ce que vous pouviez attendre. La secousse m'a transformée; j'ai beaucoup réfléchi cette nuit; d'habiles arguments maternels ont fait le reste ce matin. Vraiment, vous auriez presque pu ne pas vous déranger.

Tant d'amertume se devinait dans cette ironie que Patrice O'Farrell, serrant les poings, fit entendre une imprécation sourde. D'un rapide regard, Jenny l'étudia, car elle avait un but : elle voulait éclaircir un doute qui lui restait. Depuis la veille elle avait songé :

— Il prétend n'avoir eu qu'un moment d'enthousiasme. Je ne puis le croire; il doit mentir. Mais, s'il m'aime, il faudra bien qu'il se trahisse !

Voyant que le sphinx gardait le silence, elle continua :

— Trois partis s'ouvrent devant moi : poursuivre ma carrière, épouser votre ami, ou, enfin, me laisser enlever par le prince Kéméneff, qui veut bien me l'offrir depuis quelque temps déjà. Vous allez probablement me juger fort mal, mais de ces trois partis, le premier est celui qui me sourit le moins.

— Mon Dieu ! est-ce vous qui parlez ? gémit Patrice.

— A la seule pensée de mettre un costume et du fard, et d'aller, devant quelques centaines d'inconnus, recommencer pour de l'argent des scènes comme celle que j'ai jouée au naturel ici, avec vous seul, pour sauver ma vie — et sans y parvenir... Ah ! non, jamais ! Jamais plus on ne reverra Jenny Sauval prier, pleurer, lutter, se frapper la poitrine et se tordre les mains pour le plaisir des autres. Je n'ai jamais eu d'entraînement pour le théâtre ; aujourd'hui c'est de l'exécration. Reste Godefroid ou Kéméneff. Plus d'une, à ma place, n'hésiterait pas.

— Tenez, s'écria le jeune homme exaspéré,

c'est maintenant que vous jouez une misérable comédie !

— En aucune façon. Repoussée du sentiment, je me réfugie dans le réel. Kéméneff ou Godefroid, je le répète il n'y a pas de milieu, car, décidément, je suis trop dévote pour me tuer, mais pas assez, malheureusement, pour me faire religieuse. Vous, bien entendu, vous êtes pour Godefroid. Mais croyez-vous que le prince ne m'aime pas, lui aussi ?

— Pas assez pour vous épouser.

— Pas assez, du moins, pour se brouiller avec le czar par son mariage avec moi. Mais si Godefroid devait perdre sa place à la cour de Russie en épousant une chanteuse... nous verrions. Quoi qu'il en soit, je me demande ce que vous répondriez si je vous disais : Un seul homme peut me sauver du prince... et ce n'est pas Godefroid !

— Je répondrais que vous mentez. Je vous connais. Je sais, je sens que vous êtes aussi incapable que moi d'une infamie !

Leurs yeux se rencontraient. Elle eut besoin de toute sa volonté pour ne pas tomber aux genoux de Patrice, en le remerciant pour les paroles qu'elle venait d'entendre. Mais elle savait qu'elle ne pouvait lui arracher l'aveu que par surprise. Elle continua, gardant son masque d'ironie inquiétante :

— Merci pour la bonne opinion. Entre nous, vous en parlez bien à votre aise, car, laissant de côté les millions, le prince — après un autre homme — est celui qui fut le plus près d'avoir mon cœur. Mais enfin, si vous vous étiez trompé sur mon compte ? Si vous aviez appris ce matin que Kéméneff... a été la solution préférée... voyons ! ne vous seriez-vous pas un peu frappé la poitrine ?

Patrice avait en effet la main sur sa poitrine, mais ce n'était pas pour faire acte de contrition.

— Je ne vous reconnais plus, répéta-t-il.

— Je ne me reconnais pas davantage. Mais je me reconnaîtrai encore bien moins quand je serai madame Godefroid. Tout de même je pense que je la serai. Où voulez-vous que j'aille ? Que voulez-vous que je fasse contre trois ? D'ailleurs, ma mère assure, avec vous, que je serai très heureuse et que je rendrais votre ami très heureux. Cela vous fera plaisir, n'est-ce pas, de contempler *notre* bonheur ? Car, enfin, il sera votre ouvrage.

— Oui, mais je ne le verrai pas. Vous savez bien que je pars.

— Oh! pas avant mon mariage, dit-elle impérieusement. Si vous partez, rien de fait; c'est une condition *sine quâ non*. Vous serez le témoin de votre ami.

— C'est impossible, balbutia Patrice. Il faut... je ne saurais...

Les yeux de Jenny étincelèrent; son visage s'anima d'un espoir suprême. Elle parut attendre une parole, un geste de celui qu'elle aimait. Voyant que rien ne le ferait sortir de son silence, elle reprit :

— Donc, nous voilà d'accord. Tout est fini, bien fini. Cependant, écoutez ce que je vais vous dire, écoutez-le bien : vous savez que je n'aime pas Godefroid — je le lui avouerai, soyez tranquille; — vous savez que j'aime un autre homme. Eh bien, jusqu'à la dernière minute, quelle que soit l'heure, quel que soit le jour, même dans la salle de la mairie, vous n'aurez qu'à faire ceci (elle agita en l'air son doigt effilé) et... et je resterai Jenny Sauval.

— Ah! pauvre Godefroid! s'écria le jeune homme en mettant la main sur ses yeux.

— Ne craignez rien pour lui. Je vous forcerai à reconnaître en vous-même que je valais quelque chose. Il vous faudra m'estimer. Plus encore : quand vous entendrez votre ami dire que je suis bonne et fidèle, vous songerez : Elle a fait cela comme elle eût été au bout du monde: pour m'obéir ! Et si quelque jour il vous écrit : Jenny est morte, vous saurez...

— Pour l'amour du ciel, interrompit Patrice, ayez pitié de moi !

— Vous avez raison. Voilà que j'allais redevenir sentimentale. Quittons-nous. Pour la dernière fois les lèvres de Jenny Sauval viennent de vous redire le secret de son cœur, secret vainement trahi. Adieu !

Quand le jeune homme eut disparu, elle appuya sur sa main sa tête pensive et, repassant dans sa mémoire les moindres incidents de l'heure qui venait de s'écouler :

— Je n'ai rien pu lui arracher qu'un peu de compassion, pensa-t-elle. Et cependant je doute encore; je douterai toujours...

XVI

Patrice, en quittant Jenny, se garda bien de recommencer l'épuisante flânerie de la veille. Il ne voulait plus s'exposer à l'épreuve d'une heure semblable, et d'ailleurs il fallait s'occuper de l'avenir, presque du présent, car il était résolu à quitter Paris le jour même du mariage de Godefroid.

Quitter Paris, pour un héros de roman classique placé dans le même cas, c'est rentrer chez soi, donner des ordres à son valet de chambre, se faire conduire à une gare quelconque, dîner au buffet si l'appétit n'est point mort avec l'espoir, et, finalement, s'installer dans un coupé-lit retenu d'avance, en regardant d'un œil d'envie le portefaix destiné à vieillir sans connaître de pareils maux.

Mais ce genre de suicide élégant et confortable n'est pas à la portée de tous. Pour plus d'une raison, Patrice ne pouvait songer à se l'offrir. Il ressemblait un peu à ces désespérés fort en peine de payer la corde qui doit les pendre. La première chose était de trouver la corde, c'est-à-dire une affaire qui lui donnât de quoi vivre quelque part, un peu loin, et qui fît l'avance des frais du voyage, car désormais, par un sentiment facile à comprendre, le jeune homme ne voulait plus avoir recours à la bourse de son ami.

Sans chercher longtemps, grâce aux relations qu'il s'était créées dans le monde des entreprises coloniales, il trouva une piste qu'il aurait dédaignée peut-être, en des circonstances moins dramatiques. Il s'agissait d'une exploitation de forêts en Algérie, concédée à une société dont les administrateurs, tous millionnaires plus ou moins et, par suite, amateurs d'une vie douce, éprouvaient peu d'empressement à quitter le boulevard et l'Opéra pour les gorges de l'Atlas.

Trois jours après sa dernière visite rue de Vienne, Patrice était déjà dans le coup de feu des négociations. Godefroid ne le voyait plus qu'à l'heure du dîner, et la causerie, entre les deux amis, avait un tel caractère de gêne qu'ils n'éprouvaient ni l'un ni l'autre le désir de la prolonger plus que de raison. Le compositeur en voulait secrètement à son compagnon de l'obstination qu'il mettait à ne point parler du prochain mariage et, dans ce silence affecté, il croyait voir une rancune ou un blâme. Lui-même, par représailles, évitait de jamais questionner le jeune homme sur ses propres combinaisons, et celui-ci, bien qu'il eût d'autres chagrins plus amers, souffrait au fond du cœur de ce refus égoïste d'intérêt.

Cependant le jour était venu où mademoiselle Sauval avait promis de faire connaître à Godefroid sa réponse définitive.

— Aura-t-elle répondu? se demandait O'Farrell tout en courant ses bureaux et ses banques. Le dernier mot est-il prononcé? Quelque révolte suprême fait-elle encore hésiter son âme? Il me semble pourtant que j'en ai arraché la moindre espérance. Ah! Dieu! pourvu que je ne sois pas contraint d'étouffer encore sous mes pieds ces chères fleurs de tendresse! Je ne pourrais plus. Il y a des courages qu'on n'a pas deux fois.

Quand il rentra le soir, il trouva Godefroid si bouleversé qu'il n'eut pas besoin de demander si mademoiselle Sauval avait donné sa réponse. Mais il crut d'abord, en voyant l'air tragique de son ami, que la réponse était négative. Comme il hésitait à faire une question, sachant à quel orage il s'exposait, Godefroid, sans lui tendre la main selon son ordinaire, lui dit en le foudroyant de ses yeux irrités :

— Comme tu t'es moqué de moi, l'autre jour!

Avec un découragement immense de voir qu'il avait tant souffert en pure perte, O'Farrell répondit :

— Elle t'a refusé?

— Oh! non. Sois tranquille. Tout marche comme tu l'as voulu. Cet après-midi, en présence de sa mère, elle m'a donné sa main.

— Eh bien, alors?

— Elle m'a donné sa main, avec le regret poliment exprimé de ne pouvoir me donner davantage. « Mon cœur n'est plus libre », m'a-t-elle dit, d'après le style consacré. Et moi, idiot ridicule! je te consolais d'avoir été trop vite oublié! Tu as dû rire, ou plutôt vous avez dû rire beaucoup de ma candeur.

— Elle t'a dit que c'est moi qu'elle aime?

— Pas si sotte. Elle n'a prononcé aucun
nom. Tu n'as aucun reproche à lui faire. La
discrétion est absolue.

— Sais-tu que je l'ai vue deux fois?...

— Et que c'est pour t'obéir qu'elle m'épouse.
Oui, je le sais. Probablement tu supposes que
je vais m'attendrir, admirer ton abnégation.
Tu te trompes; je vois clair, maintenant; je
comprends tout. Ah ! vous êtes des gens habiles! D'autres auraient berné le mari, vul-
gairement. Vous deux, honnêtes à votre façon,
vous attendez : l'avenir est à vous. Qu'aurais-
tu fait, à l'heure présente, de Jenny Sauval ?
Tu n'as rien qu'un blason sans tache, qui
perdrait son éclat immaculé si la comtesse
O'Farrell continuait à monter sur les planches, sacrifice nécessaire dans le cas où tu
l'épouserais. Moi, j'arrange tout. Je retire ta
bien-aimée du théâtre, je lui donne mon nom
et quelque argent (du moins on y compte)?
Certes, la veuve de Godefroid le compositeur
n'est pas une brillante union pour un gentilhomme d'aussi bonne race, mais enfin l'honneur est sauf et... je n'ai pas la mine d'un
homme qui doit vous faire attendre longtemps.

— Avoue que ce n'est pas toi qui as trouvé

tout cela, dit Patrice, avec un rayon de colère
dans les yeux. Je crois entendre parler madame Sauval. Allons! conviens qu'elle t'a
suggéré ce soupçon ignoble. Ce sera moins
dur!

Godefroid détourna les yeux, humilié de
lui-même, grondant encore, toutefois, entre ses
dents, d'un air farouche. Le jeune homme,
s'approchant, lui posa la main sur l'épaule.

— Oh! mon ami, soupira-t-il, nous sommes
bien malheureux! Notre amitié, notre estime,
notre confiance, presque vieilles comme notre
vie, tout chancelle, tout menace de s'écrouler.
Pourquoi? parce qu'une femme, entre nous
deux, a laissé tomber son regard, traîner le
pli de sa robe. Et cette femme est la plus
noble, la plus loyale des créatures! Et moi je
t'aime plus que tout au monde! Et je ne songe
point à te la disputer! Ah! Dieu! que serait-
ce donc si j'étais ton rival! Écoute : l'avenir
est à un plus grand que nous. Mais, avant de
nous enfoncer dans l'inconnu par deux routes
devenues différentes, il faut que nous prenions
soin de laisser intacte derrière nous cette tendresse inaccessible au doute qui nous a unis
si longtemps. Nous allons nous quitter, pour
nous revoir, j'espère. Mais s'il en était autre-

ment, si l'un de nous deux partait trop vite,
il ne faut pas que nous ayons, avec le regret de l'ami enlevé, toi le remords de
m'avoir méconnu, moi la douleur d'avoir subi
cette injustice. Écoute : si tu meurs avant moi,
ta femme ne deviendra jamais la mienne.
Reçois, mon serment, et puisse-t-il t'ôter une
souffrance! Maintenant, n'est-ce pas, tu ne
crois plus que je spécule sur ton héritage et
sur ta mort?

— Tu ne sauras jamais, répondit Godefroy
sans relever la tête, combien je me sens petit
en face de toi. Il n'y a plus qu'une chose
grande en mon être, c'est l'amour. C'est lui
que je respire, que je bois, que je mange,
qui remplace mon sommeil, car depuis longtemps je ne dors plus. Il remplace mon art
qui fut le Dieu de ma vie. Mais il remplace
aussi, on le dirait, ma raison et ma conscience. Tiens : il est heureux que je ne sois
pas séparé de Jenny par un crime à commettre !

— Rien ne t'en sépare, dit O'Farrell inquiet
de cette exaltation. Elle va être à toi. Sois
heureux, mais surtout sois calme. Pour te
faire aimer d'elle, pour lui donner le bonheur
que... qu'elle mérite si bien, il faudra que tu

sois très bon, très juste aussi. Tout à l'heure tu ne l'étais pas...

— Comment n'aurais-je pas cru que c'est à toi qu'elle pense? Oh! ce nom... Pourquoi ne l'a-t-elle pas dit? C'est le tien, peut-être?

— D'autres hommes l'approchent, mieux faits que moi pour éblouir une femme.

— Le prince Kéméneff sans doute?

— Allons! calme-toi. Respecte les secrets de son âme de jeune fille. Elles en ont toutes. Ne nous punis pas, elle d'avoir été franche, moi d'avoir combattu, vaincu ses scrupules. Oh! mon ami, n'oublie jamais que je me suis fait ta caution pour le bonheur que tu dois lui donner. Et maintenant assez d'émotions! Tous deux nous avons devant nous une forte besogne. Il faut que nous préparions, toi ton hyménée, moi mes paquets. Et encore — il essaya de rire — tu as madame Sauval pour t'aider, alors que je n'ai personne.

— Quand pars-tu? où vas-tu? demanda Godefroid comme si cette perspective eût été, pour lui, imprévue.

— Je vais en Algérie pour couper du bois. Mais je ne cours aucun risque de perdre de l'argent. Ma tête et mes bras, c'est tout ce que j'ai mis dans l'affaire. Cette fois, je réussirai.

— Ah ! gémit Godefroid en passant la main sur son front, c'est moi qui t'oblige à me quitter ! Pour avoir cette femme, je sacrifie mon seul ami. Quel nom donner à ce que je fais ?

— La passion, dit lentement Patrice.

— Mais toi, me sacrifierais-tu pour contenter ta passion ?

— Non, avec l'aide de Dieu, répondit le jeune homme.

Ces paroles, prononcées presque à voix basse, furent le seul reproche qu'Antoine Godefroid entendit jamais de la bouche de son ami. La mort seule, plus forte que l'amour même, devait briser cette amitié. Mais, si courte que fût la réponse, elle pénétra jusqu'au cœur de celui qui l'entendait. Il se leva, voulut marcher et chancela, car ses forces étaient loin d'être revenues. Comme il s'appuyait à la table, ses yeux rencontrèrent l'image de la mère de Patrice, toujours souriante dans son cadre. Il regarda quelque temps, sans rien dire, le portrait de sa bienfaitrice et, le pliant dans son écrin, il posa pour la dernière fois ses lèvres sur l'enveloppe ternie par le temps. Alors, courbé devant Patrice, très humble, presque honteux, il lui présenta la précieuse

relique d'un temps non pas oublié, mais fini
pour toujours désormais.

— Emporte-la, dit-il. Je n'ai plus le droit
de la garder. Et maintenant laisse-moi. J'ai
besoin d'être seul.

Ainsi fut consommée leur séparation, en
attendant l'heure de la séparation éternelle.

Trois semaines devaient s'écouler jusqu'au
mariage ; pour tous deux elles furent longues.
Mais, fort heureusement, d'innombrables dé-
marches les tenaient occupés loin l'un de
l'autre pendant la journée, et Godefroid passait
la plupart de ses soirées auprès de Jenny.
Chaque fois, il en revenait la trouvant plus
belle et se trouvant plus à plaindre, car, à
mesure que le temps marchait, l'infortuné
Pygmalion croyait voir durcir le marbre de
son idole.

Annoncé par les journaux, le mariage faisait
du bruit, bien que le compositeur fût en voie
d'être oublié, et que sa future n'eût jamais été
complètement à la mode. Le public, du moins
cette partie de la foule qui s'intéresse ou fait
semblant de s'intéresser aux choses de l'art,
ne se trompait pas sur l'avenir de Godefroid.
Tout le monde considérait qu'il avait écrit sa
dernière note et, pour être juste, bien des

gens déploraient cette « éclipse prématurée d'un incontestable talent », pour parler comme les chroniques.

D'autres affirmaient qu'il était « vidé », que *Constantin* l'avait fini, et qu'il avait commis la faute capitale de sa vie le jour où il avait quitté pour le grand art l'opérette à laquelle il devait la fortune.

Enfin, les envieux, piétinant le corps de leur ennemi, colportaient les fables les plus noires. Il était, selon l'imagination des anecdotiers, ici un enfant recueilli sous le hangar d'une ferme, là une preuve habilement dissimulée de la faiblesse d'une grande dame. Quant à la musique de *Constantin*, elle n'était pas de lui, mais d'un camarade mort dans ses bras à l'École de Rome, et dont il avait fouillé les tiroirs sans scrupule.

Parmi ses partisans dévoués, car il n'était pas sans en avoir, la plupart, son médecin en tête, le jugeaient atteint dans son avenir plus gravement encore au physique qu'au moral, et parlaient de cette belle idée de mariage en hochant la tête et en levant les épaules.

Godefroid, Dieu merci ! n'entendait qu'une faible partie de ces rumeurs obligeantes, mais il devinait la moitié du reste, et la joie, déjà

mélangée d'angoisse, qu'il trouvait dans son
prochain bonheur était assaisonnée de dégoûts
sans nombre. Ce n'est pas pour lui qu'il fût
vrai de dire : les heures qui précèdent un
bonheur attendu sont plus délicieuses que celle
du bonheur lui-même.

L'aube du premier jour de mai ne trouva
point endormis trois des personnages de cette
histoire. Le seul qui fût complètement, paisiblement heureux, était madame Sauval. Pour
celle-ci, le succès était venu comme elle le désirait, comme elle l'avait habilement, patiemment préparé. Sa fille n'était pas princesse
— pas encore — mais elle devenait la femme
d'un homme riche, qui lui laisserait sa fortune, sans doute, et dont le médecin avait dit
la veille à ce modèle touchant des belles-
mères :

— Nous avons prolongé sa vie comme on
étire un fil de métal : en l'amincissant. Gare aux
secousses ! Par bonheur, s'il doit vous laisser la
garde d'une jeune et belle veuve, vous n'aurez
pas, je le présume, la douleur d'élever des
orphelins.

Mais les satisfactions de madame Sauval
ne s'arrêtaient pas là. Dans une de ses heures
d'épanchements, Godefroid, désireux de laver

de tout soupçon le désintéressement de son
ami, avait raconté certain colloque orageux,
suivi d'un solennel serment, et la Roumaine,
aussitôt, s'était sentie rassurée. Kéméneff, à
l'heure voulue par les destins, n'aurait pas de
compétiteur.

Tout allait pour le mieux. Pomeyras. dès
le lendemain, recevrait les nouveaux mariés.
Elle-même, au bout de quelques jours, les y
rejoindrait pour y passer l'été avec eux.
Déjà elle se revoyait dans ce rôle de châtelaine qu'elle avait si peu connu et qui devait
sinon satisfaire, du moins délasser son ambi-
tton — en attendant mieux. Ce « mieux »,
pour le moment, était en Russie, tâchant de
se consoler sans trop y parvenir, c'est une
justice qu'il faut rendre à Kéméneff.

En entrant dans la salle de la mairie,
Godefroid marchait dans l'illumination d'un
monde surnaturel et inconnu. Aussi se
demanda-t-il comment ce personnage en tout
semblable aux autres, qui lisait des papiers
derrière une table, allait pouvoir accomplir
un prodige digne d'un Dieu, et jeter dans ses
bras, par une parole, la femme que sa pensée
ne quittait pas depuis des années. Ce fut
avec une avidité impatiente qu'il prononça

lui-même le mot qui le liait pour toujours
à l'idole de son cœur et de ses yeux. A son
tour, à la redoutable question, Jenny Sauval
dut répondre. Mais avant d'engager sa liberté,
tandis qu'on l'interrogeait en épelant ses
noms, elle chercha, par une molle inflexion
de sa tête charmante, le regard de Patrice
debout à quelques pas d'elle. On aurait cru
voir une victime déjà sur l'autel, se détournant par un dernier effort pour appeler le
libérateur.

Pendant l'espace d'une seconde, l'énergie
de cet appel muet déchira le cœur du jeune
homme. Il comprit que sa bien-aimée le sup-
pliait de la sauver. Il se souvint de la parole
qu'elle avait dite un jour :

— Quelle que soit l'heure, il vous suffira
de remuer un doigt !

Alors, il aperçut une dernière fois tout un
avenir possible. Une lueur rapide d'éclair lui
montra de longues années de bonheur s'écou-
lant à côté de cette femme qui l'invoquait du regard, prête à le suivre au bout
du monde. Mais une autre vision vint s'offrir
à lui, celle de Godefroid mourant désespéré,
la malédiction aux lèvres, le cœur plein de
rage contre l'ingrat...

Patrice détourna les yeux et tout fut fini.

Le *oui* fut prononcé, puis une formule, froide comme un jugement, scella trois destinées, et le soupir qui sortit en ce moment de la poitrine d'O'Farrell fut presque un soupir de soulagement.

A l'église, où l'on se rendit sur l'heure, il se sentit moins malheureux, comme il arrive à ceux qui croient. D'abord il s'abandonna, la tête dans ses mains, à l'impression puissante de calme et de repos qui semblait tomber doucement sur lui du haut des voûtes, avec le jour très doux des vitraux coloriés. Puis il essaya d'invoquer Dieu, mais cette volonté de prier fut la seule prière dont son cœur troublé fut capable. Alors, avec cet infatigable désir qui est en nous de fuir la souffrance, il tâcha d'oublier l'endroit où il était, pour ne plus songer qu'à cette terre d'Afrique vers laquelle, dès le soir même, le train devait l'emporter.

Mais soudain, l'orgue chanta, reproduisant — hommage délicat rendu au maître — quelques-unes des plus douces mélodies d'amour de *Constantin*. Alors Patrice fut incapable de lutter contre sa pensée plus longtemps. Il céda, et, la tête cachée dans

ses mains, but le poison de la tendre harmonie, se souvenant du premier soir où ses
oreilles l'avaient écoutée, du soir où cette
femme lui avait pris son cœur — pour le
garder toujours.

Enfin, la cérémonie terminée, il toucha la
main de Jenny, dont les joues se coloraient
davantage, de minute en minute, comme si
la fièvre l'eût saisie.

Sans répondre aux félicitations laborieuse-
ment exprimées par Patrice, elle demanda :

— Quand partez-vous ?

— Ce soir, par l'express de Marseille.

— Et nous aussi, par l'express de Bordeaux,
dit-elle d'une voix couverte qu'il put seul
entendre.

— Je vous souhaite un heureux voyage,
dit Patrice.

Et le flot interminable des invités qui défi-
laient termina leur entretien.

Le soir, accoudé à la fenêtre de son wagon,
qui volait dans la plaine de Villeneuve-Saint-
Georges, le nouveau colon d'Algérie contemplait, aux dernières lueurs du jour, un
ruban de fumée blanche déroulé parmi
les peupliers verts, de l'autre côté de la
Seine.

— Ce train est peut-être celui qui l'emporte, pensa-t-il.

Bientôt les lignes ferrées s'éloignèrent l'une
de l'autre, comme se séparaient les existences
de ces deux êtres emportés sur les rails
inflexibles. La nuit enveloppa la terre et,
dans l'âme du voyageur, des ténèbres plus
sombres encore semblèrent obscurcir toute
espérance.

XVII

Le « château » de Pomeyras n'est ni à
vendre ni à louer. Sans cela il faudrait
l'indiquer comme une résidence à souhait
pour des amoureux très amoureux ou pour
un malade pas très malade. Au nord, un
écran bas de prairies en pente douce, flan-
quées de ceps palissés, garantit l'habitation
contre les attaques peu fréquentes mais
perfides du vent des Landes. De l'autre côté,
la vue s'étend sur un espace coupé par des
plans successifs comme par les découpures
échelonnées d'un décor, avec la chaîne des
Pyrénées pour toile de fond. D'abord c'est le
jardin, si petit que madame Sauval n'ose le

nommer un parc, elle qui nomme la maisonnette un château. Là croissent et verdissent en bonne intelligence des hôtes venus de toutes les latitudes : le magnolia au feuillage d'airain, l'araucaria étagé comme les rayons d'un dressoir, le laurier-rose à la mélancolique beauté de poète incompris, le mélèze, élégant comme une fille du Nord dans sa pâle souplesse, et le pin, ce montagnard toujours sauvage, même quand il a quitté ses hautes solitudes pour les parterres civilisés.

Durant l'hiver, le moindre rayon chauffe comme une serre l'étroite esplanade sablée qui précède la maison. Aux heures chaudes de l'été, cet espace découvert devient inhabitable. Mais l'allée de chênes qui termine le jardin réserve au promeneur ¿a fraîcheur saine. Tordus et noueux, de taille médiocre malgré leurs siècles, ces arbres diffèrent des géants de Fontainebleau comme le Béarnais trapu du Comtois à la stature élevée. Pleins de sève et très vigoureux sous leur verdure qui rit du soleil, ils forment un cloître de deux cents pas. C'est une exquise retraite de silence obscur, troublée seulement par le travail des pique-bois, qui acharnent leurs becs d'acier contre les rugosités cancéreuses des troncs fourmillant d'insectes.

Là, même dans la lourde tiédeur des après-midi de juillet, jamais ne s'endort la brise. Tantôt c'est l'arome résineux des *pignadas* qu'elle apporte, accompagnée — à certains jours — des grondements sourds venus du cap Breton. Parfois elle arrive plus pesamment chargée de l'odeur molle des foins que retourne la jolie Basquaise aux pieds nus, de l'autre côté du Gave, sur les premiers gradins de l'énorme amphithéâtre couronné de blancheurs. L'endroit n'est traversé par aucune route. Il faut y être attendu pour y venir, en suivant les chemins dont l'argile grise étouffe le bruit des pas. Les voitures elles-mêmes y roulent sans éveiller l'écho tranquille.

Et pourtant, ce n'est pas le désert. D'heure en heure une fumée blanche dépasse l'épais rideau de peupliers et de saules, rangés le long du Gave à moins d'une demi-lieue. C'est la vapeur du train qui se hâte vers Bayonne ou vers Pau, à distance presque égale, et qui déposerait le voyageur, avant qu'il eût achevé de lire ce livre, au pied du château d'Henri IV ou sur les quais de l'Adour sillonné de vaisseaux. Gagner Paris, c'est, il faut en convenir,

un long voyage. Mais les nouveaux châtelains
de Pomeyras comptaient bien ne pas s'en
donner souvent la fatigue.

Le jour qui vit débarquer Godefroid dans
cette oasis de simplicité et de paix fut sans
doute le plus beau qu'aura connu sa vie. Pour
la première fois il aperçut un sourire sans
voile sur le beau visage de Jenny, quand elle
mit pied à terre, par cette admirable soirée
de mai, à la porte de la petite maison qui
l'avait vue naître. Devant le modeste perron
de trois marches, les domestiques attendaient
leur jeune maîtresse depuis si longtemps absente. Il y en avait jusqu'à deux, en tout et
pour tout ; la vieille Marceline, habillée de
laine sombre, coiffée du foulard basque, et
Pierre, l'ancien brosseur du « commandant »,
rasé de frais, paré de sa veste des dimanches,
et tournant dans ses doigts son meilleur béret
de laine bleue. Marceline, joignant les mains
et les pressant contre ses lèvres, pleurait à
chaudes larmes, sans oser faire un pas vers
cette grande et belle personne, élégamment
vêtue, qu'elle avait peine à reconnaître. Cepen-
pendant elle lui avait donné son lait d'abord,
puis une tendresse dont les enfants nés de
ses entrailles auraient eu le droit d'être jaloux.

Jenny, la grande cantatrice applaudie, couronnée, fêtée par les ducs et les princes, ne fit qu'un bond sur le sein de sa nourrice. Ensuite elle embrassa Pierre, qui attendait son tour comme une chose fort naturelle. Mais ce qui embarrassait fort ce brave homme, c'était d'avoir oublié le français, appris autrefois dans vingt garnisons différentes. Ses politesses terminées, avant d'entrer dans la maison, la jeune femme prit le bras de Godefroid tout ému, lui aussi, à la vue de cette joie.

— Venez voir, dit-elle, ce que j'aime le mieux à Pomeyras, après ces braves gens, bien entendu.

Courant presque, tant elle se sentait ramenée vers son enfance, elle l'entraîna du côté de sa chère allée de chênes sous lesquels, déjà, l'ombre s'épaississait, bien que les bourgeons tardifs n'eussent pas encore développé leurs feuilles.

— O mes vieux arbres aimés ! dit-elle en envoyant des baisers avec sa main, vous voilà... Je vous retrouve donc ! Vous m'avez attendue ! Comme je suis heureuse de vous revoir !

— Et moi, dit Godefroid bien bas, comme je suis heureux de vous voir heureuse.

— Oh! oui, très heureuse, fit-elle. Pourquoi certains lieux semblent-ils faits pour le bonheur, comme l'église est faite pour la prière? Ici, je me suis toujours sentie préservée contre le chagrin. Punie pour quelque sottise d'enfant, je m'y réfugiais, contant ma peine à ces arbres, me plaignant à eux d'une sévérité trop grande. Je les connaissais tous, mieux que par leur nom : par leur physionomie. Il y en avait de placidement débonnaires, constamment disposés à me donner raison. D'autres, bossus dans leur obésité, rabougris, tout défigurés par les nœuds, semblaient toujours prêts à rire avec moi d'un rire plein de malice, mais si bon ! D'autres, tout droits, plus minces, lisses dans leur écorce comme dans un habit bien brossé, m'inspiraient moins de confiance que les autres. Jamais je ne m'arrêtais près d'eux, ni pour lire, ni pour jouer toute seule. Car j'étais toujours seule. Ma mère constamment assise à sa table, occupée à des comptes ou à des lettres, ne s'occupait que de mes leçons. Quant à mon père, je me souviens de lui comme d'un être bon, mais un peu timide et toujours triste. Ah! Dieu ! comme il m'a manqué toute ma vie !

Godefroid buvait ces paroles, bien qu'elles

ne fussent point celles qu'un époux de la
veille, affamé d'amour, peut souhaiter d'entendre. Mais quel rêve c'était déjà d'être seul
avec cette femme devenue la sienne, de l'avoir
à son bras, d'écouter sa voix, d'être témoin
de son bonheur, de se dire : « C'est moi qui
le lui donne! » Il n'osait parler. Ce qu'il
avait à dire, ce qu'il sentait en lui ressemblait si peu à ce rêve idéal et pur de jeunesse
attendrie, qui s'épanchait en sa présence,
comme si lui-même n'eût été qu'un arbre de
plus ajouté à ceux dont parlait sa compagne!
Depuis qu'il avait quitté Paris, depuis que le
silence des champs l'environnait, il sentait
d'heure en heure sa passion devenir plus timide et plus jeune. S'il avait aimé quand il
avait vingt ans, il aurait aimé ainsi qu'à cette
minute, où le seul bruissement d'une robe
l'attendrissait à l'égal de la plus exquise des
mélodies.

Quand ils arrivèrent au dernier arceau des
branches, le jour retrouvé les éblouit, bien
que le crépuscule fût proche. Une vapeur
argentée noyait les accidents de l'horizon, en
nivelait les inégalités et semblait étouffer les
bruits. Sur le vert pâle du ciel se dévelop-
paient les hardiesses des sommets roses. Tous

deux s'arrêtèrent, pénétrés par cette paix
toute-puissante dont leurs âmes fatiguées
avaient tant besoin. Mais cet engourdissement
salutaire fut bientôt troublé. Godefroid, sur
le bras duquel Jenny s'appuyait, plus aban-
donnée, sentait courir dans ses veines la
flamme contenue depuis si longtemps. Incapable de se maîtriser davantage, impatient
d'une première caresse qu'il n'avait pas pu,
pas voulu implorer jusque-là, il fléchit le
genou et posa ses lèvres ardentes sur la main
de sa femme.

— Oh! ma bien-aimée! soupira-t-il. Enfin!

A ces mots, Jenny se réveilla de son rêve;
elle se souvint. L'enfance était loin. Bien des
années, bien des changements étranges, bien
des combats douloureux avaient passé sur elle
depuis que les vieux chênes l'avaient vue,
pour la dernière fois, errer pensive sous leur
ombre. Alors elle était seule; sa robe courte
ne balayait pas la poussière de l'allée. Et voilà
qu'un homme, à cette heure, était à ses
genoux, baisant sa main. Cet homme était
son mari, son maître... Dans quelques instants cette main glacée ne suffirait plus aux
lèvres de l'époux qui l'avait conquise — elle
se demandait comment.

12.

Et, pendant ce temps-là, celui qu'elle aimait, qui n'avait pas voulu d'elle — pourquoi? — gagnait le large, disant adieu à la terre de France déjà disparue... Silencieusement, elle se mit à pleurer, sans que Godefroid, toujours courbé devant elle, pût voir ses larmes. De nouveau cette pensée remplit son âme d'amertume :

— Ils se sont tous mis contre moi, tous! Mais c'est à *lui* que j'ai obéi. Oh! Dieu! aurai-je la force de supporter cette vie?

Soudain la cloche fit entendre du haut du toit sa voix claire, joyeuse comme l'espérance.

— Viens, disait-elle; ta maison t'attend; le foyer rallumé t'appelle. Ainsi qu'une reine aimée, après un long exil, tu rentres dans ces lieux qui te sont chers plus qu'aucun autre séjour. Ici tu vivras dans une paix heureuse, loin de tout contact odieux, entourée de bonheur et de liberté! Viens, et ne sois pas ingrate envers l'être dont l'amour t'a rendu ces joies, que ta bonté peut faire vivre, que ta dureté ferait mourir, l'être légué à toi par celui que tu ne saurais appeler d'aucun nom terrestre!

Alors, subjuguée par le sentiment de justice infiniment puissant chez elle, madame Gode-

froid inclina son front vers son mari en lui
disant d'une voix très douce :

— A vous, cher ami, je dois la douceur
suprême de mon retour dans cette maison.
Sans vous, elle ne serait plus la mienne. Je
ne l'oublierai jamais, et, si Dieu m'écoute,
je serai pour vous la femme bonne, fidèle,
dévouée, que vous méritez d'avoir.

Il la serra sur son cœur avec un tel élan
de tendresse qu'elle devint toute tremblante.
Un mensonge innocent vint à son aide et la
rendit à la liberté.

— Allons dîner, fit-elle, j'ai faim.

Ils remontèrent l'allée d'un pas plus rapide,
et Godefroid, sentant sa femme frissonner
légèrement, s'inquiéta de la fraîcheur trop
grande.

— En effet, répondit-elle. On sent déjà
l'humidité de la nuit.

Mais ce n'était pas le froid qui la faisait
trembler. Elle songeait, en apercevant à tra-
vers les arbres les fenêtres éclairées, que
l'heure était proche où il ne serait plus question de mentir.

XVIII

Un cavalier vêtu de flanelle claire, chaussé
de bottes en cuir fauve, coiffé d'un casque
indien, gravit la pente assez douce qui ferme,
au sud la plaine crayeuse de Bel-Abbès. Le
majestueux Arabe qui sert de guide s'étonne,
à part lui, de voir un Français capable de
rester des heures sans desserrer les dents;
mais, à mesure qu'ils cheminent, Mohamed
éprouve une admiration plus grande pour
l'énergie vigoureuse et les talents équestres
de son compagnon. Dédaignant la route
brûlée par la chaleur, ils piquent droit devant eux, comme en plein désert, parmi le
dédale enchevêtré des touffes de *dyss* qui

tachent le sol, déjà coloré d'une teinte
plus rougeâtre à mesure que le niveau s'é-
lève.

Patrice O'Farrell ne sentira pas plus la
fatigue de l'étape de quinze lieues, dont il a
déjà parcouru la moitié, qu'il n'a senti le
gros temps de la pénible traversée. Un
pareil voyage est un jeu pour cet homme que
la mer des Indes a ballotté durant des
semaines entières, qui a franchi des centaines
de milles à l'aide du moyen de transport le
plus atroce qu'il y ait au monde : le dos
d'un éléphant. D'ailleurs, auprès de cette
lassitude effroyable, écrasante, dont son âme
est brisée, l'anéantissement le plus complet
du corps lui semble une heureuse et salutaire
diversion. La poussière aveuglante, le soleil
de feu, la soif dont sa gorge est calcinée,
sont pour lui autant de caresses, quand il se
souvient de ces heures qu'il a passées naguère
dans sa chambre confortable de Paris, le
corps bercé par les douceurs d'un luxe hos-
pitalier, l'âme déchirée par une agonie sans
espoir. Ah ! si, seulement, la torture était
calmée ! Si, seulement, une voix compatissante
lui promettait l'oubli au dernier détour de
la route, avec quelle joie il chevaucherait

ainsi de longs jours, des semaines entières,
sans se plaindre!

L'oubli!... Sur ses pas s'élance, en lui
criant un nom, la troupe inexorable des
souvenirs, meute invisible mais tenace, qui
ne prend jamais le change. Et quand
Mohamed, se retournant sur sa selle de cuir
rouge, dirige vers lui, pour voir si tout va
bien, son grand œil noir très doux, le jeune
homme tressaille, songeant à cet autre regard
qui lui posait, avec un silencieux désespoir,
la tendre question à laquelle sa bouche a
répondu par un mensonge. Et c'est pour ne
pas dire la vérité — car c'est aujourd'hui
surtout qu'il faut la taire — c'est pour mentir
mieux, plus sûrement, qu'il fuit loin d'*elle,*
jusqu'à ce grand mur de montagnes qui lui
barre la route là-bas, au pied duquel, sans
crainte, il pourra livrer son secret aux rochers
et aux arbres, les seuls confidents de sa
peine...

L'heure avait marché; déjà commençait la
région des collines. Des bouquets de pins
venaient de paraître. Avant de s'engager
dans la montée plus raide, le guide conseilla
de faire halte, par un simple signe de tête,
car il se piquait d'honneur et trouvait qu'un

Arabe s'abaisserait en parlant, quand un
Européen s'obstine à se taire. Auprès d'une
source mourante, les cavaliers quittèrent
leurs montures, et, tandis que les chevaux
dévoraient avidement leur musette d'orge,
Patrice mordit, sans savoir qu'il mangeait,
dans la viande froide et dans le pain durci
que Mohamed avait tirés des fontes.

Non loin d'eux, un Arabe retournait du soc
de bois de sa charrue l'étroite pièce de terre,
déjà dépouillée d'une première moisson, qui
composait son patrimoine. Courbé sur le manche de son rustique instrument d'agriculture,
le musulman marchait dans le sillon, menaçant tour à tour de ses cris gutturaux chacune
des deux... créatures vivantes qui composaient
son attelage : à gauche, un âne maigre et
pelé ; à droite, allant de front avec son compagnon de joug, un être si noir, si délabré,
si déformé, si vieilli, que Patrice eut besoin
de le regarder deux fois pour reconnaître
en lui... une femme. Une femme, cette malheureuse victime aux jambes nues, coupée en
deux par la tresse de poil de chameau qui
l'attelait, suant, soufflant à côté de l'autre bête
de somme, pas beaucoup moins résignée, pas
beaucoup moins inconsciente de sa misère,

pas plus précieuse à son maître, sans doute !

Qui le croirait? Ce lamentable échantillon
de la civilisation africaine, la vue de ce pauvre
monstre digne de pitié, ramena la pensée
d'O'Farrell, avec plus de tristesse encore, vers
la femme en qui se personnifiait pour lui le
charme, la beauté, la poésie.

— Peut-être, songea-t-il, ce joug dont elle
est chargée, parce que je l'ai voulu, n'est-il pas
moins dur à ses délicates épaules que ne sont,
pour cette créature abjecte, les liens qui enta-
ment sa chair! Peut-être qu'elle maudit davantage son sort, peut-être qu'elle soupire plus
ardemment pour sa liberté, que ne fait cette
esclave misérable !

Et chaque fois que l'Africaine, parvenue à
l'extrémité du court sillon, repassait devant
lui, jetant sur le pain qu'il mangeait un regard douloureux de pauvre bête affamée, le
jeune émigrant détournait les yeux, et, le cœur
serré par un découragement immense, il in-
terrompait son frugal repas. Quant au guide,
on voyait facilement que la chose était à ses
yeux la plus naturelle du monde.

Dès que les chevaux eurent pris haleine,
achevé leur ration d'orge et vidé, en quelques
traits, l'étroit bassin de la source, Mohamed

reçut l'ordre de tout préparer pour le départ.
Bientôt les voyageurs furent en selle, et quand
Patrice, après une courte chevauchée, pénétra
dans la forêt, sa forêt à lui, ses pensées per-
dirent un peu de leur amertume.

Il sentait l'approche du grand consolateur
qu'il était venu chercher si loin : le travail !

Mais il eut une première déception à la vue
de ces arbres peu élevés, tordus, noirâtres,
écartés l'un de l'autre comme une troupe en
désordre, et couronnés d'un feuillage rare et
très sombre. Quelle différence avec les majes-
tueuses futaies d'Europe et, plus encore, avec
ces géants des bords du Mé-Kong, sous les
maîtresses branches desquels nos cathédrales
pourraient cacher leur abside! Au milieu de
ces buissons d'Algérie, point de fraîcheur, point
de mystère, nul chant d'oiseau, pas un seul
de ces échos rêveurs qui prolongent longtemps,
sous la voûte humide de nos bois, leur plainte
lointaine.

Pendant deux heures encore, Patrice continua sa route, distrait seulement par la rencontre de quelques Arabes chassant le lièvre,
la perdrix et le ganga, ou bien par le passage
d'une file de chameaux à la physionomie per-
pétuellement malheureuse et grimaçante, des-

13

cendant vers la mer chargés des produits de
l'intérieur. Mais déjà l'approche d'une exploitation régulière se faisait sentir ; des chemins
se frayaient ; les pistes à peine tracées devenaient sentiers ; les sentiers devenaient des
routes creusées d'ornières. On rencontra des
charrettes conduisant à Bel-Abbès leur charge-
ment de bûches rangées symétriquement. Puis
des tentes en poil de chameau, rayées de lar-
ges bandes grises et noires, se montrèrent çà
et là. Des poules picoraient le sol poudreux où
des enfants tout nus se roulaient, sous la
garde des chiens qui aboyaient à l'approche
des cavaliers. Enfin, dans un espace déboisé
régulièrement, un bordj parut. C'était le Telagh.

Pour contempler sa résidence, Patrice retint
son étalon de Tiaret, impatient de gagner
l'écurie. Devant lui s'élevait un carré long de
murs jaunâtres, percés de meurtrières, enfer-
mant dans leur enceinte les bâtiments de
l'ancienne smala des spahis, concédée par le
gouvernement pour servir de centre à l'exploitation forestière.

Bientôt rassasié de son examen, il franchit
la vaste porte, dont les battants de bois peints
en vert s'ouvraient au grand large. La cour

intérieure, de cent pas sur cinquante, propre et bien battue, ressemblait à celle d'un quartier de cavalerie.

— Monsieur O'Farrell? demanda de sa voix brève de soldat un Français grisonnant qui s'avançait au-devant de lui, ayant arboré, pour la circonstance, sa médaille d'Italie et sa croix sur sa meilleure veste.

— Oui, répondit le jeune homme en sautant à terre. Et vous, sans doute, le contre-maître Lafon?

— Ancien sous-officier de spahis, oui, monsieur, répondit le personnage en faisant le salut d'ordonnance. Et voici ma femme qui vient vous rendre ses devoirs.

Les deux époux ne se ressemblaient pas. Le mari, auprès duquel Patrice, malgré sa haute taille, semblait d'une stature ordinaire, était maigre, osseux, encore singulièrement agile malgré ses cinquante ans, et son visage parcheminé, coupé d'une balafre, faisait penser aux portraits de Don Quichotte. Madame Lafon, petite, ronde comme une boule, avec sa figure rebondie, rouge et luisante comme une tomate, pouvait passer pour un Sancho Pança en jupons. Elle fit sa révérence au voyageur, tout en continuant de vains efforts pour abais-

ser sur ses bras volumineux les manches trop
étroites de sa robe. Puis, se retournant vers
une petite servante juive aux allures de jolie
gazelle sauvage, qui s'aventurait timidement
hors de la cuisine pour voir « le mous-
sou » :

— Djemoul ! que je te voie !... cria-t-elle
d'un organe qui fit fuir l'enfant, et agita d'un
imperceptible frisson le long corps du spahi
lui-même.

Puis, adoucissant sa voix et ses traits, elle
invita Patrice à prendre possession de son
logement, construction séparée qui fermait
l'une des extrémités de la cour, et sur laquelle
se lisaient encore ces mots : *Pavillon des offi-
ciers.* Séance tenante, le nouveau venu choisit
la meilleure pièce de l'étage, nue comme un
parloir de couvent, mais d'une propreté minu-
tieuse. Des fenêtres, la vue donnait sur la
forêt, par-dessus le mur d'enceinte.

En quelques minutes, les bagages de Patrice,
arrivés depuis la veille, furent installés provisoirement dans sa chambre. Mais, en vrai cavalier, il prit seulement le temps de quitter
ses bottes et de se rafraîchir par une ablution
d'eau froide. Puis il gagna l'écurie, pour surveiller le pansage de la vaillante bête qui

venait de fournir quinze lieues presque d'une
traite.

Il dîna seul, ce qui devait lui arriver souvent à l'avenir. Djemoul servait, sous la direction de madame Lafon qui, entre chaque plat,
faisait une apparition pour s'enquérir du succès de sa cuisine. Au dessert, elle ne s'en alla
plus, voyant que ses histoires faisaient sourire
Patrice. Le pauvre garçon, en ce moment, eût
payé cher pour qu'on ne lui laissât point le
pouvoir de s'entretenir avec lui-même. Heureuse d'avoir un tel auditeur, la bonne femme
raconta sa vie, sa jeunesse à Marseille où elle
se souvenait, non sans fierté, d'avoir été l'une
des meilleures ouvrières modistes de la ville,
et non pas une des moins courtisées. Peut-être
un peu étourdie, elle-même en convenait. Mais
elle ajouta, non sans un fugitif éclair qui
ramena dans ses yeux noirs un reflet de la
vingtième année :

— D'ailleurs, monsieur, le seul homme qui
aurait le droit de m'en faire le reproche est
précisément celui qui ne peut pas s'en plaindre.
Vous me comprenez bien. J'ai eu la chance de
tomber sur un brave homme. Le spahi m'est
revenu au bout de ses sept ans, le seul de
nous deux qui eût changé, car il avait une

balafre et moi, monsieur, j'étais telle qu'il
m'avait laissée, foi de Coralie qui est mon
nom ! Après que nous fûmes mariés, je l'ai
suivi en Afrique où l'idée lui avait pris de
s'établir. Et si l'on m'avait dit, quand j'allais
essayer les robes de nos plus belles dames, que
je finirais ma vie au milieu de guenons qui
ne portent pas de chemises... Ah ! l'amour,
monsieur, vous ne savez pas ce qu'il fait
faire ! Et autrement, il n'y a rien de nouveau à
Marseille ?

Pendant ce temps-là, dans la cour pleine du
mouvement des attelages qui rentraient, l'on
entendait la basse-taille de Lafon qui jurait —
du moins, il est permis de le croire — dans
la langue du Coran quelque peu dégénérée.
Bientôt toute rumeur humaine, tout bruit de
chevaux s'éteignit. Les chars s'étaient alignés
sous le hangar comme les prolonges d'un parc
d'artillerie ; la rapide obscurité des nuits du
Sud tombait. Patrice regagna sa chambre et,
les coudes posés sur l'appui de sa fenêtre
ouverte, il souriait avec un dédain mélancolique au souvenir de ces mots prononcés par
la plantureuse matrone :

— Vous ne savez pas ce que fait faire l'a-
mour !

Il avait envie de la rappeler pour lui dire:

— Pauvre ignorante! Que fut votre amour à côté de ce qu'est le mien?

Et cependant, cette femme avait le droit de parler de l'amour, elle qui avait attendu son promis pendant de longues années, elle qui avait tout sacrifié pour le suivre dans ce désert destiné, selon toute apparence, à devenir leur tombeau. Mais Patrice ne pouvait s'empêcher de sourire à la pensée qu'une créature humaine, autre que lui, prétendait connaître l'amour et la souffrance. Car, avec la même balance mensongère, nous pesons la douleur et l'iniquité, selon qu'il s'agit des autres ou de nous-mêmes. La paille dans l'œil du voisin prévaricateur devient la poutre écrasante. Et, quand il s'agit de la douleur, c est l'épine dont nous avons à peine saigné qui prend les proportions d'un glaive à deux tranchants.

Toutefois Patrice ne garda pas longtemps son sourire. Une pensée moins orgueilleuse venait de se faire jour dans son esprit plutôt surexcité que calmé, quant à l'heure présente, par la fatigue du voyage.

— Qui pourrait, songeait-il, me dire si je suis un héros ou un monstre, un grand cœur

ou un imbécile? Qui a eu raison, de moi ou
du spahi ? Il n'y a pas apporté tant de scrupule. Une femme lui donnait son amour, il
l'a pris, sans s'inquiéter du sacrifice qu'il exi-
geait, certain de le payer. Et ils sont heureux.
Et, pas une minute, elle n'a reproché à son
mari de l'avoir arrachée à sa Canebière et à
ses modes. Ils sont heureux! que leur importe
le reste du monde? Si Jenny, en ce moment,
les voyait, ne les envierait-elle pas? Hélas !
elle dirait peut-être que j'aurais été meilleur
en l'amenant ici, comme a fait pour sa Coralie
ce soldat au cœur simple...

Le calme dont il était entouré amenait
l'heure de la réaction accablante, l'heure fata-
lement réservée à tout immolateur de soi-même.
La nuit tombait; l'ombre envahissante dévorait les contours des objets. Dans la petite
clairière du bordj les teintes pâles du soir se
fonçaient rapidement et, par une illusion d'op-
tique fréquente, les arbres et les massifs de
verdure qui fermaient l'horizon semblaient
se rapprocher, comme la *forêt marchante* de
Shakespeare.

Toutefois, nul mystère lugubre ou menaçant
ne se cachait derrière ce rideau sombre. Là
on semblait heureux. Des profondeurs du bois

un murmure vague de cris d'enfants, de
chants de femmes accompagnés par la guzla
rustique, arrivait jusqu'à Patrice. Un seul être
humain, dans ce désert, connaissait l'isole-
ment, l'abandon, la tristesse accablante : c'était
lui. Tout son courage l'abandonna...

Et pourtant il s'était déjà trouvé, un certain
soir, seul avec lui-même au fond des bois,
débarquant du vaisseau qui l'avait amené loin
de la France. Mais, alors, il espérait dans
l'avenir et ne regrettait rien. Tout ce qu'il
avait quitté devait se retrouver un jour, tandis
que rien désormais ne pouvait lui rendre le
trésor, le but. l'intérêt de sa vie.

13.

XIX

Soudain une main vigoureuse ébranla sa
porte et le fit tressaillir. Coralie cria, du
corridor :

— Monsieur, c'est le Père Chrysostome qui
est là.

— Qu'est-ce que c'est que le Père Chrysostome? demanda le jeune homme en se montrant sur le seuil.

La bonne femme éprouva l'embarras que
cause aux gens simples toute question sur la
nature d'un objet, d'autant plus difficile à
définir qu'il leur est plus connu.

— Mais, balbutia-t-elle, c'est... c'est le Père
Chrysostome, comme qui dirait le curé des

pauvres diables comme nous qui... qui n'ont pas de curé.

— Un missionnaire, en un mot? aida Patrice.

— Un missionnaire! protesta Coralie scandalisée. Nous prenez-vous donc pour des sauvages, monsieur? Enfin, missionnaire ou non, il vient d'arriver. Nous le voyons tous les mois. Il a sa chambre au Telagh, paraissant un beau jour sans qu'on l'attende, partant quand il a visité ses bûcherons, pour aller plus loin. Jamais il ne s'arrête nulle part.

— Eh bien, dit O'Farrell, qu'on le reçoive comme à l'ordinaire. Il n'y a rien de changé.

— Le Père demande à vous voir, monsieur. Il sait votre arrivée et, comme vous êtes le maître maintenant, il désire vous saluer, car c'est un homme qui a autant d'éducation qu'un prince. D'ailleurs, on dit qu'avant d'être moine, il avait un rang dans le monde.

— Oui-da! répondit O'Farrell. En ce cas, je me rends près de lui. Aussi bien ne serai-je point fâché de causer une heure avant de m'endormir.

— Mais, dit Coralie un peu froissée, quand monsieur voudra causer, je suis toujours à ses ordres.

O'Farrell trouva le religieux dans la cour, encore debout à côté du cheval dont il venait de descendre, et causant familièrement en arabe avec le petit nombre d'ouvriers et de serviteurs indigènes qui passaient la nuit dans l'enceinte du bordj.

C'était un grand et solide vieillard, dont l'attitude et les moindres mouvements confirmaient à première vue les suppositions de Coralie. Sa tête superbe aux traits distingués, sa parole énergique et facile, dénotaient l'homme supérieur. Un ruban rouge, fané par le soleil et la pluie, se cachait à la boutonnière de sa robe noire, derrière le crucifix de cuivre qui pendait sur sa poitrine.

Mais Patrice fut surtout frappé du regard, tantôt perçant, tantôt voilé, qui sortait des yeux noirs, singulièrement beaux, du Père Chrysostome. Il ne pouvait en détacher son attention et, tout d'abord, il se demanda :

— Où donc ai-je vu ces yeux-là ?

Bien des fois, pendant plusieurs années, il se posa la même question. Seul il pourrait dire aujourd'hui s'il a fini par trouver la ressemblance.

— Mon Révérend Père, dit le jeune homme, soyez le bienvenu dans cette maison qui n'est pas beaucoup plus la mienne que la vôtre.

— Et vous, monsieur, répondit le missionnaire, soyez le bienvenu sur cette terre française où les Français comme vous ne viennent pas assez. Vous verrez qu'on peut y vivre heureux.

Par cette seule phrase, qu'il n'aurait pas prononcée autrement s'il avait connu toute l'histoire de Patrice, par la douceur chaude de sa voix, le Père Chrysostome venait de conquérir une amitié. Aussi, après avoir assisté au repas très court de son nouvel hôte, ascète doublé d'Africain, le jeune homme l'emmena dans sa chambre, sentant qu'une bienfaisante intimité ne serait pas longue à s'établir entre eux.

En effet, après l'échange de quelques phrases, le religieux se montra surpris d'entendre qu'O'Farrell comptait établir au Telagh sa résidence complète, et non pas, à l'exemple de ses prédécesseurs, y faire de courtes apparitions.

— Vous finirez comme les autres, dit-il en souriant. Dans deux mois, quand vous verrez les affaires de la Société en bonne voie, quand votre zèle de chasseur et de touriste sera calmé, vous serez mordu par le désir de revoir la France, votre famille, vos amis. Vous partirez.

— Je resterai, mon Père. Moi seul je compose toute ma famille. Quant à mes amis, je n'en avais qu'un, et sa maison m'est fermée par l'amitié même.

Le missionnaire tressaillit et, sur son front, les rides se marquèrent plus profondes.

— Je crois que je comprends, soupira-t-il. Depuis douze ans que je parcours l'Algérie, j'ai eu le temps d'apprendre qu'un homme de votre âge et de votre condition n'y vient guère s'il n'a une faute à expier ou un amour à combattre. Or, je lis dans vos yeux que ce n'est pas la faute qui vous amène. Remerciez-en Dieu, et puisse-t-il vous accorder bientôt l'oubli !

Patrice devina du premier coup que le Père Chrysostome avait aussi un secret dans sa vie. Il se sentit encore plus attiré vers lui. Le prêtre qui console, encourage, absout l'humanité, semble trouver plus vite le chemin du cœur quand il a connu les faiblesses de l'homme.

— On voit, dit le jeune colon, que cet habit ne fut pas toujours le vôtre.

— J'ai vécu dans le monde et je l'ai fui.

— Comme moi, reprit O'Farrell en souriant.

— Plût à Dieu que je l'eusse fui aussi jeune
que vous ! répondit le religieux avec une humi-
lité touchante.

Patrice ne répliqua rien. En ce moment, il
semblait absorbé en lui-même. Le prêtre, habitué aux longs silences des entretiens de
l'Orient, semblait, lui aussi, perdu dans sa
pensée. Tout à coup le jeune homme parut
avoir pris une décision. Il demanda :

— Mon Père, voulez-vous m'éclairer ? Pardonnez-moi si je vous ouvre aussi vite mon
cœur, mais, quand vous êtes venu, je subissais
le martyre du doute. Vous le connaissez peut-
être ?

— Ce n'est pas celui que je connais le mieux,
malheureusement. Toutefois, quand vous m'aurez dit ce qui vous trouble, je tâcherai de trouver dans ma pitié et dans ma foi la parole qui
vous rendra la paix.

— Je suis calmé déjà, presque heureux, à
côté de ce que j'étais il y a une heure. Écoutez-moi donc. Peut-être avez-vous entendu prononcer jadis le nom d'un homme célèbre...

— Qu'importent les noms ? Je me suis juré
d'oublier ceux des autres, de même que j'ai
fait oublier le mien. Dites votre histoire sans
nommer personne.

— Celui dont je parle a remplacé ma mère.
Il m'a élevé comme son fils ; mieux que son
fils, car il a laissé vivre en moi les croyances,
les fidélités de mon berceau, qui ne sont pas
les siennes. Je lui dois tout. Pendant de
longues années j'ai mangé son pain, j'ai dormi
sous son toit. Nous étions bien heureux. Mais
une femme a surgi entre nous. Il s'est marié
et... ,

— Et vous avez eu peur d'être lâche envers
votre ami. Bien des histoires ont commencé
comme la vôtre ; j'en ai connu, de celles-là,
qui ont fini par la honte et par le sang. Mon
fils, restez en Algérie !

— Certes, je veux y rester ; mais vous ne
savez pas tout. Vous ne savez pas que nous
nous aimions, cette femme et moi, que nous
nous aimons encore. Hélas ! il me semble que
nous nous aimerons toujours. Pour la laisser à
mon ami, pour la mettre de force dans ses
bras, pourrais-je dire, j'ai menti, j'ai feint l'indifférence, je l'ai vue pleurer à mes pieds sans
faire un geste. Et j'ai encore, planté dans le
cœur, le regard qu'elle m'a jeté, il y a huit
jours, sous son voile de mariée, avant de se
lier à un autre pour la vie. Et maintenant je
me demande : ai-je bien agi ?

— Pourquoi ce sacrifice ? votre ami pouvait-il l'exiger ?

— S'il n'avait pas eu cette femme, il se serait tué en me maudissant. Mon Père, il y a un mot qu'on emploie sans le comprendre : la passion ! Eh bien, pour la première fois de ma vie, je l'ai compris, en voyant tout s'écrouler dans la vie de cet homme à la chevelure presque grise : la santé, l'amour de l'art ; l'ambition du succès, l'amitié même. Ah ! Dieu ! quelle jalousie ! quelle basse opinion de moi ! quelle soudaine indifférence pour mon avenir ! quelle joie peu déguisée de me voir m'éloigner ! Si vous l'aviez vu malade, épuisé, n'ayant plus qu'une pensée dans son cœur, dans son esprit, dans le sang de ses veines, dans la fièvre de son regard ! Si vous l'aviez entendu dire, lui pour qui rien ne survit à cette terre : « Je me tuerai ! » vous auriez eu peur comme moi. C'est une grande tache dans les souvenirs d'une existence que le sang d'un ami, ou même le brisement de son âme laissant vivre le corps.

Le Père Chrysostome quitta son escabeau et s'approcha de la fenêtre.

— J'abuse de vous, dit Patrice, mais j'ai fini. Voilà ce que j'ai fait. D'ailleurs, mon ami est

riche et moi je n'ai rien : c'était encore un
motif pour lui céder la femme que j'aime. Et
maintenant que tout est consommé, des regrets
cruels me déchirent ; une effroyable incertitude me vient. Mon ami lui-même sera-t-il
heureux ? D'un seul coup n'ai-je pas compromis trois existences ?

— Qui sait ? dit le religieux en revenant de
la fenêtre où il s'était appuyé, le visage dans
ses mains. Vous n'êtes point blâmable de vous
être dévoué pour un autre. Peut-être avez-
vous épargné un grand crime. Quel sacrifice
serait trop dur pour sauver la vie d'un ami ?
Ah ! mon enfant, si vous aviez vu ce que j'ai
vu, l'incertitude serait bientôt finie. Puisse la
parole d'un vieux prêtre, d'un pauvre pécheur,
vous l'enlever pour toujours ! Croyez-moi :
soyez calme, soyez courageux, soyez reconnaissant de la force rare qui vous a été donnée.
Ce que vous avez fait a été bien fait.

Ils se quittèrent à ces mots, car l'heure était
avancée. Sur l'étroit matelas de sa couchette
de soldat, le plus jeune de ces deux nouveaux
amis trouva un sommeil que, depuis de longs
mois, il ne connaissait plus guère. L'autre pria
longtemps avec de grands soupirs, prosterné
sur des planches grossières.

— Mon Dieu, disait-il, je commençais à oublier ! Vous venez de m'en punir, car votre volonté est que je me souvienne toujours. Maintenant, quand votre service m'amènera ici, j'y trouverai ma punition vivante. Celui-là eut tant de force, et moi j'ai montré tant de faiblesse!

Depuis ce jour les habitants du Telagh remarquèrent que les visites du Père Chrysostome étaient plus fréquentes. Bien des fois, pendant les années qui suivirent, la chambre de Patrice vit ces deux amis causer comme le premier soir, avec une intimité toujours plus croissante. Cependant ils gardèrent leur secret. Le jeune homme conserva pieusement caché dans son cœur le nom de la femme aimée. Le prêtre ne laissa jamais deviner quelle douleur ou quelle faute l'avait éloigné du monde.

A chacune de ses apparitions, avec son doux regard de saint, il demandait à Patrice :

— Êtes-vous plus heureux ?

Et toujours, jusqu'à la dernière visite du vieillard, Patrice fut obligé de répondre « Non », les yeux fixés sur ce visage dont les yeux le troublaient comme la première fois qu'il les avait vus.

X X

Le troisième jour de son arrivée à Pomeyras,
Godefroid sortit seul, vers neuf heures du matin, de la maison où sa jeune femme reposait
encore. Pendant les deux journées précédentes,
il avait suivi pas à pas, comme un chien, cette
merveille de beauté qu'un bonheur invraisem-
blable venait de mettre dans ses bras. Il ne
pouvait en détacher ses yeux, s'étonnant qu'un
être humain pût connaître des joies semblables
à celles qu'il éprouvait. Chaque minute lui
apportait un nouveau ravissement. Quand elle
parlait, le seul son de sa voix le jetait en
extase. Quand elle se taisait, il la regardait,
tremblant d'une muette adoration, épiant l'oc-

casion de prévenir le moindre désir de son
idole, de lui épargner le moindre mouvement.

A table, il oubliait de manger, bouleversé
de voluptés inconnues rien qu'à voir les fruits
vermeils s'approcher de cette bouche adorée.
Quelquefois, s'ils restaient seuls, il s'élançait
pour la servir, s'agenouillant à ses pieds comme
un esclave, prêt à pleurer de tendresse lorsque, d'un sourire un peu contraint, elle le
remerciait.

Tout ce que les poètes ont écrit sur l'amant
jaloux de l'air que respire sa maîtresse, du
vêtement qui la touche, de l'insecte qui vole
près de sa joue, toutes ces exagérations ingé-
nieuses et charmantes devenaient pour lui la
simple et réelle vérité. Pendant deux jours il
n'écrivit point une ligne, ne toucha point à
une caisse, ne fit point un pas sans sa femme
dans la maison ou dans le jardin. Vivre ainsi
pendant des années! Son imagination se refusait à concevoir un sort plus délicieux et, dans
la joie fière du premier amour de sa vie, cet
homme de quarante-cinq ans s'étonnait d'a-
voir lu si souvent ce blasphème des philoso-
phes moroses :

« Le bonheur complet ne se trouve point
ici-bas. »

— Il existe, je l'ai trouvé, je le tiens, pensait-il. Je suis heureux !

Et il ajoutait avec l'optimisme confiant des premières heures de la passion satisfaite :

— *Nous* sommes heureux.

Mais, le soir de ce second jour, au soleil couchant, comme il se promenait avec Jenny dans le jardin de Pomeyras, il quitta son bras pour lui cueillir quelques roses dont la nuance avait paru lui plaire. Quand il la rejoignit, elle était debout, les mains tombantes, avec un grand air de fatigue, les yeux perdus sur le profil violet des montagnes. Il s'arrêta pour l'admirer dans cette pose, car il l'admirait toujours, en tout. Hélas ! un profond soupir soulevait les épaules aux lignes pures de la jeune femme, et, sans le savoir, elle laissait tomber de ses lèvres cette plainte accablée :

— Oh ! mon Dieu !

Alors Godefroid comprit qu'*elle*, du moins, n'était pas heureuse. Il regarda tristement les roses qu'il apportait, regrettant de ne pouvoir les rendre à leur tige, car il comprenait que toutes les fleurs, toutes les caresses, tous les trésors du monde — offerts par lui — seraient impuissants à satisfaire ce cœur qui soupirait

déjà de lassitude. Le sien fut traversé d'une
froide blessure de désespoir. Jamais, il le
voyait clairement, il n'obtiendrait autre chose
qu'une tendresse résignée de celle pour qui son
être entier brûlait de toutes les flammes de la
passion. Mais à quoi bon voir son erreur?
A quoi bon s'avouerqu'il avait commis une de
ces fautes dont on meurt, qui font mourir les
autres? Les roses fraîchement coupéees qu'il
froissait dans sa main ne pouvaient plus revenir à la tige embaumée qui les avait vues
naître. Jenny Sauval, cette autre fleur inutilement cueillie, ne pouvait plus redevenir l'heureuse enfant qu'elle était lorsque, ses cheveux
noirs flottant sur ses épaules, ses jambes et
ses bras nus au vent, elle parcourait d'une
course folle ces mêmes allées dans lesquelles
elle étouffait aujourd'hui, comme dans le préau
d'une prison !...

Durant les longues heures d'une nuit sans
sommeil, Godefroid eut le temps de réfléchir au
présent, de prévoir l'avenir, de retourner dans
son esprit tous les moyens de gagner ce cœur,
dont il s'était emparé comme un malfaiteur
sans scrupules.

— Il faut, songea-t-il, que j'aie le courage de la quitter quelquefois. En me re-

trouvant, elle m'accueillera mieux, peut-être.

Ce matin-là, il était sorti seul, de bonne
heure, pour accomplir son programme; mais
il faut plaindre les gouvernements et les maris,
lorsqu'ils en arrivent à croire qu'un programme
est nécessaire.

Godefroid, malgré ses prudentes résolutions,
n'avait pas eu le courage de perdre de vue le
toit sous lequel l'idole de sa vie venait d'ouvrir à la lumière ses yeux charmants. Il avait
erré dans le voisinage, se dissimulant sous les
arbres touffus et derrière l'abri des massifs
couverts de fleurs, comme un amoureux condamné aux précautions du mystère. Il passa
trois heures ainsi, comptant toujours la voir paraître, espérant surprendre un regard qui lui
permît de croire qu'elle le cherchait. Il avait
amassé sur ses lèvres un flot de paroles pas-
sionnées, une goutte de cet océan qui étouffait
son cœur. Mais Jenny ne parut pas.

L'heure du déjeuner approchait. Il perdit
patience et entra dans la maison où, sans
doute, elle fatiguait ses belles mains aux soins
divers de l'arrangement d'une habitation longtemps délaissée. Mais un coup d'œil lui fit voir
qu'il s'était trompé. Dans le petit salon, encore
presque vide et nu comme une pièce inoccu-

pée, Jenny relisait une longue lettre qu'elle venait d'écrire. Elle se leva en le voyant, et vint au-devant de lui, les yeux brillants, le visage animé, tenant à la main les pages encore humides.

— Tenez, dit-elle, je vous ai remplacé de mon mieux. Lisez ma prose et ajoutez-y quelques lignes. A quelle heure part le courrier? Il ne faut pas que celui qui est tout seul, si loin, reste plus d'une semaine sans nouvelles de nous. Il croirait que ses amis l'oublient.

Alors Godefroid se souvint. La veille, sans qu'il sût comment, la conversation était tombée sur Patrice.

— En ce moment, il est bien près d'arriver dans sa forêt, avait dit la jeune femme. Vous devriez lui écrire.

Il avait promis de le faire, tout en confessant l'horreur qu'il éprouvait pour toute besogne épistolaire, si bien que Jenny s'était offerte à prendre la plume à sa place.

Le déjeuner fini, Godefroid parcourut avidement les lignes qui lui avaient été confiées. L'être le plus jaloux n'aurait pu tirer le moindre ombrage de cette causerie très franche, très simple, sans la moindre expression sous entendue, sans sexe apparent sinon dans

14

l'orthographe. La jeune femme racontait son
arrivée à Pomeyras, en évitant tout ce qui
pouvait approcher d'un détail délicat. Elle
disait l'émotion qu'elle avait éprouvée à revoir
son berceau, la reconnaissance qu'elle garde-
rait toujours à l'homme qui lui avait ménagé
cette joie. Elle ajoutait en finissant :

« Il en sera récompensé, car l'air qu'on res-
» pire chez nous est le meilleur de France.
» Bientôt il aura retrouvé toute sa santé ; il se
» repose. Vous voyez que je lui sers de secré-
» taire. Écrivez-nous sans tarder ; parlez-nous
» de votre voyage et de votre nouveau pays. »

Ces lignes achevèrent de convaincre Godefroid qu'il n'y avait jamais eu d'amour entre
sa femme et Patrice. Toutefois, cette amitié
si complète avait de quoi le rendre cruellement jaloux. S'il eût osé, il n'eût point
laissé partir la lettre. Mais de quel droit la
retenir, puisqu'il avait été convenu qu'elle
serait écrite ? De quel droit priver cette jeune
femme enterrée dans un désert, après avoir
connu la vie la plus bruyante qu'il y ait au
monde, de quel droit la priver d'une distraction qui lui tenait au cœur ?

— Déjà elle se sent lasse, pensa Godefroid.
Vais-je maintenant la pousser à me haïr ?

Hélas! puisque mon amour lui pèse, qu'elle voie du moins mon estime et ma confiance.

Le pauvre mari, si promptement aux prises avec les misères du métier, s'en tira par la méthode ordinaire.

— Laissons toujours partir cette lettre, décida-t-il. Pour les autres, nous verrons. D'ailleurs, ce beau zèle d'écrire passera peut-être.

Au bas de la dernière page, il ajouta quelques lignes très courtes, aussi affectueuses qu'il put, mais où se trahissait la contrainte que le début de la vie conjugale met toujours entre les amis les plus intimes. Tandis qu'il écrivait, il entendait sa femme aller et venir dans la pièce voisine, remuant, dérangeant, donnant des ordres tantôt en français, tantôt en patois du Béarn, selon qu'elle s'adressait aux serviteurs de Pomeyras ou à ceux qu'elle avait amenés de Paris. Pour le coup, on travaillait.

— Elle n'a pas voulu ouvrir une caisse ni planter un clou avant d'avoir écrit à Patrice!

Telle fut la pensée qui troubla Godefroid tandis qu'il traçait sur l'enveloppe le nom de O'Farrell.

— Ah! Dieu! comme je changerais avec lui! soupira-t-il.

Pas une seule fois, pendant les jours qui suivirent, la jeune femme ne parla de Patrice, de la lettre qu'elle avait écrite, ni de la réponse qu'elle attendait. Cependant, quand cette réponse parvint à Pomeyras, adressée à Godefroid, cela va sans dire, Jenny la devina parmi les plis du courrier, bien qu'elle n'eût jamais vu l'écriture d'O'Farrell. Son mari lut d'abord la lettre, puis la lui passa sans rien dire. C'était un journal assez froid, également éloigné de la plainte et de l'enthousiasme. On aurait pu, sans y changer un mot, l'imprimer dans quelque revue, tant l'ombre d'une pensée intime ou sentimentale en était éloignée.

Quinze jours après sa première lettre, madame Godefroid écrivit de nouveau à l'ermite du Telagh, comme elle l'appelait en plaisantant, car elle se gardait avec soin de toute allusion compatissante en parlant de lui. Il répondit dans le même délai. Depuis lors, tacitement, la correspondance fut organisée sur ce pied; mais, pendant tout le temps qu'elle dura, pas une ligne ne fut écrite, au Telagh ou à Pomeyras, qui ne passât sous les yeux de Godefroid.

XXI

Par suite de l'arrivée de madame Sauval,
qui était venue, vers le milieu de mai,
rejoindre le gros de l'armée, l'installation de
Godefroid dans le Béarn avait pris sa forme
définitive. Il avait essayé, avant de quitter
Paris, de se ménager un mois de tête-à-tête
conjugal, et ne s'était point contenté sans
regret des deux semaines qu'il avait obtenues
difficilement de sa belle-mère, incapable,
disait-elle, de vivre deux jours sans sa fille.
Et cependant ce fut avec un secret soulagement qu'il vit arriver la mère de Jenny. Pas
une seule fois il n'avait surpris chez la jeune
femme l'apparence d'une révolte ou d'une

14.

plainte, mais seulement, à de rares inter-
valles, ce soupir lassé qui le jetait dans le
désespoir pour de longues heures. La présence d'un tiers dans leur solitude n'allait-
elle pas produire une utile diversion?

La rentrée de madame Sauval dans son
étroit domaine eut quelque chose de la pompe
mélancolique et sévère qui signalait jadis le
retour des émigrés dans leur patrimoine.
Le notaire du bourg, s'il eût été moins discret, aurait pu faire observer que Pomeyras,
en vertu de certains actes suivis de mouvements de fonds, était devenu la propriété de
Godefroid. Mais, pour le présent, la veuve
du pauvre Sauval prit tant de soins pour
tenir ce détail ignoré des voisins, qu'elle en
vint assez vite à l'oublier elle-même. Quant
à l'avenir, elle savait qu'on peut faire bien
des choses avec l'aide de Dieu et d'un bon
testament.

Madame Sauval prit sans tarder les rênes du
pouvoir, que personne ne lui disputait, Godefroid moins que personne, et, dans cet Éden
béarnais, on put voir du moins un être
humain dont la destinée accomplissait les
désirs et servait les plans.

Ce n'était pas que madame Sauval comptât

passer le reste de sa vie dans ce royaume, composé d'une pelouse, d'un potager, d'une basse-cour et d'une étable. Mais les vrais ambitieux savent se contenter, pour un temps, du plaisir de voir les événements travailler pour eux et rétablir leur fortune. Pareille à l'illustre vaincu debout sur son rocher d'Elbe et regardant à ses pieds l'*Inconstant*, dont la brise favorable commençait à gonfler les voiles, Martscha, dans le riant exil de Pomeyras, tenait les yeux fixés sur la rive mystérieuse qu'elle seule voyait.

Pour s'entretenir la main, elle fit signer à son gendre, à peine arrivée, l'acte d'acquisition d'une métairie qui touchait l'enclos, et, dès lors, elle eut un exutoire pour le besoin de commander qui était en elle. Chacun la redoudait. Même les bœufs attelés aux chars allaient d'un pas moins lourd, quand ils apercevaient, au détour d'un chemin, la terrible maîtresse guettant le travail sous son ombrelle. Cette lutte continuelle contre la sécheresse, contre la pluie, contre l'orage, contre la paresse ou la ruse des métayers, la passionnait. Bientôt elle s'aperçut qu'il fallait combattre un ennemi plus digne d'elle, c'est-à-dire la malveillance et la jalousie.

Car, tandis que Jenny, moins sensible que sa mère au plaisir de voir lever l'aurore et de courir les terres en sabots, meublait sa maison et fleurissait son parterre, une ligue s'organisait sourdement parmi les voisins de Pomeyras.

Pour ces petits bourgeois très ignorants et très vertueux, destinés à vivre et à mourir sans avoir jamais dépassé Bordeaux, la différence était peu sensible entre une grande cantatrice d'opéra et la plus infime râleuse de café-concert. L'une comme l'autre « chantait sur les planches ». D'ailleurs on racontait, pour l'avoir lu dans un journal de Paris, que « la Sauval » s'était réfugiée en province après avoir perdu la voix. Les mieux disposés se montraient prêts à croire que Godefroid l'avait épousée civilement ; les autres, que le couple avait apporté sur ce sol vertueux le fatal exemple des unions libres, si communes à Paris dans le monde des théâtres.

Mais bientôt, grâce à madame Sauval, le curé du bourg prit l'habitude de dîner chaque semaine « au château », ce qui fut considéré comme une preuve que le ménage était en règle avec l'Église. Dès lors il n'aurait tenu qu'à Godefroid d'avoir toujours sa maison pleine de monde; mais il fut intraitable sur ce point, et, devant tous ces idiots qui avaient insulté sa femme, la porte resta fermée.

Elle s'ouvrit un jour devant une députation venue de Biarritz. Les ambassadeurs se présentèrent avec force excuses de ce qu'ils arrivaient sans être annoncés. Peut-être, cependant, leur visite ne surprenait pas tout le monde, car madame Sauval n'avait pas mis le pied hors de la maison ce jour-là, et sa fille, qui la connaissait bien, avait prévu qu'il y aurait du nouveau en voyant la toilette de sa mère. Godefroid vint au salon en rechignant, et tomba au milieu de quatre messieurs qui lui donnèrent du « cher maître » avec de grands saluts.

— Nous organisons, dirent-ils, un concert de bienfaisance pour nos pauvres. Si nous pouvions faire figurer sur le programme le grand air d'*Adossidès*, par madame Godefroid-Sauval, on viendrait de Madrid pour l'entendre, et la recette serait formidable.

Godefroid resta rêveur, pesant le pour et le contre de la décision qu'il fallait prendre.

— Vous n'avez donc pas lu les journaux de Paris, messieurs? dit la reine-mère avec une ironie majestueuse. Ils disent que ma fille a perdu la voix et que c'est pour cette raison qu'elle s'est mariée !

Godefroid, à cette parole habilement calculée, parut sortir de son hésitation. Jenny, prévenue, fit bientôt son entrée et les saluts devinrent des prosternements. Quand elle sut de quoi il s'agissait, elle regarda son mari de l'air d'une femme qui ne demande qu'à être persuadée. Cette occasion de se distraire la tentait. De plus, la perspective de chanter pour les pauvres, en grande dame, après avoir chanté pour les riches moyennant salaire, ne laissait pas que de lui causer du plaisir. Séance tenante, le jour fut pris et les moindres détails arrêtés. Les ambassadeurs partirent au comble de la joie et, pendant les jours qui suivirent, tout le monde, à Pomeyras, fut occupé. Godefroid revit sa musique, prépara les réductions et fit travailler sa femme qui, Dieu merci ! n'avait jamais eu la voix plus en état. Madame Sauval écrivit plusieurs lettres qu'elle prit soin de mettre à la poste elle-même.

Au jour fixé, le concert eut lieu. Sur la liste du comité de patronage, on pouvait lire une douzaine de noms appartenant à toutes les aristocraties européennes. Au dernier rang

figurait celui du prince Kéméneff, chambellan
de S. M. le czar.

Madame Godefroid remporta le triomphe le
plus étourdissant qu'une femme puisse rêver.
Sa voix, son talent, sa beauté, sa distinction,
sa toilette, son esprit, tout fut porté aux nues,
et, pour être juste, elle méritait cette ovation.
Elle devint, sur l'heure, la favorite d'une
pléiade de grandes dames, russes pour la
plupart, qui l'avaient applaudie jadis à l'O-
péra, mais qui la traitèrent comme l'une
d'entre elles. Kéméneff, irréprochable dans sa
réserve, donnant à tous l'exemple du respect,
ne pouvait suffire aux présentations. Il était
là comme chez lui, possédant, depuis plusieurs
années, l'une des plus élégantes villas de Biarritz.

Trop sérieuse pour avoir la tête tournée de
ce succès, la jeune femme ne pouvait, cependant, y rester insensible. Mais, plus que tout,
elle sentait la satisfaction de voir les femmes
de la meilleure société de l'Europe l'accueillir
comme l'une d'elles. Les invitations plurent,
trop nombreuses pour qu'elle pût les accepter toutes. Néanmoins, au lieu de passer
deux jours à Biarritz comme elle en avait l'intention, elle y séjourna plus d'une semaine,

Elle en partit comblée de caresses, promettant,
— comme on promet tant de choses dans le
monde — une visite à Saint-Pétersbourg
l'année suivante.

— Quand l'empereur vous aura vue, quand
l'impératrice vous aura entendue, lui disait-on,
vous ne pourrez plus revenir en France.

Trop clairvoyante pour ne pas comprendre
qu'elle devait cet enthousiasme, du moins
pour une grande part, à l'habile propagande
du prince Kéméneff, elle avait eu, en le
voyant si empressé, une première pensée de
défiance, car elle craignait qu'on ne lui de-
mandât, quelque jour, la récompense des services
rendus. Mais Serge Kéméneff, grand seigneur
dans ses qualités comme dans ses défauts, ne
méprisait les femmes que lorsqu'il leur plai-
sait d'être méprisées. Il les avait pratiquées
de bonne heure, et non pas seulement celles qui
se vendent, ni qui se donnent trop facilement.
Le prince avait eu presque à ses débuts, s'il
fallait en croire la légende, le bonheur de trouver une femme très belle, très désirée et très
digne de l'être, qui avait refusé de l'écouter.
A cette utile leçon, il devait de croire, sinon à
la vertu des femmes, du moins à la possibi-
lité de cette vertu, ce qui est déjà beaucoup.

Depuis, l'insouciance de son âge et de sa race, ses voyages d'un bout de l'Europe à l'autre, les mondes très divers qu'il avait connus, les exemples qu'il avait eus sous les yeux, lui avaient donné ce mélange de frivolité et de philosophie, d'ardeur passionnée et de facile résignation, qui distingue certains hommes. Kéméneff avait aimé Jenny plus sérieusement qu'il n'avait aimé aucune femme. Bientôt il avait tenu pour démontré qu'il fallait l'épouser pour l'avoir et sans doute, si la chose n'eût compromis que des intérêts matériels, il l'aurait épousée. Mais il est difficile, pour des gens déshabitués, comme nous, de toute tradition d'obéissance et de toute idée de respect, de comprendre de quel poids pèse sur la volonté des gentilshommes russes le blâme ou l'approbation de « leur père le czar. »

Kéméneff avait éprouvé un violent désespoir en apprenant que Jenny Sauval se mariait. Puis il s'était résigné loyalement à voir un autre obtenir ce que lui-même n'avait pas demandé. Après un mois de service au palais, suivi d'un mois de distractions à Paris, il était venu s'établir pour l'été dans sa villa de Biarritz, et, quand il avait appris, par une

15

lettre de madame Sauval, que son ancienne
idole respirait à quelques pas de lui, son premier mouvement avait été la résolution de
vaincre ses souvenirs. Mais en revoyant Jenny
plus belle, plus admirée, plus séduisante que
jamais, le prince retrouva son ancienne passion pour elle, avec un aiguillon de plus, car
il retrouvait une femme du monde, exquise,
élégante, distinguée entre toutes. Il eut pour
elle tant de chevaleresque respect, tant d'admiration réservée, son dévouement prit la
forme d'un culte si délicat, que Godefroid,
malgré la mémoire du passé, conçut pour lui
plus d'estime que de jalousie. Aussi, quand il
quitta Biarritz, il avait exigé de Kéméneff la
promesse d'une visite à Pomeyras, politesse, à
vrai dire, presque forcée, car Jenny devait au
prince la plus grande partie de ses plaisirs
aussi bien que de ses succès, pendant ce court
déplacement.

Toutefois, une crainte qu'il garda pour lui
seul agitait Godefroid.

— Je suis perdu, songeait-il, si ces applaudissements font regretter à ma femme sa vie
passée, et si elle rapporte au logis le goût de
ce monde où elle vient de pénétrer. C'est là
surtout qu'elle m'échapperait.

Il fut bientôt rassuré. Jenny quitta Biarritz sans regret ; même elle refusa l'offre que lui faisait son mari d'y rester quelques jours encore.

— Si vous voulez me rendre très heureuse, dit-elle, — c'était la première fois qu'elle exprimait un désir — prenons le chemin des écoliers pour rentrer chez nous. J'aimerais tant à revoir mes chères montagnes !

Le lendemain, tandis que madame Sauval regagnait seule son modeste manoir, les deux époux s'enfoncèrent dans les Pyrénées, choisissant pour leurs étapes les bourgades ignorées de la foule. Jenny prenait plaisir à faire à son compagnon les honneurs des grands spectacles qui lui rappelaient son enfance ; elle en jouissait elle-même avec l'épanouissement d'une âme d'artiste. Mais Godefroid remarqua qu'elle n'oubliait pas plus O'Farrell en face des horreurs sublimes de la Maladetta, qu'elle ne l'avait oublié dans le tourbillon des fêtes de Biarritz. L'arrivée du courrier d'Afrique fut attendue avec le même intérêt contenu, et, pour répondre le jour accoutumé, Jenny veilla deux heures, malgré la fatigue d'une excursion pénible. Comme Godefroid la pressait de se reposer, disant que,

pour une fois, Patrice pouvait bien se passer
d'une lettre :

— Oh! non, répondit la jeune femme. Il
ne faut pas qu'il puisse croire, même vingt-
quatre heures, que *vous l'oubliez*.

Vers la fin de septembre, les deux touristes
furent chassés des montagnes par les premières
atteintes du froid. Jenny fut douloureusement
surprise de voir à quel point son mari le ressentait, car elle croyait sa santé mieux réta-
blie. Lui-même parut profondément affecté de
cette rechute, bien qu'elle ne fût pas sérieuse
en apparence. Il voulut s'arrêter à Pau durant
vingt-quatre heures. Là, pour la première fois
de sa vie conjugale, Jenny fut laissée seule
toute une matinée. Au retour du coupable, elle
s'en plaignit affectueusement.

— Pourquoi, répondit-il, n'avez-vous pas
employé le temps à écrire en Algérie?

Elle ne répliqua rien, jugeant, d'après l'air
de son mari, qu'il était dans un de ses jours
d'humeur sombre. Aussi n'osa-t-elle point lui
demander d'où il venait et, par cette réserve,
elle lui évita la peine de mentir. Car il s'était
promis de tenir caché à tout le monde qu'il
avait passé sa matinée avec un notaire, et
qu'il venait de faire son testament.

XXII

A Pomeyras, Godefroid retrouva la chaleur
et le soleil, car l'été durait encore dans la
plaine. Mais il ne retrouva ni l'égalité de son
humeur, ni la trêve dont il venait de jouir
dans le dépérissement de sa santé. Avec son
coup d'œil infaillible, madame Sauval discerna
qu'il recommençait à décliner, et ses soins ordinaires pour le mari de sa fille devinrent une
sollicitude comme peu de gendres en connaissent.

Au fond, ce qu'elle ressentait, c'était l'émotion poignante du joueur d'échecs qui a
combiné un coup basé sur une faute de l'ad-
versaire. Allait-il commettre, ce joueur naïf,

la faute sur laquelle on comptait : celle de se laisser mourir ?

A tout événement, l'heure était venue de faire avancer le cavalier. Sans perdre un jour, comme si un ange envoyé du ciel lui eût appris que Pomeyras avait retrouvé ses maîtres, Kéméneff écrivit pour s'annoncer, conformément à sa promesse.

— Le diable l'emporte ! fit Godefroid qui tournait de plus en plus au morose. Je n'ai pas invité un seul de mes amis parisiens à venir me voir. Et il faut que je donne l'hospitalité à ce Moscovite !

— Un déjeuner, rectifia madame Sauval. Un simple déjeuner. A Biarritz, il vous en a offert bien d'autres.

— A ce compte-là, il faut que je donne à manger à vingt-cinq personnes. Et, si je commence avec l'une...

Jenny, à qui toute discussion, quelle qu'en fût la cause, déplaisait extrêmement, prit un prétexte pour quitter la séance, préférant n'être point consultée.

— Or çà, quelle mouche vous pique ? demanda la belle-mère à son gendre quand ils furent seuls. Seriez vous jaloux ? Ma fille vous en a-t-elle jamais donné motif ? Et, si vous l'êtes, agiriez-vous prudemment en le laissant voir? D'ailleurs, dans votre position, un homme ne ferme pas sa porte au nez d'un chambellan du czar. Vous n'êtes pas dans l'intention, j'imagine, d'en rester là de votre carrière, à moins que votre ambition ne se borne à faire applaudir vos œuvres dans un casino? A Pétersbourg, le prince peut vous être utile. Enfin, pour tout dire, il distraira Jenny qui, de vous à moi, soupire un peu trop depuis quelque temps. Quitter le théâtre, c'était fort bien. Elle le désirait, et je me réjouis qu'elle ait pu le faire. Mais, de là au couvent, il y a une distance, et je crains que vous ne soyez tenté de l'oublier.

Madame Sauval ne parvenait pas toujours à convaincre ses adversaires quand elle se mettait à raisonner. Mais, invariablement, elle les amenait à un état de lassitude qui les contraignait à capituler. Godefroid céda, trouvant que, si Paris vaut une messe, la tranquillité d'un honnête homme vaut bien un déjeuner, même offert à un prince amoureux.

« Nous vous attendons après-demain » écrivit-il séance tenante à Kéméneff. « Je crains que » la maisonnette où nous vivons » — c'était une vengeance à l'adresse de sa belle-mère —

« ne vous paraisse un peu étroite à côté de
» votre villa du Phare. Mais vous y serez reçu
» du mieux qu'il se pourra. Une voiture vous
» attendra à la gare. »

Le surlendemain, la voiture revint vide,
mais, presque au même instant, un phaéton
attelé de deux trotteurs orloff de cinq cents
louis déboucha de l'allée des chênes.

— Comment ! s'écria Godefroid, vous avez
fait la route avec vos chevaux ?

— Dix lieues ! répondit le prince avec une
indifférence un peu affectée. Ce n'est rien pour
nos buveurs d'air.

Presque au même instant, les deux hommes
d'écurie mettaient habit bas dans le préau
situé entre la maison et les dépendances.

— Trois heures d'ouvrage ! dit le moins
élevé en grade à son compagnon.

— Oui, fit l'autre en considérant d'un air
navré les chevaux couverts d'écume et la voiture enveloppée de poussière. Depuis le jour où
les deux bêtes que voilà sont entrées dans *son*
écurie, c'est la première fois qu'*il* n'a pas
peur de leur mouiller le poil. Faut croire que
la petite dame l'a bien mordu.

Sur cette conclusion ils se mirent au pansage, tandis que le vieux Pierre, ses mains

dans les poches de sa veste et le béret sur
les yeux, contemplait l'opération du même
regard effrayé dont il aurait suivi les auda-
cieuses prouesses d'un dompteur, dans la cage
de ses fauves. Les flanelles n'étaient pas encore autour des paturons que, déjà, les maîtres avaient quitté la table pour le jardin ; et,
certes, Kéméneff ne se fût pas mis plus en
frais, s'il se fût promené dans les parterres
réservés de Tsarskoé-Sélo en compagnie d'une
archiduchesse, au lieu d'escorter madame
Godefroid dans les étroites allées de Pomeyras.

Le maître de maison ne quittait pas sa
femme du regard, non pour la surveiller
d'un espionnage jaloux — il ne connaissait pas
encore ce degré de misère — mais parce qu'il
était incapable, quand elle était là, de tourner
les yeux dans une autre direction. Il s'étonnait délicieusement de la voir simple, dégagée,
comme si, depuis son enfance, elle n'eût fait
autre chose que de recevoir des chambellans
du czar. Distraite, cependant, pour ne pas
dire impatiente, elle tournait souvent la tête
du côté de l'allée des Chênes, avec l'agitation
d'un écolier en classe qui regarde l'horloge, à
l'heure de la récréation. Soudain, on vit paraître la blouse bleue et la casquette de cuir

15.

du facteur. Adieu le prince et les charmes de sa conversation ! Déjà sa belle compagne s'était envolée comme un oiseau et revenait auprès de son mari, tenant une lettre timbrée d'Algérie. C'était le jour du courrier.

— Votre Excellence veut-elle bien permettre? dit Jenny en souriant. Ce sont des nouvelles d'un de nos amis à tous, de Patrice O'Farrell, qui vit tout seul au delà des mers. Vous le connaissez, je crois ?

— Je voudrais être à sa place en ce moment, répondit le prince avec un salut de cour, puisque vous pensez à lui.

Très poliment, il engagea la conversation avec madame Sauval qui rougissait de colère, tandis que Jenny, appuyée au bras de son mari, écoutait la lettre de l'exilé.

Quand la dernière ligne fut terminée, elle rejoignit le prince et s'occupa de lui avec sa grâce parfaite, jusqu'à l'heure où l'équipage, plus éblouissant que jamais, vint attendre son possesseur devant le petit perron abrité par l'auvent parfumé des clématites.

Cependant l'automne s'avançait. Dans une région moins douce, on aurait déjà senti les approches de l'hiver. Bien des fois les trotteurs du prince avaient parcouru la longue route dont ils connaissaient à cette heure les moindres circuits. Kéméneff, à moins d'être singulièrement fat — et ce n'était point son défaut — ne pouvait se flatter de surprendre même un léger trouble dans l'attitude de Jenny, quand il l'abordait ; mais elle ne faisait rien pour lui cacher qu'elle devenait son amie.

Quant à Godefroid, malgré les instances de sa belle-mère et de sa femme que sa sombre humeur inquiétait, il ne songeait guère à se remettre au travail, De plus en plus sa santé manifestait de fâcheux symptômes, dont il paraissait méconnaître la gravité. Et cependant, plus d'une fois, l'un des meilleurs médecins de Pau avait été mandé à Pomeyras. Il avait affecté de dire devant Godefroid qu'on le dérangeait pour rien, mais, dans ses conférences mystérieuses avec madame Sauval, il s'était exprimé différemment et n'avait point caché que l'affection du cœur faisait des progrès rapides.

Dès cette époque, le malade quitta moins volontiers sa chambre ou la chaise longue du petit salon de Jenny. En même temps son caractère s'aigrissait et, par-dessus tout, sa jalousie prenait une violence d'autant plus funeste qu'il s'appliquait à la cacher plus soigneusement.

Sans qu'il voulût le laisser voir, chacune
des apparitions de Kéméneff lui causait un
trouble extrême, et cependant le prince, traité
en familier de la maison, ne songeait pas plus
à compter ses visites que s'il eût habité le
hameau voisin. Le malade s'épuisait, à l'insu
de tous, en épiant chacune des paroles et chacun des gestes de son hôte. Plus d'une fois,
lorsque Serge causait avec la jeune femme sur
les fauteuils d'osier rangés devant la maison,
Godefroid les surveillait fiévreusement, caché
derrière un rideau, tandis qu'on le croyait
tranquillement plongé dans sa lecture.

Les lettres que Jenny recevait d'Algérie,
celles qu'elle continuait à écrire à Patrice au
nom de son mari, ne paraissaient plus à ce
dernier aussi manifestement innocentes. L'infortuné s'enfermait dans sa chambre pour les
lire, les relire, en scruter chaque ligne, s'ef-
forçant d'y découvrir un sens caché. Il en
arrivait à étudier le papier à la loupe, afin d'y
surprendre un signe cabalistique et, ne trouvant
rien, il se sentait plus malheureux encore.

— Qui sait, pensait-il, si d'autres lettres que
j'ignore ne sont pas échangées entre eux ?

Mais il en était pour sa défiance misérable.
Prisonnière au secret, Jenny aurait été moins

empêchée d'entretenir une correspondance clandestine. Non seulement elle ne quittait jamais Pomeyras, mais encore on pouvait compter les minutes qu'elle passait hors de la vue de son mari.

Cependant, son intimité avec Serge Kéméneff augmentait d'une façon visible; le prince lui-même semblait oublier l'amour pour l'amitié, tant il y avait un charme unique dans le plus innocent sourire de cette créature séduisante. Simple et sans détours dans sa loyauté, elle ne recherchait pas plus qu'elle ne fuyait les occasions de tête-à-tête. On pouvait voir que ces visites, sa seule distraction, étaient attendues par elle avec plaisir. Lorsque, debout sur le perron, elle voyait partir le brillant équipage, elle ne manquait pas de dire, avec un signe gracieux de sa tête fine :

— A bientôt, n'est-ce pas?

Pendant ce temps-là, Godefroid se mourait d'amour et de jalousie. Loin d'être plus calme depuis qu'elle était satisfaite, sa passion se meurtrissait dans des alternatives d'enthousiasme et de désespoir, d'adoration suppliante et d'une sorte de haine. Parfois, étreignant sa femme dans ses bras avec une ardeur sauvage, il avait des caresses effrayantes.

— Tu es à moi! grondait-il d'une voix étouffée. Ta beauté m'appartient. Je les possède, ces yeux que j'ai regardés de loin, pendant de longues années, comme des étoiles inaccessibles à mon espoir. Les voilà, ces lèvres, ces fleurs de volupté sur lesquelles mon âme se posait, abeille invisible, avide de se rouler dans leur miel divin. Comment peut-on dire que je ne crois pas au ciel? Le ciel c'est toi, c'est ta beauté, c'est l'ivresse qu'elle me donne, c'est l'orgueil de penser que nul être semblable à toi ne respire sur la terre et que ce trésor unique, infini, est enfermé dans mes bras. Oui, je crois à l'éternité. L'éternité c'est une minute de ma vie, quand je sens ton cœur contre le mien, quand je noie mes lèvres dans tes cheveux. Ah! tu m'as déjà fait connaître cent éternités bienheureuses!

Alors, la voyant immobile, sans voix, comme effrayée de ces transports fous :

— Tu ne m'aimes pas! criait-il. Je le sais! Je ne suis pas ton amant : je suis ton maître! Tiens! superbe esclave, je les vole, ces baisers, comme je t'ai volée toi-même. Qu'importe? c'est une volupté de plus. Qu'on vienne te reprendre, maintenant! Le délice suprême serait de mourir à cette heure, si tu mourais avec moi.

Mais bientôt il payait ces effusions désordonnées par les retours accablés d'une amertume navrante.

— Hélas! que suis-je auprès de vous? soupirait-il. Que pourriez-vous trouver en moi qui fût digne de votre souveraine beauté? Même ce que j'avais, je ne l'ai plus. La jeunesse, la force, l'art, l'enthousiasme, tout s'est fondu dans mon amour! Si vous le vouliez, le monde serait à vos pieds comme j'y suis moi-même. Tous les hommes que votre regard touche perdent la raison. Kéméneff balbutie comme un écolier quand vos yeux tombent sur lui. Et *l'autre?* Celui dont vous n'avez jamais voulu me dire le nom, que vous aimez encore, sans doute?... Où est-il? Peut-il vivre encore, séparé de vous? Oh! mort ou vivant, combien je l'envie!

Un jour, après l'avoir regardée longtemps avec l'effrayante fixité d'un homme dont la raison s'égare, il dit lentement, tandis que ses mains se crispaient :

— Comme je les envie, ces rois de l'Orient qu'un même bûcher consume avec la femme qu'ils ont aimée!

Peu de temps après, le médecin de Pau vint revoir son malade. Comme il regagnait sa voiture, escorté par la belle-mère:

— Madame, fit-il avec une toux discrète, votre gendre adore sa femme, il est aisé de le voir et facile de le comprendre. Mais il l'adore... trop. Il nous faut du calme. Arrangez-vous pour l'obtenir. Vous me comprenez?

— Bien, docteur, répondit la Roumaine en baissant les yeux. Je ferai ce qu'il faut faire.

Mais elle oublia, cette fois, de transmettre la prescription du docteur. De son œil froid, tranquille et pénétrant, elle suivait les progrès de la crise, comme elle surveillait le pas lent mais sûr des bœufs traçant leur sillon dans la plaine. Toutefois un lourd souci l'oppressait. Godefroid, de jour en jour, témoignait plus de confiance à son « ange gardien », comme il l'appelait. Mais l'angélique veuve aurait donné la plus belle plume de son aile pour une réponse catégorique qu'elle n'osait demander, car le malade sentait venir la question de loin et, plusieurs fois, l'avait éludée avec un empressement de mauvais augure. Cette réponse était dans les cartons d'un notaire de Pau d'où elle devait sortir à son heure, mais Martscha l'ignorait.

— Enfin! songeait-elle pour se consoler, Kém... eff est si riche! Qu'importe à qui mon gendre aura laissé sa fortune!

XXIII

Si jaloux qu'il fût, Godefroid avait pour sa femme une estime profonde et, parfois, il se méprisait lui-même d'être descendu jusqu'à un espionnage dégradant. Il cherchait alors à calmer ses scrupules à sa manière.

— Je la soumets à une épreuve indigne, songeait-il, mais, en la lui faisant subir, je me force moi-même à reconnaître sa loyauté sans reproche !

Un jour, toutefois, il eut le cœur tellement serré par une découverte atroce, qu'il se demanda s'il n'allait point tomber mort sur place avant d'avoir le temps de pousser un cri.

Kéméneff se préparait à regagner sa villa
du Phare. Avant de remonter sur le siège de
son phaéton, il prenait congé de Jenny, tandis que la mère, habile à flatter les goûts des
gens, caressait les chevaux, maigris, fatigués
par la longue étape trop souvent fournie depuis quelques semaines. Soudain la jeune
femme, après avoir regardé autour d'elle, tira
une lettre des plis de sa robe et la glissa dans
la main du prince qui la dissimula prestement,
comme si cette manœuvre clandestine leur eût
été familière. Avant que le mari, aposté à l'é-
tage supérieur, fût sorti de son écrasante surprise, les chevaux et leur maître avaient
disparu au tournant de l'allée voisine.

Godefroid, s'il en avait eu la force, aurait
bondi sur l'épouse perfide et, le crime avoué,
il se serait vengé, Dieu sait par quelle violence.
Mais une défaillance l'avait cloué sur place
tout d'abord. Devenu capable de réfléchir,
il comprit qu'il fallait dissimuler pour surprendre, en temps opportun, deux coupables
au lieu d'un seul. Pendant une semaine, cette
seule idée, ce seul désir lui rendit une in-
croyable énergie, à ce point que sa santé parut
s'améliorer. Les forces revinrent, bien qu'il
prît à peine quelque nourriture et que le

sommeil fût devenu pour lui chose inconnue.

Il acquit même le pouvoir d'adresser la parole à sa femme avec un calme apparent, trompeur, et cependant la seule vue de cette créature plus adorée que jamais lui faisait souffrir mille morts. Pendant une semaine il surveilla ses actions jour et nuit, comme on épie les moindres mouvements du malheureux condamné au dernier supplice. Mais il ne vit rien de suspect. Déjà il craignait, sentant la fièvre le miner, de ne pouvoir conduire jusqu'au bout l'œuvre de la vengeance, quand un billet de quelques lignes annonça l'arrivée du prince pour le lendemain.

A l'heure habituelle où l'équipage faisait son apparition, Jenny, visiblement agitée, prit un livre et descendit au jardin. Bientôt, feignant d'être plongée dans sa lecture, elle se dirigea vers l'allée des Chênes alors dépouillés de leurs feuilles. Godefroid, humant l'air comme un fauve qui sent venir sa proie, s'était glissé derrière une haie de lauriers toujours verts qui bordaient l'avenue de leur impénétrable abri. Tout en se glissant de buisson en buisson, il pouvait apercevoir la taille élégante et la démarche souple de la jeune femme. Elle marchait lentement, les mains croisées sur son livre à cette heure fermé, la tête penchée, avec tous les signes d'une tristesse amère. Il se souvint alors de la promenade qu'ils avaient faite ensemble en ce même lieu, le soir de leur arrivée à Pomeyras.

— Que vont-ils voir tout à l'heure, ces vieux arbres qu'elle aime tant? pensa-t-il, frissonnant malgré lui à la pensée du drame tout proche.

Un bruit de roues se fit entendre à quelques pas. Jenny, tournant la tête, s'assura qu'elle était seule. Sur un signe de sa main, les chevaux baignés de sueur s'arrêtèrent. Le prince descendit de voiture, après avoir jeté les rênes à l'homme assis à côté de lui.

— A l'écurie, et dételez! commanda-t-il.

Alors, tandis que l'équipage s'éloignait, Kéméneff s'inclina respectueusement devant la jeune femme.

— Voici la réponse à votre lettre, dit-il en lui tendant une enveloppe qu'elle fit disparaître dans son corsage.

— Mon Dieu! fit-elle, qu'il me tarde de la lire! Mais ici je n'ose pas. Je crains toujours de *le* voir paraître. *Il* m'épie constamment et cette défiance est une chose atroce.

Elle porta son mouchoir à ses yeux.

— Je vous plains de tout mon cœur, dit le prince.

Au moindre geste d'audacieuse familiarité, cet homme était mort, car Godefroid, à cinq pas de lui, caressait la crosse de son revolver. Mais Kéméneff et Jenny prirent le chemin de la maison sans s'être touché la main.

Devant les marches, le prince trouva madame Sauval et sembla faire exprès de la laisser s'emparer de lui, tandis que Jenny disparaissait dans une étroite allée, protégée contre tous les regards par une muraille de cyprès. Comme elle tirait de son sein la lettre qu'elle venait de recevoir, un homme se dressa devant elle, si changé, qu'elle poussa un cri, se croyant assaillie par un malfaiteur.

— Donnez-moi cette lettre! ordonna le mari d'une voix étouffée.

Elle tressaillit et recula, tenant l'enveloppe en arrière, hors de portée. Godefroid devina qu'elle allait prendre la fuite s'il faisait un pas de plus, et il ne sentait que trop, le malheureux! de quelle poursuite ses jambes étaient capables!

Pour effrayer Jenny, pour l'effrayer seulement, car il avait déjà presque pitié de la mortelle angoisse qui se lisait sur ce cher visage, Godefroid montra l'arme qu'il tenait.

— Ne cherchez pas à fuir, dit-il. Vous voyez que je suis décidé à tout pour avoir cette lettre.

— Ce que je vois, répondit-elle pâle de douleur et d'épouvante, c'est que je passe à vos yeux pour la dernière des femmes. Voilà ce que j'ai gagné à faire ce que j'ai fait ! Mon Dieu ! que je suis malheureuse !

Elle se mit à pleurer, mais Godefroid ne sembla point s'apercevoir de ses larmes. Il reprit de la même voix enrouée et sans inflexions :

— Je suis encore plus malheureux que vous, et moi, je ne l'ai pas mérité. Donnez-moi cette lettre.

— Antoine, fit-elle en posant sa main tremblante sur le bras de son mari, je vous conjure de reprendre possession de vous-même. Pauvre ami, bien cher malgré tout ! est-il possible que vous n'estimiez plus la femme que vous aimez?

— Toutes les femmes trompent ; tous les hommes trahissent. La vie n'est qu'un long mensonge. Que la loi commune s'accomplisse sur moi ; mais je veux connaître ma honte, la savourer, apprendre jusqu'où elle va, depuis

quand je m'y roule. Si cette preuve que je
veux avoir m'échappait, croyez-vous que
j'épargnerais davantage ce misérable fourbe
de Kéméneff ?... Ah ! ah ! l'homme que tu
aimes, le voilà donc !... Oui, je le tuerai.
J'en tuerai autant qu'il faudra pour empêcher
qu'on te prenne ! M'entends-tu ?...

— Hélas ! oui, j'entends, gémit-elle. Mon
Dieu !... Que faire?... Vous avez confiance en
ma mère. Allons près d'elle. Devant vous elle
ouvrira cette enveloppe, elle en lira le contenu.
Et si l'on vous jure que ces lignes sont la réponse écrite par la plus loyale des mains à la
plus honnête des demandes...

— Je n'ai confiance en personne, interrompit Godefroid. La lettre !

— Tenez, la voilà, dit sa femme. J'ai fait
ce que j'ai pu, Dieu m'en est témoin. Que le
sort s'accomplisse !

Tout d'abord, en jetant les yeux sur l'adresse,
Godefroid fut stupéfait d'y voir un nom qu'il
s'attendait peu à y trouver. Elle était conçue
de la manière suivante :

    A. S. E. le prince Kéméneff,
          en sa villa du Phare,
            BIARRITZ.
(Pour être remise à madame G.)

Soudain, reconnaissant l'écriture, le mari courroucé poussa une exclamation d'horreur :

— O'Farrell ! cria-t-il. C'est lui !... C'est lui qui se joue de moi !... Je comprends ! Le prince n'est qu'un intermédiaire complaisant. Mais Patrice ! Patrice !... Oh ! ce sera la dernière douleur de ma vie !...

Jenny devint très pâle ; ses traits changèrent d'expression. Avec un éclair d'indignation et d'assurance superbe dans les yeux, elle dit à Godefroid :

— Oui, c'est Patrice. Mais, croyez-moi : lisez ce qu'il écrit avant d'insulter plus longtemps personne.

— « Je suis consterné de douleur », lut tout haut Godefroid. « Est-ce possible ? Ce médecin » ne se trompe-t-il pas ? Tant de progrès ac- » complis en huit mois, par la funeste mala- » die ! N'a-t-il donc pas été heureux ? On disait » que le bonheur pouvait le faire vivre. Merci » de m'avoir prévenu : je vais partir. Que ne » quitterais-je pas, pour voir encore l'ami ten- » drement aimé, aimé plus qu'il ne croit, » pour qui j'aurais donné ma vie ! Je lui ai » donné tout ce que j'ai pu ! Et vous aussi, » vous avez généreusement, fidèlement payé » votre dette. Que Dieu vous en récompense !...

» Je vais me mettre en route et je me hâte
» de tout préparer pour une absence. Il faut
» aussi que je trouve un prétexte et que j'an-
» nonce mon arrivée, afin qu'il n'éprouve
» aucun soupçon. Car je veux qu'il conserve
» l'illusion jusqu'au bout. Veillez de votre
» côté et faisons notre devoir jusqu'à l'heure
» suprême. A bientôt. Mon cœur déborde d'une
» tristesse qu'aucun être humain ne saurait
» comprendre.

« PATRICE. »

Godefroid replia la lettre, sans rien dire, et
la remit dans l'enveloppe, très lentement, avec
la même précaution qu'il aurait prise pour
remettre un poignard empoisonné dans sa
gaine. Ses mains ne tremblaient plus. Son
visage, calmé par cette voix qui l'appelait vers
la tombe, avait déjà l'empreinte d'une majesté
solennelle mais tranquille. C'est ainsi qu'un
paysage brûlé par le soleil de midi change
d'aspect en une seconde, lorsqu'un nuage passe
au ciel, annonçant un coup de tonnerre prochain.

— Ah! c'est déjà la fin! dit-il sans regarder Jenny. Je savais bien que ce serait court,
mais je pensais que ce pourrait être un peu
plus long. Pauvre Patrice! Il ne se doutait

pas, quand il a écrit ces lignes, qu'il me signifiait mon congé.

— Dieu m'est témoin, sanglôta la jeune femme, que ce n'est pas de ma faute si vous les avez lues.

Il la prit dans ses bras et la serra sur son cœur.

— Pardonnez-moi; pouvez-vous me pàrdonner? demanda-t-il. Pardonnez-moi *tout*. Je vous ai trop aimée, et c'est surtout de cela que je vais mourir. Ah! cet amour, si seulement vous ne le regrettiez pas plus que moi!... Un peu de patience. Il valait mieux que je fusse prévenu. Désormais je ne serai ni défiant ni injuste. A cette heure je crois qu'il y a des amis fidèles et des cœurs généreux, et c'est si bon de le croire! Va, mon pauvre Patrice, tu n'auras pas besoin de chercher ton prétexte pour venir à Pomeyras!

En ce moment la cloche annonça le déjeuner. Jenny, la tête sur l'épaule de son mari, luttait pour lui cacher ses larmes. Il lui dit en l'embrassant au front :

— Comme je suis reconnaissant que vous me pardonniez si vite! Mais la cloche nous appelle. N'oublions pas que nous avons un hôte aujourd'hui. Ah! cette cloche! il me semble que je l'ai entendue hier soir pour 'a première fois, dans l'allée des Chênes. Vous souvenez-vous? Elle sonnait alors pour moi l'heure la plus belle de ma vie. Maintenant c'est le départ qu'elle sonne. Entre ces deux tintements, les minutes de mon bonheur ici-bas ont tenu. Allons! pas de faiblesse! Donnez-moi le bras, enfant; et rentrons comme deux époux qui viennent de se réconcilier après une scène. Soyez tranquille, je ne vous en ferai plus désormais.

Elle marchait lentement, guidée, comme une aveugle, par son mari, car elle appuyait sa main sur ses yeux pour empêcher les larmes de jaillir.

— Allons plus vite, pria-t-il doucement. Il ne faut pas que le déjeuner refroidisse. Kéméneff doit avoir faim.

Il affectait de parler sur un ton enjoué, mais soudain, comme ils approchaient de la maison :

— Promettez-moi une chose, demanda-t-il, de même que vous la promettriez à... à quelqu'un qui serait très proche de sa fin. Ne racontez jamais à personne, jamais! la folie misérable que vous avez vue en moi tout à l'heure.

— Ah ! Dieu ! répondit-elle simplement,

croyez-vous qu'il était besoin de cette promesse ?

Ils rentrèrent au salon, où le prince comptait
les minutes, car il avait ses raisons pour être
inquiet de cette longue absence. Mais, en
voyant revenir Godefroid calme, souriant, les
yeux débordant de tendresse pour sa femme,
il oublia toutes ses craintes. Ce jour-là, il
partit convaincu qu'il laissait son hôte plus
aveuglé que jamais sur le nombre des jours
qui lui restaient à vivre.

Quand le phaéton eut disparu, le châtelain
de Pomeyras demanda le bras de Jenny, et
ils firent ensemble le tour du jardin, sous les
rayons doux, malgré l'hiver, d'un soleil brillant. D'abord ils marchèrent en silence. La
jeune femme aurait voulu dire quelque chose,
mais elle sentait si bien qu'il s'agissait d'une
visite d'adieu, que tous les sujets de conversation humains devenaient à ses yeux cruels,
déplacés ou ridicules. Ce fut Godefroid qui
parla, mais on aurait dit qu'il parlait moins
pour sa compagne que pour lui-même. Il
semblait vouloir revivre sa vie par les souvenirs, et Jenny, pour la première fois, connut
toute l'histoire de cet homme qui, d'ordinaire,
parlait si peu de lui.

Elle revit l'enfant du pauvre maître d'école
assis au clavier, dans la petite église de son
village, puis le jeune artiste étudiant la musique avec passion, remportant ses premiers
succès, recueillant ses premiers applaudissements. Puis ce fut le jeune maître naïvement
fier d'entendre dire, quand il passait dans la
foule : « Voilà Godefroid ! » et, bientôt, tout
surpris lui-même de ne plus être pauvre.
Alors, il rencontrait Jenny Sauval. Après, plus
rien qu'elle !

— Jusque-là ma vie n'a été qu'une route
fatigante, dit-il. Ensuite elle est devenue
comme le temple où j'ai trouvé la divinité
rêvée, dont je ne suis plus sorti.

La barrière qui conduisait à la métairie
chère à madame Sauval marquait devant
eux la limite de l'enclos. Godefroid s'arrêta, regardant, de l'autre côté du Gave, les
Pyrénées dont les cimes blanches fermaient
l'horizon.

— Comme elles sont belles ! soupira-t-il en
les contemplant. Pendant combien de siècles
serez-vous là, géants indestructibles ! Combien
d'insectes pareils à moi verrez-vous fourmiller
à cette place, puis disparaître ? Mais je n'envie
point votre éternelle durée. Chère, un des fris-

sons que j'ai sentis quand votre main touchait la mienne console de ne pas durer toujours. Comme vous êtes belle ! Comme je vous ai aimée ! comme je vous aime ! Vous m'entendez, montagnes ! Je l'aime et je suis heureux !

Il retomba dans le silence de sa contemplation. Bientôt, baisant la main de sa femme :

— Oui, répéta-t-il, je suis heureux. Et si notre ami arrivait... plus tard qu'il ne faudra, ce sera, de toutes mes paroles, celle que vous devrez lui dire. Maintenant, rentrons. J'ai tout juste le temps d'écrire une lettre que la poste doit emporter.

Il remonta dans sa chambre et put seulement tracer deux lignes, d'une écriture tellement altérée que ces lignes valaient des pages pour dire qu'il était perdu.

« Pauvre ami, tu peux venir sans *chercher*
» *un prétexte*. Viens vite, je t'en prie. J'ai
» besoin de te parler *avant*.

» GODEFROID. »

Puis il tomba en arrière dans son fauteuil, sans connaissance.

XXIV

Pour l'homme le plus fort, s'il apprend à l'improviste que son heure approche, la secousse est rude. Godefroid, déjà frappé dans les sources de la vie, ne se croyait pas si près de la fin. Malgré son rare courage, le choc venait de briser encore quelques fibres.

Cependant, on put le rappeler à l'existence. Mais, quand le médecin le visita dans la soirée, le malade exigea qu'on les laissât seuls.

— Combien de jours encore? demanda-t-il. Plusieurs?

— Ne vous inquiétez pas, répondit l'homme de l'art. Un simple évanouissement...

— Je ne m'inquiète pas; mais je veux savoir. Ne me traitez pas en enfant. Quinze jours?

Le docteur se tut comme s'il était subitement devenu sourd.

— Huit?

— Quelque chose comme ça.

— Est-ce que je souffrirai beaucoup?

— Je vous affirme que non. Aussi peu que possible. Un instant très court, probablement.

— Ah! tant mieux! C'est trop, déjà, de ces longues heures que les êtres aimés doivent passer autour de l'objet repoussant, défiguré, que la mort laisse après elle. Docteur, voulez-vous me rendre un dernier et grand service? Faites croire à ma femme que sa présence me cause une émotion dangereuse. Qu'elle vienne seulement quand je l'appellerai. Pauvre petite! Il ne faut pas qu'elle voie toutes ces vilaines choses qui précèdent la plus vilaine de toutes.

— Il sera fait selon votre désir, dit le médecin en se retirant.

Dès lors il fut établi, comme par mesure de prudence, que Jenny viendrait dans la chambre du malade à certaines heures seulement, et qu'elle n'y séjournerait point au delà d'un temps fixé. Godefroid passait une heure, le matin, à se préparer pour recevoir la première

visite avec la coquetterie d'un amant de la
veille. Avant l'apparition de la jeune femme,
tout l'appareil médical devait être écarté, les
fioles et les tasses reléguées dans une pièce
voisine, l'air soigneusement renouvelé. Alors,
rasé de frais par son valet de chambre, peigné,
parfumé, vêtu d'un linge éblouissant de blancheur, Godefroid disait :

— Demandez à madame si elle veut être
assez bonne pour venir me voir.

Parfois, tandis qu'elle était là, il sentait
l'approche d'une de ces crises d'étouffement
qui commençaient à devenir fréquentes. S'ef-
forçant de sourire, il la priait doucement de
se retirer, prétextant qu'il allait dormir, et la
pauvre femme obéissait, feignant de croire ce
qu'on lui disait, car elle savait par le médecin
que la moindre contrainte pouvait rendre la
crise fatale.

Et cependant, les minutes que Godefroid
passait en tenant la petite main de Jenny
pressée dans les siennes étaient pour lui des
moments de félicité suprême, bien qu'il ne
prononçât plus le mot d'amour. Il semblait
rétrograder dans le chemin de sa vie, revenir
au temps où sa tendresse demeurait cachée en
lui, comme un espoir téméraire. Chose non

moins étrange! il retrouvait sa passion pour
l'art; il parlait souvent de ses œuvres, de
celles des grands maîtres, de l'Opéra, des succès ou des chutes qui s'y produisaient et qu'il
aimait à prédire.

Un jour, même, il voulut entendre le grand
air du rôle de la princesse Adossidès qui avait
été leur commun triomphe, à sa femme et à
lui. Mais, au milieu du morceau qu'elle dut,
cette fois, accompagner elle-même, la cantatrice éclata en sanglots, et Godefroid, depuis
lors, ne parla plus jamais de musique.

Sur ces entrefaites, le malade fut vivement
touché de la visite de Kéméneff, car, au fond
de sa conscience, il se reprochait d'avoir méconnu la loyauté de cet ami qui avait été, de
tout temps, le fidèle admirateur de ses œuvres.
Cette fois, en homme bien élevé, le prince ne
détela pas et demanda des nouvelles sans entrer dans la maison. Mais madame Sauval ne
l'entendait pas de cette oreille-là. Elle accou-
rut, le fit asseoir de force au salon, et ce fut
entre eux une scène parallèle comme les aimait
Molière.

— Pauvre homme! disait Kéméneff à demi
voix. Pensiez-vous que le mal irait aussi vite?

— Ma pauvre fille! gémissait la belle-mère.

En deuil avant la fin de sa première année de mariage !

— Craint-on une fin prochaine ?

— C'est une affaire de jours. La malheureuse enfant peut être veuve demain.

— Singulière destinée que celle de cet homme de talent !... — A une époque, je le croyais marqué pour un grand avenir.

— Seule au monde, si jeune ! Car moi je ne compte plus. Je suis une vieille femme qui s'en ira un de ces jours. J'ai tant souffert !

— C'était un bon cœur. Il adorait sa femme.

— Ah ! oui, sans doute, il l'adorait. Mais ces artistes voient si peu le côté pratique de la vie ! Et ma fille est désintéressée jusqu'à... jusqu'à l'imprudence. Dieu sait s'il lui restera autre chose qu'un nom sans tache.

Kéméneff comprit que l'affaire du testament n'allait pas toute seule. Supposant bien que madame Sauval, dans une conjecture aussi grave, ne commettrait pas l' « imprudence » de déranger sa fille d'auprès du malade, il se leva pour prendre congé.

— Je vous prie, dit-il, chargez-vous de mes amitiés les plus sympathiques pour votre gendre. Quant à madame votre fille, veuillez

mettre à ses pieds mes hommages dévoués. Je
ne cesse pas de penser à elle.

— Ma fille vous a toujours considéré comme
son meilleur ami.

— Après Patrice O'Farrell, pensa le prince.

Mais il garda pour lui, en galant homme,
le secret de la correspondance dont il avait
été l'entremetteur. Il repartit après dix minutes d'audience, et s'en fut se rafraîchir, lui
et ses chevaux, à l'auberge du bourg voisin.

Cependant six jours s'étaient écoulés depuis
que Godefroid avait écrit à Patrice. Il comptait
les heures, avec une crainte qui ne le quittait
pas et qu'il n'osait avouer à personne :

— S'il arrivait trop tard !

Jenny n'avait pas avoué, elle non plus,
qu'elle avait confié au télégraphe les lignes
de son mari, car elle avait peur que la poste
fût trop lente. Avec l'électricité, on gagnait
quatre jours.

Un soir de la fin de janvier, on entendit
un bruit de roues devant la maison. Godefroid
avait décidé sa femme, à force d'instances, à
sortir en voiture pour prendre l'air pendant
une heure. Mais son oreille reconnut le cli-
quetis de ferraille du cabriolet que l'on trouvait à louer à la station du chemin de fer,

dans les cas désespérés. Il se redressa dans son fauteuil, la physionomie animée, les yeux brillants de joie.

— C'est O'Farrell ! dit-il à madame Sauval qui le gardait. Je sens que c'est lui. Qu'il vienne vite ! Il faudra nous laisser seuls.

Le jeune homme entra presque aussitôt.

— Ne m'embrasse pas trop fort, fit le malade. Tu me casserais. Assieds-toi là ; donne-moi ta main et laisse-la-moi. Ah ! la solide et vaillante main ! Souviens-toi que je veux la tenir, comme je la tiens, quand le moment sera venu de faire le grand saut dans le vide. Quel bonheur de te voir ! Mais comment es-tu venu si tôt ?

— J'ai reçu ta dépêche.

— *Ma* dépêche ?... Ah ! oui, je comprends. *Elle* a pensé à tout. Enfin, te voilà : je vais pouvoir causer sérieusement avec quelqu'un. Tu ne te figures pas comme il est pénible de parler de la pluie et du beau temps quand on en est où j'en suis. Mais il faut bien ménager les nerfs de deux pauvres femmes à qui je prépare la fête que tu sais. Je les soigne de mon mieux. Jenny se promène. Tu ne l'as pas rencontrée ?

— Parlons de toi. Comment te sens-tu ? Je

17

m'attendais à te trouver moins bonne mine.

— Je ne te conseille pas de t'y fier beaucoup. Mon corps est toujours là, mais il n'habille plus mon âme ; il est simplement posé dessus. Je me rappelle à moi-même ces personnages de féerie qui sont debout devant la trappe, leur costume ne tenant plus qu'à des fils que l'on va tirer pour le changement à vue. Seulement, cette fois-ci, tout s'en ira dans la trappe du même coup : le personnage et le costume.

— Il y a quelque chose, ami, qui ne s'en ira pas dans la trappe : c'est ton âme. Mais tu peux guérir encore. Quelquefois, avec ta maladie, les gens meurent de vieillesse.

— Voilà ce que nous verrons. En attendant, profitons de chaque heure, minute par minute, car la vieillesse, entre nous, n'est pas ce que j'appréhende le plus. Tu te souviens ? Je demandais un an, un an seulement ! Il manquera trois mois sur le compte. Encore, s'il ne manquait que cela !

— Est-ce que tu n'as pas été heureux ?

— Je me suis vu sur le point de l'être une ou deux fois. Mais ce bonheur coûtait trop cher aux autres, à toi d'abord, et puis à *elle*. Oh ! Patrice ! comme je voudrais savoir !...

Comme je m'en irais plus tranquille si j'avais
la réponse à ces deux questions : « L'aimes-tu ?
Est-ce toi qu'elle aime ? »

— Toujours les mêmes idées ! soupira le
jeune homme en se levant, incapable d'en
entendre davantage.

— Ce ne sont plus les mêmes idées. Subitement j'ai vu clair en moi, et ce que j'ai vu
ne me rend pas fier, je t'assure. Ah ! si tu
voulais tout m'apprendre ! Que crains-tu ?
Là où je vais, mon ami, on ne connaît ni les
reproches ni les querelles. Allons ! reviens
t'asseoir près de moi. Rends-moi ta main,
cette main que j'ai vue si faible et si petite !
Comme elle est forte, aujourd'hui ! Comme on
sent fonctionner régulière, calme, puissante,
la machine de ta vie ! Quelle différence avec
ma pauvre mécanique usée !

Godefroid se tut, tenant toujours dans sa
main le poignet robuste de son ami. Il songeait, avec l'envie instinctive du mourant,
que ces artères, dont il sentait l'ondulation
rythmée, battraient encore bien des millions
de fois, sans doute, après que les siennes
seraient devenues immobiles pour jamais...

Soudain il lui sembla qu'un orage naissait
sous ses doigts. L'harmonie saine du flux et

du reflux vital était troublée ; la tempête
tourmentait les vagues de ce sang jeune.
Presque au même instant une voiture que
Patrice avait entendue le premier s'arrêta
devant le perron : elle ramenait Jenny. Sur
les marches qui conduisaient à l'étage, des
pas précipités retentirent : la tempête redoubla.
De l'autre côté de la porte, la jeune femme
interrogeait avec une vibration nouvelle dans
sa voix :

— Il est arrivé ?

La porte tourna très doucement sur ses
gonds. Celle qui l'ouvrait, fidèle au devoir
jusqu'au bout, s'était souvenue qu'elle entrait
dans la chambre de son mari condamné à
mourir bientôt. Mais depuis qu'elle avait paru,
le malade ne sentait plus le pouls de Patrice
sous ses doigts. Le sang du jeune homme
venait de s'arrêter dans ses veines : son secret
n'était plus à lui seul......

— Bonjour, Patrice !

— Bonjour, madame !

Ce fut tout. Leurs yeux se rencontrèrent
sans se troubler sous le regard de Godefroid.
Leurs mains, sans hésitation, allèrent au-
devant l'une de l'autre. Deux amis dont les
années auraient blanchi la tête auraient montré

moins de calme en se retrouvant après une courte séparation. Patrice n'eut pas un frémissement sur ses traits, pas un tremblement dans sa voix, car il arrivait cuirassé contre toutes les émotions de la vie ou de la mort, préparé pour toutes les surprises.

Mais il venait, sans le savoir, de livrer son secret. Godefroid n'avait plus de questions à faire : le sacrifice qu'il avait accepté sans le voir quand la passion l'aveuglait, il en comprenait à cette heure toute l'étendue, tous les généreux mensonges, car l'éblouissante clarté qui précède l'ombre éternelle commençait à briller pour lui. Il n'était plus égoïste, ni soupçonneux, ni jaloux. Il n'était plus rien qu'un homme rempli de généreux instincts, redevenu bon à l'approche de la minute suprême. Une fois encore, avant de quitter ce monde, il allait se donner la joie de travailler au bonheur des autres. Mais, tout d'abord, il avait besoin de réfléchir.

Après quelques détails demandés au voyageur sur sa traversée, sur son existence en Algérie, sur son exploitation du Telagh, Godefroid voulut rester seul, se disant fatigué.

— Va voir notre jardin, dit-il à Patrice. Faites-en les honneurs, chère amie, et surtout

montrez-lui nos belles Pyrénées. Les découvre-
t-on bien aujourd'hui ?

O'Farrell écoutait ces paroles avec une stupé-
faction tellement évidente, que le malade eut
un pâle sourire. Pour la première fois depuis
son arrivée à Pomeyras, Patrice voyait combien
la Mort avait avancé son œuvre. Godefroid
délivré de cette jalousie, plus forte jadis que
toute amitié, que toute confiance ! Godefroid
lui ménageant un tête-à-tête avec Jenny !

— Hélas ! pensa-t-il. Quel symptôme plus
certain pourrait annoncer que l'heure est
proche !

A voir les deux promeneurs errer dans le
jardin, la tête baissée, sans ouvrir la bouche,
on aurait deviné facilement qu'ils avaient peu
de cœur à la promenade. Après un long silence,
la jeune femme dit ces paroles où se montrait
la pensée qui l'occupait avant toutes les
autres :

— Si vous saviez comme je l'ai soigné,
comme j'ai tâché d'être bonne, dévouée pour
lui, dès le premier jour, dès la première
minute ! Que n'étiez-vous là ! Vous auriez vu
que j'ai fait de mon mieux pour... pour tenir
ce que je vous ai promis. Et tout cela pour
en arriver où nous sommes, si tôt !

Patrice frémit, songeant que le supplice d' « être là » aurait dépassé la mesure de ses forces. Plutôt, mille fois, l'exil solitaire du Telagh! Il répondit, ému par les larmes de tendre pitié qu'il voyait dans les yeux de sa compagne :

— Soyez en paix. Je sais qu'aucune autre main que la vôtre n'aurait prolongé sa vie aussi longtemps.

-- Hélas! fit-elle en soupirant, plût à Dieu qu'il me fût donné de partir à sa place! Volontiers j'accepterais l'échange.

Le jeune homme marchait la tête baissée, ne trouvant rien à dire. Que pouvait-il répondre qui ne fût un outrage envers l'ami mourant, ou une ironie envers celle qu'il avait condamnée à vivre sans bonheur? Ils continuèrent leur triste promenade, perdus dans leurs pensées, ou plutôt dominés par l'écrasante, l'unique vision de l'heure sombre dont chacun de leurs pas, où qu'ils allassent, les rapprochait. Ils sentaient que tout avait tourné contre eux, que tout devenait inutile à eux-mêmes aussi bien qu'à Godefroid. Mais, pour Patrice, l'avenir était plus désolant encore. Un serment qu'il n'avait point oublié lui défendait même ce sacrilège espoir dont les cœurs les plus nobles sont hantés parfois, à la vue d'une tombe qui se creuse... Pour ne pas succomber sous le poids d'un chagrin sans consolation, il se répétait tout bas ces mots du Père Chrysostome, qui l'avaient soutenu le soir de son arrivée au Telagh :

— Ce qui a été fait a été bien fait.

Mais les paroles que sa bouche prononçait tout bas n'étaient pour lui qu'un écho révoltant par son ironie. Dans son cœur troublé, le vide d'une existence manquée apparaissait, de minute en minute, plus désespérant et plus sombre.

XXV

Le lendemain, dans la matinée, avant l'heure où il avait coutume de recevoir la première visite de Jenny, Godefroy fit en sorte de pouvoir entretenir Patrice seul à seul.

— Je me sens un peu mieux ce matin, dit-il. J'ai pu dormir quelques instants, car tu m'as donné hier un bon remède par la joie de te revoir. Quand je songe que, sans cette visite, j'allais!... Mais, grâce au ciel, je ne quitterai pas ce monde en laissant derrière moi la trace indélébile du plus effroyable égoïsme. Est-il possible que j'aie permis, que j'aie voulu, que j'aie fait tous ces actes cruels! Ah! mon ami! L'amour est ce qu'il y a de

17.

plus redoutable dans la vie, car non seulement il amène à commettre des crimes, mais encore il fait considérer ces crimes comme une chose très naturelle, comme un droit supérieur à tout.

— Que parles-tu de crimes ? dit O'Farrell. Un homme pourra-t-il se flatter d'être juste, si tu ne l'es pas, toi, mon frère, mon ami !

— Ton ami ! Tu trouves que je me suis comporté avec toi comme un ami ? Tu n'es pas difficile ! Mais patience ! ne te hâte point de me juger avant l'heure qui juge toutes les autres heures d'une vie.

— Calme-toi, tu parles trop.

— Soit, je vais me taire ; mais écoute-moi et accomplis ce que je dirai. Fais atteler et prends le train pour Pau ; tu y seras dans moins de deux heures. Tu verras le notaire dont voici le nom ; il a mon testament. Amène-le avec toi sans perdre une seconde ; qu'il apporte l'acte.

— Mais, fit observer Patrice, tu déranges cet homme inutilement. Quelques lignes de ton écriture valent tous les notaires et tout le papier timbré du monde.

— Non, non ! J'ai du sang de villageois dans les veines. Je ne crois qu'au notaire et au

papier timbré. Va, mon vieux camarade; pas
de procès après moi! Tu peux être ici vers
cinq heures. Surtout ramène Maubourguet,
mort ou vif. Je serai sur les charbons ardents
jusqu'à ce que tout soit en ordre.

— Calme-toi. Je pars à l'instant même. Tu
ne veux pas?... Mon Dieu! ce n'est pas le
voyage de Pau qui m'effraye; c'est l'ennui de
te quitter pour une demi-journée. Tu ne veux
pas que j'envoie un télégramme, tout simplement?

— Non. Si le télégramme se perdait en
route!... Si le notaire n'était pas chez lui!
Toi, tu le trouveras; tu l'amèneras de gré ou
de force. Quand je l'aurai vu, quand j'aura
fait ce que je veux faire, j'aurai le cœur dé-
chargé d'un gros poids. C'est un malheur pour
un homme, vois-tu, d'aimer trop passionnément et d'aimer trop tard. Souviens-toi de
cette parole un jour : elle m'excuse. Maintenant viens m'embrasser, dis qu'on attelle et
pars.

Les deux amis s'accolèrent, et, plus tard, la
consolation de l'un d'eux fut le souvenir de
cette étreinte qui ravivait leurs meilleurs jours
de tendresse.

Patrice ne voulut pas faire atteler; il était

bon marcheur et la gare était proche. Il s'éloigna d'un pas rapide, ne se doutant guère qu'il laissait madame Sauval à moitié folle de curiosité et d'inquiétude. La bonne dame, en apparence toute à ses devoirs de garde-malade, surveillait d'un œil attentif le champ de bataille de ce Waterloo d'un autre genre où se décidait l'avenir de sa fille — et le sien. Mais, cette fois, Grouchy était arrivé trop vite. Pourquoi l'Algérie n'était-elle pas encore plus loin! Pourquoi cet O'Farrell maudit venait-il contrecarrer les affaires de Kéméneff!

Ce colloque secret des deux amis, suivi du départ précipité de Patrice dans la direction de la gare, ne disait rien de bon. Où courait ainsi le jeune homme? Chercher le docteur? On n'en aurait pas fait tant de mystère et, pour ce message, un simple domestique suffisait. D'ailleurs Godefroid se trouvait mieux, à l'en croire.

— Comme cette lutte de la vie est fatigante! pensait Martscha occupée seulement d'elle-même, oubliant cette lutte contre la mort qui se livrait sous ses yeux.

Cependant, Godefroid s'était abandonné comme à l'ordinaire aux soins de son valet de chambre, mais, au moment de faire appeler

sa femme, il se sentit pris d'une suffocation.
Le domestique, trop habitué à de semblables
crises, courut chercher la mère et non pas la
fille, car il connaissait les volontés de son
maître.

— Ah !... cette fois... c'est la fin ! gémissait
le malade d'une voix haletante. Mais ne dites
rien à ma femme... Je ne veux pas qu'elle
voie... mon agonie... Tâchez... que j'aie encore
quelques minutes... Il faut que j'écrive...

En effet, c'était la fin ! Quand la crise fut
apaisée, les derniers liens étaient brisés. Mais,
de même qu'un oiseau dont la cage vient
d'être ouverte hésite, surpris, avant de déployer ses ailes, ainsi l'âme tardait à partir.
Godefroid lui-même crut à ce moment qu'un
nouveau répit lui était accordé. Cependant il
venait de voir de près le sombre passage. Midi
sonnait. Cinq heures encore avant le retour de
Patrice !

Il réfléchit quelques instants, puis, faisant
signe à sa belle-mère d'approcher :

— Dites qu'on nous laisse seuls, — commanda-t-il. J'ai besoin de vous dire des
choses que nul ne doit entendre. Apportez-moi
une plume et du papier.

L'entretien ne fut pas long. Au bout de dix

minutes, Jenny, à son tour, était mandée dans
la chambre du malade. Si la grande préoccupation de Godefroid était de tromper sa femme
sur son état, celle-ci, de son côté, mettait tous
ses soins à faire croire qu'elle était trompée.
Aussi, bien qu'elle fût toujours au courant
des moindres incidents de la maladie, elle
évitait d'y faire allusion, parlant toujours à
son mari d'un ton léger et le sourire sur les
lèvres.

— Je ne suis pas contente de vous, dit-elle,
car, ce matin, vous m'avez volé près d'une
heure. Mais je vous excuse, puisque c'était pour
la donner à votre ami.

— A *notre* ami, corrigea Godefroid. Mais n'en
soyez pas jalouse ; vous allez m'avoir tout entier pendant de longues heures. Il est allé à
Pau.

— Alors, qu'est-ce qui vous a retardé?
Votre coquetterie, j'en suis sûre. Croyez-vous
donc, mon cher Antoine, que je ne saurais
vous faire crédit, jusqu'à votre guérison, de
quelques coups de peigne à vos cheveux, de
quelques coups de rasoir à votre barbe ?

— Il ne faut pas faire de crédit aux mauvais payeurs, dit doucement le moribond, en
baisant la main de sa femme avec une étrange

timidité, comme si un tiers gênant eût été là pour commander cette réserve.

Il était là, en effet, cet incommode témoin des caresses du pauvre mari amoureux. Il se dressait entre les époux. Les yeux du mourant voyaient déjà l'invisible Messager qui guettait dans l'ombre, muet et livide, attendant l'heure prête à sonner.

— Quelle jolie rose vous avez à votre corsage! dit Godefroid, tandis que ses yeux regardaient, plus haut que la fleur, le visage qu'il avait aimé mieux que tout en ce monde.

Elle lui donna la rose qu'il pressa sur ses lèvres; mais, dans le mouvement qu'il fit, elle aperçut à l'un de ses doigts une tache d'encre encore humide.

— Quoi! s'écria-t-elle en prenant doucement la phalange amaigrie, c'est ainsi que l'on soigne votre toilette! C'était bien la peine qu'elle fût si longue! Vous avez l'air d'un écolier négligent. Vite une brosse, du savon! Cette fois votre femme sera bonne à quelque chose.

Elle s'apprêtait à passer dans le cabinet de toilette; il la retint avec ce qui lui restait de force.

— Ma femme bien-aimée!... soupira-t-il

en enveloppant Jenny d'un regard où brillait
encore tout l'amour que peuvent contenir des
yeux humains.

Quand il l'eut contemplée pendant quelques
secondes, il prononça, d'une voix singulièrement douce et reposée, ces paroles
dont la jeune femme devait se souvenir un
jour :

— Cher trésor de ma vie, laissez cette tache
où elle est ! Je l'ai faite en donnant à ceux que
j'aime le dernier gage de ma tendresse, afin
qu'ils soient heureux après moi. Vous m'entendez, Jenny ; que mon doigt garde cette
tache. Elle sera le dernier sceau à mon passe-
port si, comme vous me l'avez dit souvent,
la... chose qui va venir n'est qu'un voyage
vers une autre vie. Je veux partir avec ce
doigt noirci...

Une angoisse cruelle comme l'étreinte de la
main du bourreau l'obligea de s'interrompre.
Ses traits changèrent si brusquement que la
jeune femme pâlit d'épouvante, car il semblait
que le Godefroid qu'elle avait toujours connu
venait de partir, en effet, laissant à sa place
un frère jumeau, mais vieilli, dépouillé, dévasté,
et toutefois imposant par un air de grandeur
héroïque.

Il put encore dire ces mots qui furent son adieu aux êtres d'ici-bas :

— Mon pauvre Patrice ! Que j'aurais voulu l'attendre !...

Puis, après un court silence, un nom vint sur ses lèvres, un nom qu'il n'avait guère prononcé depuis son enfance, que sa femme recueillit à genoux, comme le gage d'espoir imploré depuis longtemps par les ardentes prières d'un cœur fidèle :

— Dieu !...

A l'heure voulue, Patrice et son compagnon débarquèrent à la gare où, chose étonnante, aucune voiture ne les attendait. Mais le temps était beau, la nuit tombait à peine : ils firent à pied le court trajet de Pomeyras. Arrivés à la maison, personne ne se présenta dans l'antichambre pour les recevoir.

— Monsieur, dit Patrice au notaire, veuillez vous asseoir au salon. Je vais voir ce qui se passe là-haut.

Sur le grand lit de sa chambre, Godefroid semblait dormir, tout habillé. Sa physionomie était calme ; toute expression de souffrance avait disparu de ses traits redevenus jeunes, et ce qui montra d'abord à Patrice de quel sommeil il dormait, ce fut de voir que ses doigts se repliaient, avec la gaucherie effroyable de la mort, sur un crucifix et sur une rose, la rose du corsage de Jenny.

Sans regarder si d'autres que lui étaient là, Patrice tomba prosterné, la tête sur le linceul, et, de sa poitrine gonflée par bien des douleurs, mais brisée par une seule, on entendit s'échapper des sanglots.

Des gémissements étouffés lui répondirent de l'autre côté de la couche funèbre. Séparés par le mort comme ils avaient été séparés par le vivant, O'Farrell et Jenny pleuraient...

Cependant madame Sauval parcourait la maison de la cave au grenier, donnant des ordres, s'occupant de mille préparatifs, car la Mort est un hôte qui ne franchit pas le seuil d'une demeure, chaumière ou palais, sans causer plus de fatigue et de dérangement que n'en causerait la visite d'un prince. En entrant au salon, une lampe à la main, la Roumaine fut très surprise d'apercevoir un étranger assis dans un fauteuil, les mains dans ses poches, le chapeau sur la tête, le pardessus boutonné jusqu'au menton, car la soirée s'annonçait fraîche, et nul n'avait pris soin d'entretenir le feu dans la cheminée.

L'inconnu se leva, pensant qu'on venait le

chercher pour le conduire près du malade.

— Vous attendez quelqu'un, monsieur ? demanda madame Sauval assez impérieusement.

— Je suis le notaire, fit le personnage en s'inclinant. M. Antoine Godefroid m'a fait demander...

— M. Godefroid est mort ! — dit Martscha en foudroyant l'homme de loi d'un regard terrible.

— Mais... ce n'est pas ma faute, balbutia Maubourguet, que ces yeux durs et accusateurs troublaient malgré lui. Je suis venu sans perdre une minute, aussitôt qu'on m'a fait appeler.

— Mon gendre vous a fait appeler ?

— Oui, madame. Un de ses amis est venu me prévenir à Pau, tout à l'heure. J'apportais le testament...

— Il y a un testament ? interrompit madame Sauval très radoucie. Pardon, monsieur, mais, dans un pareil moment... Et c'est vous qui avez reçu les dernières volontés de mon pauvre gendre ?

— C'est moi, dit le notaire en s'inclinant. Vous n'en étiez point informée ?

— Non, et ma fille pas davantage. Peut-

on ?... Les devoirs de votre ministère s'op-
posent-ils ?...

— Au contraire, madame. Le testament
contient certaines prescriptions relatives aux
obsèques du défunt. Il désire être inhumé à
Pomeyras et s'oppose à toute pompe, à toute
invitation au dehors.

— Pauvre homme ! si modeste, si ennemi
du bruit ! Je le reconnais bien là. Et... ses
autres volontés ?...

— Il laisse tous ses biens à sa femme, dit
le notaire en ouvrant sa serviette.

— C'était un si bon cœur ! soupira la belle-
mère.

Ce soupir, pour être juste, ressemblait fort
à un soupir de soulagement.

— Alors, continua-t-elle, ma pauvre fille est
la seule héritière de son mari ?

— Oui, madame. Seulement...

La Roumaine tressaillit : il y avait un
« seulement » ! Son cœur se mit à battre
comme il n'avait battu que dans deux ou
trois circonstances graves de sa vie. L'homme
de loi reprit, après avoir mis ses lunettes et
trouvé sur la feuille de papier timbré le
passage qu'il cherchait :

— Seulement, en cas de second mariage,

l'épouse survivante perd tous droits à la suc-
cession, laquelle sera divisée par portions
égales entre deux collatéraux du testateur.

Le notaire, qui avait l'expérience de cas
semblables, ôta ses lunettes et prit son
chapeau, médiocrement curieux d'affronter
l'orage. Mais il ne connaissait pas Martscha.
Elle avait eu le temps de réfléchir. Elle se
disait en ce moment que Kéméneff n'en était
pas à quelques centaines de mille francs près.
Elle remit paisiblement dans sa poche le
mouchoir parcimonieusement trempé de larmes
qu'elle en avait tiré — un peu trop tôt. Sa
main, dans ce · mouvement, froissa une enveloppe qu'elle avait oubliée et dont elle
ignorait le contenu, car l'adresse portait un
autre nom que le sien.

Sa première impulsion fut de raconter à
Maubourguet de quelle main, et dans quelles
circonstances mémorables, elle avait reçu le
papier mystérieux. Sa prudence ordinaire l'arrêta dans son élan.

— Eh! eh! pensa-t-elle. C'est une chose à
voir. Ne précipitons rien.

Elle reprit sa lampe, et s'effaçant pour laisser
passer le notaire devant elle :

— Pardonnez-moi, monsieur, si je ne vous

retiens pas davantage. Mais, en ce moment, je
dois m'occuper de mille détails pénibles...

Et, sans s'occuper de ce que le malheureux
allait devenir à six heures du soir, dans des
chemins inconnus, en pleine campagne du
Béarn, elle le conduisit vers la porte un peu
plus vite que l'étiquette ne le commandait.
Mais, avant de sortir, il eut le temps de déco-
cher, furieux, cette flèche de Parthe habilement choisie dans son carquois d'homme de
chicane :

— Bonsoir ! N'oubliez pas que les dispositions du testateur vous obligent aux scellés,
à l'inventaire, aux...

Madame Sauval interrompit le prophète de
malheur en lui fermant la porte sur le dos.
Puis elle remonta dans sa chambre, s'y en-
ferma soigneusement et en ressortit au bout
d'un quart d'heure, plus tranquille en apparence.

— Laissons venir les événements, se disait-
elle : avant trois cents jours, je n'ai rien à
faire. Il se passe bien des choses en dix mois !

XXVI

Dix mois après, c'est-à-dire à la fin de l'automne, l'appartement de la rue de Vienne avait repris son aspect ordinaire, à cela près que ni le piano toujours fermé, ni la voix d'une jeune femme en grand deuil, n'en réveillaient les échos.

C'est à peine si Paris se souvenait encore d'un compositeur du nom de Godefroid, d'une cantatrice du nom de Jenny Sauval, et Dieu sait que Martscha n'était point désireuse de rappeler ces deux souvenirs disparus.

Patrice, au sortir du cimetière où les fossoyeurs achevaient de combler la tombe de son ami, avait regagné la gare après une

simple poignée de main à la jeune veuve. Il
ne l'avait pas vue sans témoins une minute
hors de la chambre mortuaire. Chose étrange !
malgré la solidité de ses nerfs à toute épreuve,
la Roumaine s'était fait remarquer durant la
cérémonie par son trouble extrême. On eût
dit qu'elle n'osait s'approcher du cercueil
comme si, de ses profondeurs glacées, une
voix redoutable avait pu l'interpeller.

Elle voulut quitter Pomeyras aussitôt que
les formalités légales furent accomplies, ce qui
ne fut pas l'affaire d'un jour, et, si les malé-
dictions des vivants pouvaient troubler le
repos des morts, Godefroid aurait passé plus
d'une mauvaise nuit dans sa tombe. Jenny,
qui semblait avoir perdu toute volonté, tout
intérêt quelconque aux choses de la vie, se
laissa conduire à Paris sans l'ombre d'une
objection.

Rentrée dans son appartement, séparée par
deux cents lieues de la dépouille de son
gendre, la Roumaine reprit son calme superbe
et sembla débarrassée d'un cauchemar. D'ailleurs, les distractions ne lui manquaient pas.
Elle avait pris en main l'administration de la
fortune de sa fille, véritable habit d'Arlequin,
composée de titres imprimés dans toutes les

couleurs et rédigés dans toutes les langues, dont quelques-uns rapportaient cinquante francs de rente. On ne voyait que Martscha devant les grillages des banques et des grandes Compagnies, car elle se servait à elle-même de garçon de recettes, ne voulant laisser personne, disait-elle, mettre le nez dans les affaires de Jenny. Mais, pour parler franchement, elle faisait le métier en dilettante, pareille à ces amoureuses convaincues de la nature pour qui la plus belle rose n'a point de parfum, si elles ne l'ont cueillie elles-mêmes, de leur blanche main, dans la rosée.

Pour elle aucune musique n'était comparable au tintement clair des louis sur le cuivre du guichet des caisses. Le bruissement soyeux des billets froissés, un à un, sous les doigts des comptables, la magnétisait voluptueusement, et nul tressaillement de tendresse n'avait jamais valu pour elle ce délicieux frisson qu'elle éprouvait, en circulant dans les foules, une main crispée sur sa poche pour la défendre contre la convoitise des pick-pockets.

Parfois, il est vrai, la pensée des « collatéraux » venait empoisonner ses jouissances. Les maudits ! Un jour leurs mains avides détacheraient ces coupons et palperaient ces

18

dividendes! Mais alors Jenny serait princesse.

— Princesse! répétait Martscha en fermant les yeux. A moins que... Décidément c'est une bonne chose d'avoir deux cordes à son arc.

Cependant Kéméneff, malgré plusieurs tentatives, n'avait pas encore été reçu par la jeune veuve, mais son nom, à défaut de sa personne, parvenait souvent jusqu'à Jenny. Madame Sauval — peut-être elle y mettait quelque bonne volonté — le rencontrait deux ou trois fois chaque semaine, et comme son veuvage à elle était de l'histoire ancienne, Dieu merci! rien ne l'empêchait de faire un bout de conversation avec Son Excellence. Au retour, elle faisait part à sa fille du hasard fortuné de ces rencontres.

—Pauvre homme! disait-elle. On ne m'ôtera pas de la tête qu'il fait exprès de se trouver sur mon passage. Il m'adresse cent questions sur toi et meurt d'envie de te voir. Mais il respecte ton désir de solitude. Je lui ai demandé quand il irait s'installer à Biarritz. Veux-tu savoir ce qu'il m'a répondu?

— C'est inutile. Je ne veux rien savoir ni voir personne, protestait la jeune veuve en remuant doucement la tête. Qu'on me permette de porter mon deuil en paix.

Si elle avait laissé paraître toute sa pensée,
elle aurait dit qu'elle portait le deuil de deux
absents : l'un qui reposait au cimetière de Pomeyras ; l'autre qui s'enterrait, sans donner
signe de vie, dans sa forêt du Telagh. Elle aurait dit que son cœur gardait pour chacun
d'eux un attachement sincère, différent dans
sa nature, mais mélangé de rancunes ina-
vouées, presque égales. A Godefroid, elle en
voulait de ses dernières dispositions, non pour
les résultats matériels qui pouvaient en ré-
sulter à son détriment, mais pour cette défiance
d'outre-tombe qui semblait lui imposer la fidélité au mort, sous peine d'amende. L'autre
l'irritait par son indifférence qui s'affirmait,
davantage, à mesure que les semaines s'écoulaient.

Jenny, pour entendre parler de Patrice,
avait dû lui écrire la première. Depuis lors,
les lettres du jeune homme s'étaient espacées
de plus en plus. Même, on pouvait supposer,
chez lui, le désir secret de laisser tomber la
correspondance. Lorsqu'il prononçait le nom
de Godefroid, il en parlait avec une contrainte
qui se laissait voir entre les lignes. Un jour,
frappée de cette froideur, elle se demanda :

— Serait-il possible qu'il ne fût point sa-

tisfait des souvenirs sans valeur que lui a
légués son ami? Fait-il peser son désappointement sur moi, l'héritière mieux partagée?

Cette supposition lui semblait une injure et
son esprit refusait de s'y arrêter. Mais une
chose, du moins, était évidente :

— Il ne m'a jamais aimée! soupirait-elle.
Et moi qui m'obstinais à cette idée d'un mensonge sublime!... Qui l'empêcherait de parler
maintenant?

Alors, dans son cœur alourdi, elle souffrait
la double humiliation de son erreur gros-
sière et de son amour impossible à étouffer,
ridicule après avoir été presque coupable.

Cependant, le douzième mois de son veuvage écoulé, Jenny comprit qu'il était temps
de faire un effort pour secouer son douloureux
engourdissement et regarder l'avenir en face.
Ainsi le captif dont la prison est près de s'ouvrir, à l'issue de sa peine, doit se demander
quelle route prendront ses jambes fatiguées
d'un trop long repos.

Elle venait d'avoir vingt-sept ans et, certes,
peu de femmes étaient ornées au même degré
des dons les plus rares. Mais à quoi bon
toutes ces faveurs du sort? De quoi lui servait
sa jeunesse sacrifiée, son cœur méconnu,

son art dédaigné comme un bijou passé de mode, et jusqu'à sa beauté dont elle ne se souvenait plus. Il y avait si longtemps que personne n'était plus là pour lui dire qu'elle était belle! Sa fortune lui répugnait comme un argent gagné trop vite, et qu'il faudrait rendre un jour si son cœur s'avisait de parler. Enfin elle n'aimait point sa mère, car depuis longtemps la Roumaine ne parvenait plus à la tromper, elle qui se glorifiait secrètement d'avoir toujours trompé tout le monde.

Ce modèle des belles-mères fit observer un jour à sa fille qu'elles ne pouvaient manquer de se trouver à Pomeyras pour l'anniversaire funèbre.

— Assurément, dit la jeune femme, étonnée en elle-même de ce raffinement de culte pieux à l'égard du défunt. C'est un devoir pour nous d'assister au service.

On partit le lendemain et Jenny se retrouva sans joie dans la chère maison où elle était née. Des souvenirs qu'elle s'efforçait d'écarter prenaient la place de ceux qui l'avaient attachée à son berceau.

— Hélas! pensa-t-elle, y a-t-il au monde un lieu qui me rappelle des souvenirs non mélangés de tristesse?

Les villageois se pressaient à la cérémonie religieuse, bien que la plupart n'eussent pas aperçu trois fois celui qui avait été, si peu de temps « le maître de Pomeyras ». A la sortie de l'église, Kéméneff attendait la jeune femme pour lui faire un profond salut et lui toucher le bout des doigts. La formalité cérémonieusement accomplie, la paroisse assemblée le vit monter sur le siège de son phaéton, et s'éloigner au grand trot par la route de Biarritz, au désappointement de certains prophètes.

Cette démarche discrète du prince toucha sincèrement la veuve de Godefroid. Depuis longtemps elle le considérait comme un ami véritable, et c'est à lui qu'elle s'était confiée pour appeler Patrice auprès du mourant.

Aussi, lorsque, dans une visite qu'il fit à Pomeyras le lendemain du service funèbre, ce loyal gentilhomme mit, très simplement, son nom, sa fortune et son cœur aux pieds de la jeune femme, celle-ci parut, avec la même simplicité, n'en éprouver qu'une légère surprise. Elle dit, sans exprimer l'acceptation ni le refus, combien elle se sentait touchée d'une offre semblable. Puis elle réfléchit une minute, la tête appuyée sur sa belle main, comme elle le faisait souvent, surtout depuis son veuvage.

— Mon cher prince, dit-elle enfin, je vous
estime trop pour ne pas vous ouvrir toute mon
âme. Il ne dépend pas de moi de vous rendre
« le plus heureux des hommes », pour parler
votre langage officiel de prétendant. Je vous
jure que j'ai fait tout ce que j'ai pu, loyalement, afin de donner le bonheur à mon mari.
Or, ce sera, pour le reste de ma vie, un trouble
douloureux de penser qu'il est peut-être mort
de chagrin. Pourtant, l'ombre d'une idée coupable ne m'a jamais fait rougir devant lui.
Un souvenir seulement, le fantôme d'un
regret hantant mon cœur nous séparait. Cela
semble peu de chose, n'est-ce pas? Eh bien,
plutôt que d'imposer soit à un autre, soit
à moi-même, une année de torture semblable,
je passerais le reste de mon existence à garder
les troupeaux dans la plus pauvre des mé-
tairies de ce village.

Kéméneff, s'approchant de la jeune femme,
plia le genou devant elle et lui baisa la main.

— Vous êtes bien la femme que je croyais,
dit-il, et maintenant plus que jamais je vous
aime. Parlons sans rien déguiser : depuis longtemps j'ai deviné votre secret. Pouvez-vous
croire encore que Patrice O'Farrell pense à
vous ?

— Qu'importe, puisque je pense à lui ? Que ferez-vous pour m'enlever ce souvenir ? Ah ! Dieu ! si quelqu'un le pouvait !

— Ce que je ferai ? dit Serge rayonnant d'espoir. Je vous donnerai tout ce que Godefroid ne pouvait pas vous donner. L'amour, je n'en parle pas, car je sais qu'il vous aimait avec passion, maladroitement peut-être. Mais vous aurez ce que doit avoir une femme de votre âge, de votre beauté, de votre esprit : les distractions du monde. A Biarritz, le monde n'a fait que vous entrevoir : il était à vos pieds. Vous verrez ce que peut être à la cour de mon pays une Française ayant votre mérite et vos grâces. Vous verrez ce qu'une femme comme vous...

— Une femme comme moi serait malheureuse sur un trône, interrompit-elle, à moins qu'elle ne pût s'affranchir avec le temps d'illusions funestes. Mon prince, voici ma réponse : voulez-vous attendre un an ?

— Et, dans un an, vous serez à moi si vous êtes certaine que l'absent ne vous aime pas ? fit-il avec un sourire où perçait l'amertume.

— Oui, dit-elle gravement, et si je suis certaine que vous m'aimez encore. Un dernier mot : vous savez... quelles dispositions ont été prises à mon égard? Je viendrais à vous les mains vides.

— Bon ! dit Kéméneff en haussant les épaules. Me rangez-vous, par hasard, au nombre de ces héros du roman d'aujourd'hui qui croient donner de leur amour la preuve suprême en partageant leur fortune avec une femme pauvre? Vides ou chargées d'un trésor, vos mains sont, pour moi, les plus belles du monde. Mon seul mérite sera d'attendre un an. Mais j'attendrai. Vous me permettrez de vous voir quelquefois?

— *Quelquefois*, souligna-t-elle ; c'est-à-dire très peu. Si vous voulez me plaire, vous passerez la plus grande partie de ce temps en Russie. Mes confidences vous ont assez fait voir, hélas ! qu'avec moi on ne gagne pas grand chose à être près, de même que l'on ne perd rien à être loin.

Le soir même, Jenny faisait partir à l'adresse de O'Farrell une longue lettre qui finissait par ces mots :

« Voilà ce que m'a dit le prince Kéméneff,
» sans en omettre une phrase. Quant à ma
» réponse, il vous suffira de savoir que j'ai
» pris un an pour réfléchir et aussi — je ne
» vous cacherai point qu'il l'a deviné — pour

» avoir votre avis. Je ne saurais m'en passer
» dans cette circonstance, car, malgré le peu
» d'intérêt que vous montrez pour l'avenir de
» ma vie, je me souviens de la part *considé-*
» *rable* que vous avez eue à ma décision, dans
» un cas du même genre.

» Que répondre ? Vous pouvez juger en toute
» compétence. Vous connaissez le prince ;
» vous me connaissez aussi. Je n'ai changé
» en rien ; je suis la même entièrement.
» Tout ce que je vous ai dit un jour, je
» vous le dis aujourd'hui, bien que, je
» l'avoue, le grand espoir de mon cœur soit
» loin d'être justifié par l'affectation que vous
» avez mise à vous désintéresser de moi.

» Ainsi donc, *si vous me dites d'épouser Ké-*
» *méneff,* je suivrai votre conseil, car il sera
» donné en toute liberté, cette fois. Je ne
» suppose pas que le prince ait des droits
» tout-puissants sur votre amitié. Vous ne
» lui devez rien, que je sache, et je crois
» pouvoir vous garantir qu'il ne se tuera
» point, lui, si je refuse de l'épouser. Donc
» vous n'avez aucune raison pour me sacrifier
» derechef, à moins que le rôle de prépara-
» teur d'holocaustes ne soit spécialement dans
» vos goûts.

» Répondez-moi quand vous aurez mûre-
» ment réfléchi; nous avons le temps. Vous
» tenez dans vos mains, pour la seconde fois,
» l'avenir et le bonheur d'une pauvre femme.
» Assurément c'est peu de chose. Mais si peu
» que ce soit, dans quelque moule bizarre
» que votre cœur ait été coulé, cette femme,
» pour vous, ne saurait être la première
» venue, à moins que l'air de l'Algérie n'ait
» tué en vous tout souvenir. »

XXVII

Le Telagh avait bien changé depuis que le jeune administrateur de la *Société des Forêts algériennes* avait pris possession de son poste. Ce n'était point, toutefois, que le lieu fût devenu moins solitaire et moins sauvage, ni qu'on y fût moins privé du confortable de la vie civilisée. Mais Patrice n'avait pas les idées de nos grands colonisateurs d'aujourd'hui.

— En matière de civilisation, disait-il, quand il causait avec un interlocuteur capable de le comprendre, le bien-être du conquérant joue un rôle moins efficace que le bien-être de la population conquise.

Dans sa chambre il avait encore, pour tout

mobilier, la table en sapin et les deux fauteuils
garnis en toiles de sacs, fabriqués par le
charpentier du détachement militaire qui avait
occupé le bordj au début. Son étroite couchette ne s'était enrichie d'aucun matelas et
les menus peu variés de la mère Lafon continuaient à faire tous les frais de sa table. Un
seul chiffre avait augmenté dans les bilans de
l'exploitation du Telagh : celui des bénéfices.
L'affaire était connue à Paris comme un pla-
cement de choix. Les actions suivaient une
hausse constante.

Patrice faisait d'autant plus pour les autres
qu'il faisait moins pour lui-même. Depuis
quelques mois le .bordj contenait des écoles
pour les enfants, une chapelle desservie
chaque semaine par un prêtre et souvent
visitée par le père Chrysostome, un embryon
d'hôpital, une pharmacie. Des chemins pra-
ticables commençaient à sillonner la forêt;
des villages de bûcherons s'étaient organisés;
une scierie à vapeur venait d'être installée.

Tour à tour ingénieur, médecin, garde général, inspecteur primaire, « m'siou Patriz »,
comme l'appelaient les Arabes, passait ses
journées à cheval, ses soirées dans son
bureau, et ses nuits, souvent très courtes, à

dormir d'un sommeil de sous-lieutenant.
L'amour sans espoir et sans reproches tenait
toujours la même place dans son cœur, mais
il n'était plus la roue maîtresse du méca-
nisme de sa vie. Le jeune homme ne cessait
point une seconde d'aimer, mais il pouvait,
grâce au travail, passer des heures entières
sans souffrir.

Le travail est le grand libérateur de l'âme
humaine asservie par le chagrin. Non seulement il ouvre les portes de la prison — souvent volontaire — où le souvenir d'un instant
douloureux nous tenait enfermés, loin du jour
consolateur et brillant ; mais encore, de sa
main rude, il nous pousse hors du seuil
sombre. Malgré nous, d'abord, et péniblement, nous traînons nos pas alourdis, sans
cesse remémorés du souvenir fatal par la
meurtrissure des chaînes et par la vue de
l'affligeante livrée de la tristesse, qui semble
collée à nous. Mais bientôt, comme des captifs
récompensés de leurs efforts courageux, nous
sentons diminuer le poids des fers, nous
reprenons la force agile de l'homme libre ;
nous redevenons des lutteurs après avoir été
des vaincus. Le chagrin reste, rivé à notre
cœur pour toujours. Mais, au lieu de les

traîner, nous en portons fièrement le fardeau noble et cher, caché à tous.

Parfois, cependant, le sort, ce maître brutal, vient rouvrir, par un jeu cruel, nos blessures mal fermées. C'est ainsi qu'en deux minutes, la lettre de Jenny fit rétrograder de deux années la guérison de Patrice. Toutes les rages de l'amour, tous les regrets du passé, reprirent possession de son cœur, en même temps qu'une voix trop chère jetait à son oreille, encore une fois, le cri de la tendresse méconnue. Encore une fois Jenny l'appelait, s'offrait à lui. Qu'allait-il répondre ?

Pendant toute la nuit, il sentit que sa passion le ressaisissait avec une nouvelle force. Il attendait le jour pour écrire ces lignes, qui devaient finir toute lutte dans deux âmes meurtries :

« Celui qu'il vous faut épouser, ce n'est pas Kéméneff, c'est moi, moi que vous aimez et qui vous aime depuis le premier instant où je vous ai vue. »

Qui pouvait le retenir ? Entre lui et la veuve de Godefroid un seul obstacle existait à cette heure : la religion du serment. Mais la mort qui venait de rendre la liberté à l'épouse n'avait-elle pas, du même coup, dégagé l'ami de sa folle promesse ? L'être couché dans la tombe, qui ne possède plus rien, peut-il encore garder ses droits sur la volonté d'un vivant? Est-il autre chose qu'un souvenir, qu'un nom vibrant dans l'écho froid? Et qu'importent désormais les actions humaines, à qui ne peut plus rien perdre, plus rien gagner, plus rien souffrir?

Cependant, au milieu de la fièvre de son insomnie, Patrice invoquait l'ombre de son ami.

— Est-ce que tu m'entends? disait-il, toi qui m'as coûté si cher! Es-tu là? Si ton âme, heureuse dans sa nouvelle patrie, ne peut rien sentir des événements d'ici-bas, que t'importe l'or nouveau d'une bague nuptiale? Que t'importent quelques mots d'amour échangés, quelques caresses données? Si tu nous vois, au contraire, montre par un signe que ton esprit voltige à côté de nous! Fais l'un de ces prodiges racontés par tant de témoins! Godefroid! Je t'appelle, je souffre, nous sommes deux à souffrir, et tu nous as tant aimés l'un et l'autre! Godefroid, aie pitié de nous!...

Dans les ténèbres silencieuses, le jeune homme écoutait, baigné de sueur, guettant le moindre bruit : le craquement d'un meuble, un coup frappé dans la muraille, un soupir

léger comme le frôlement d'une aile d'oiseau.
Mais en vain ses nerfs tendus à se rompre in-
terrogeaient le vide. Jamais la nuit n'avait été
plus muette, au dehors comme au dedans. La
forêt elle-même, si rarement endormie, se taisait. La vie et la mort semblaient s'être en-
tendues afin de refuser l'oracle.

Un peu avant le jour, vaincu par la fatigue,
il ferma les yeux, pour les rouvrir seulement
aux rayons du soleil dans tout son éclat. Soudain la cloche de la chapelle sonna d'une
certaine façon qu'il connaissait bien.

— Le Père Chrysostome est arrivé! s'écria-
t-il en se hâtant de se vêtir.

L'infatigable missionnaire venait de faire
son entrée au Telaℊh, ayant voyagé toute la
nuit pour gagner des heures à son ministère,
selon sa coutume. Quand Patrice le rejoignit,
il se dirigeait vers l'école, sa messe terminée.

— Venez, dit le jeune homme en entraînant
le religieux étonné. Aujourd'hui, vous avez
quelque chose de plus difficile à faire que
d'enseigner le catéchisme aux enfants. Il
vous appartient de décider du repos des
vivants — et des morts aussi, peut-être.

Enfermés seuls dans le modeste parloir du
bordj :

— Vous connaissez le seul secret de ma vie, commença Patrice. La première fois que nous nous sommes vus ici, mes lèvres, malgré moi, vous l'ont livré. Je me trouvais alors dans l'une de ces heures d'affaissement où l'on ouvrirait son cœur à un arbre.

— Ces confidences, les regrettez-vous ? demanda le prêtre de sa voix grave et calmante.

— Non, certes. Si je n'y revins jamais dans nos entretiens fréquents, c'est que je voulais oublier à tout prix, et je croyais que l'oubli s'achète par le silence.

— Les meilleurs remèdes ne guérissent pas toujours. Quant à moi, jamais je ne vous ai vu sans songer à votre peine, et souvent, même loin de vous, j'ai prié pour qu'elle devînt moins lourde.

— Les prières, comme les remèdes, sont quelquefois inutiles.

— Jamais ! s'écria le Père Chrysostome en relevant énergiquement sa belle tête où rayonnait la foi. Mais voyons : qu'est-il arrivé ? Je vous trouve encore dans une heure mauvaise. Allons ! Qu'y a-t-il ?

— *Son* mari est mort.

— Ah ! fit le prêtre, il est mort ! Depuis quand ?

— Depuis plus d'une année. C'était pour aller lui fermer les yeux que j'ai fait ce voyage en France. Pauvre ami ! je n'ai pu lui cacher mon secret jusqu'au bout. Sur le point de rendre l'âme, il a tout deviné.

Le missionnaire soupira et ses traits se couvrirent de tristesse. Il dit, les yeux baissés

— Cela doit être bon, de mourir en découvrant la générosité sublime d'un ami ! Eh bien, mon enfant, l'heure de la récompense terrestre est donc venue pour vous ?

— Oui, dit Patrice en se levant. Celle que j'aime est libre. Un prince riche à millions demande sa main. Ce n'est pas lui qu'elle veut : c'est moi. Elle me l'écrit ; elle m'appelle. Pour être à moi, elle deviendra pauvre ; mais que lui importe ? Celle-là aussi sait aimer !

— Eh bien ? répéta le prêtre en interrogeant O'Farrell du regard.

— Eh bien, mon Père, dans une heure fatale, poussé à bout par une parole atroce du malheureux qui n'est plus, accusé d'odieux calculs, j'ai fait un serment : j'ai juré que cette femme ne serait jamais à moi, même si, par la mort de son mari, elle devenait libre.

— Ah ! pauvres enfants !... Comme je vous plains de toute mon âme !

— Ainsi, demanda le jeune homme d'une voix haletante, en se laissant tomber sur son siège, vous estimez que l'honneur me lie, même à ce mort ?

— L'honneur, oui, et la religion sacrée du serment. Écoutez-moi. Si vous aviez, par exemple, juré d'ensevelir votre ami dans le désert où nous sommes, n'auriez-vous point bravé tous les obstacles pour y apporter son cadavre ? Et pourtant qu'importe où repose notre dépouille !

— Ce n'est pas un cadavre qu'il s'agit d'ensevelir. C'est mon cœur... et le cœur d'une autre. Pouvez-vous me dire que vous feriez cela, vous ?... D'ailleurs, avais-je le droit de prononcer ce serment ?

— Non, car Dieu nous ordonne de ne faire des serments qu'à lui seul. Si vous m'aviez consulté quand il en était temps, je vous aurais dit : « Ne jurez pas ! » Mais aujourd'hui, la chose est faite. Sur vous l'engagement sacré pèse à jamais. Et maintenant je vais répondre à la question que vous m'avez posée. Si je ferais cela ?... J'ai fait quelque chose de plus, car une oreille vivante a entendu

votre serment, tandis que moi j'ai juré à un
ami étendu à mes pieds, sans vie. C'était à
cause de moi, à cause de ma trahison qu'il
était mort, en m'appelant maudit! Alors la
pitié, le remords, l'épouvante, ont rempli
mon âme. Comme vous, j'ai juré, et, si je
suis auprès de vous dans ma robe de religieux, dans ma pauvreté de mendiant, loin
de tout ce que j'ai connu... aimé... c'est que
j'ai tenu le serment fait au mort. Je suis
mort, moi aussi, mon nom est oublié de
tous. A certaines voix qui m'appellent je
reste sourd. Et lorsque, bientôt, sous quelque
rocher de ces montagnes on creusera ma
tombe, ceux qui m'y déposeront, vous peut-
être, ne pourront y mettre autre chose
qu'une croix. Doutez-vous encore, mon fils?

Patrice, au lieu de répondre, s'approcha
du Père Chrysostome et saisit ses deux mains,
dans les siennes.

Il s'écria, les traits bouleversés par un
amer désespoir :

— Mais vous ne savez donc pas que ce
malheureux, une heure avant sa mort, semblait se repentir de tout ce qu'il avait disposé, exigé après lui? Je suis sûr, comme je
suis certain de vous voir, qu'il voulait

19.

changer ses dernières volontés, me délier de
ma promesse : je l'ai lu dans ses yeux, je
l'ai deviné dans ce qu'il m'a dit. Hélas ! le
temps lui a manqué, la mort est venue trop
vite. Qui sait quels regrets suprêmes, ineffa-
çables, il a emportés avec lui ?

— Qui sait quel fut le dernier éclair de sa
volonté mourante ? Et si l'anathème redoutable qui sort des tombeaux vous frappait !...
Tenez votre serment, mon fils ! Vous vous
étonnerez, quand vos cheveux seront aussi
blancs que les miens, d'avoir tant souffert
pour cette chose peu solide qui se nomme la
beauté d'une femme. Qu'est-ce qu'une femme
auprès du repos de toute la vie ! Quoi ! vous
avez sacrifié votre amour quand vous étiez
libre de le satisfaire, pour n'avoir pas sous
les yeux le désespoir d'un vivant ! Et vous
infligeriez à l'âme du mort une torture à
côté de laquelle la plus effroyable souffrance
de ce monde n'est qu'un jeu ! Oui, j'en suis
convaincu : notre esprit, dégagé de son enveloppe, acquiert une sensibilité dont l'imagination ne peut saisir la délicatesse effrayante.
C'est ainsi que vous hurlez de douleur, si le
plus léger attouchement vient frôler quelque
partie de votre corps dont une brûlure a

enlevé l'épiderme. Vous n'entendrez pas, il
est vrai, les imprécations de votre ami, ses
reproches. Mais son âme irritée, malheureuse
à cause de vous, sera toujours présente,
vous enveloppant tous deux, voyant le moindre
de vos actes, entendant chacune de vos
paroles, assistant, impuissante et désespérée,
à chacune de vos joies, appelant sur vous
et sur votre compagne la punition des par-
jures. Ah ! tenez, c'est horrible !

— Quoi ! dit O'Farrell, c'est cela qu'on
appelle le repos de l'autre vie !

— Ce repos, répondit le prêtre, n'existe
que pour les âmes justes ou suffisamment
purifiées. Qui de nous peut savoir quand
commence, pour chacun, l'ère éternellement
heureuse que rien ne trouble, qui ne connaît
ni les cris, ni les larmes, ni les ressenti-
ments? Quand vient-il ce jour sans lendemain de la paix indestructible?... Au bout
d'une année, au bout d'un siècle?...

Le religieux se leva, comme s'il eût été
incapable d'en dire davantage. Peu d'instants
après, quoiqu'il eût promis de se reposer au
Telagh jusqu'au lendemain, il en franchissait de nouveau l'enceinte, poussant vers la
montagne sa jument fatiguée.

Patrice, le jour même, fit cette réponse à la lettre de Jenny.

« Vous me demandez mon opinion? Je
» vous conseille d'accepter Kéméneff. Com-
» ment pourriez-vous hésiter en face de
» l'avenir qui se présente à vous? Quel être
» au monde pourrait vous donner tout ce
» que le prince vous offre? Avec lui, vous ne
» sauriez manquer d'être heureuse. Il vous
» aime avec dévouement; vous l'avez éprouvé;
» j'ai pour lui une profonde estime. Puissent
» les vœux d'un ami fidèle accroître encore
» vos chances de bonheur! »

C'était tout. Vingt lignes suivaient parlant en termes sommaires de la santé de Patrice, des travaux du Telagh et de l'apparition du Père Chrysostome.

La jeune femme, après avoir lu sa condamnation, froissa le papier dans ses mains avec un geste de colère.

— L'ingrat! l'aveugle! s'écria-t-elle. Pas un mot qui montre qu'il m'a comprise ! Il sera satisfait. J'épouserai le prince, mais à quoi bon le faire attendre un an? S'il doit me débarrasser d'un souvenir cruel, le plus tôt sera le mieux.

XXVIII

Malgré sa promesse de revenir à Pomeyras
« quelquefois seulement », Kéméneff ne laissait guère s'écouler une semaine sans s'y
montrer. Lorsque Jenny lui reprochait de
manquer à sa parole :

— Mais non, répondait-il. « Quelquefois »,
pour ceux qui aiment, cela veut dire : « Pas
tous les jours ! »

Ce fut bien autre chose quand on lui rap-
pela qu'il avait pris l'engagement de voyager
en Russie.

— Savez-vous le bon moyen de m'y faire
aller tout de suite? demanda le prince avec
ses yeux brillants d'enfant gâté. C'est d'y venir

avec moi. Vous ne m'aviez imposé qu'un an
d'attente. Or, il me semble que j'attends
depuis un siècle. Que gagneriez-vous à me
rendre malheureux jusqu'à l'hiver prochain ?
Que saurez-vous de plus qu'aujourd'hui ?

Cette réponse disait tout haut, en termes
clairs, ce que la jeune femme se répétait tout
bas depuis qu'elle avait lu la dernière
lettre de Patrice. A quoi bon attendre? Quel
doute restait encore à dissiper dans son
esprit? quel espoir à tuer dans son cœur?
Une folie, depuis deux ans, rendait sa vie
absurde : elle n'avait eu ni le courage d'oublier le rêve pour la réalité, ni la gloire d'immoler son avenir pour le rêve. N'était-il pas
temps de guérir, et quel remède pouvait
mieux la sauver que l'existence de luxe et de
bruit qui s'offrait à elle?

Enfin, deux mobiles fixèrent sa résolution :
la crainte du ridicule aux yeux de Patrice, et
le désir ardent de se débarrasser d'une
fortune dont chaque obole était un souvenir
poignant du passé.

Dans les premiers jours du printemps qui
suivit l'anniversaire funèbre de Godefroid,
Serge apprit, de la bouche de sa fiancée, que
son bonheur ne serait pas différé davantage.

Ils voulaient, autant que possible, garder le secret, célébrer la cérémonie à Pomeyras, et partir immédiatement pour Pétersbourg où de grandes fêtes salueraient l'apparition de la nouvelle princesse. Le reporter d'un journal trop bien informé — par madame Sauval sans doute — trompa ce désir de silence dans un article à sensation qui réveilla les échos de la presse. Bientôt cette nouvelle que l'on souhaitait de cacher devint l'événement du jour. Godefroid sembla ressusciter. Un soir, à l'Opéra, dans la baignoire du directeur, quelqu'un conseilla sérieusement de reprendre *Constantin*, à titre de curiosité « actuelle ».

— Je ne demanderais pas mieux, répondit le personnage qui connaissait son Paris, si la future princesse voulait reprendre son rôle. Nous ferions le maximum de la recette.

Quant aux *Filets de Vulcain*, ils n'avaient jamais complètement disparu de la scène, mais ils recommencèrent à attirer la foule.

Comme de juste on n'oublia pas Kéméneff, l'heureux fiancé. Les journaux doublèrent le nombre de ses millions. Ils en firent un boyard, selon la légende, grand coureur de belles, grand sableur de champagne, grand tueur d'ours, portrait fortement exagéré, du moins en ce qui concerne les ours. Mais on lui aurait fait tuer des lions en pleine Sibérie, tant il était à la mode. On tournait tout à sa louange, même l'histoire du testament de Godefroid. Ce n'était plus Jenny qui était déshéritée. C'était le prince qui refusait volontairement de toucher un centime de la fortune de son prédécesseur, exemple de désintéressement qui amena des comparaisons piquantes.

Quant aux collatéraux sur le point de ressaisir la fortune de leur parent, je doute qu'ils eussent troqué leur lot contre celui du prince.

L'un d'eux était fermier dans la Touraine, l'autre commis d'octroi de la ville de Bordeaux. De fait, on pourrait écrire une de ces *études* à la mode aujourd'hui, en retraçant les joies, les craintes, les espérances, les projets d'avenir qui causèrent à ces braves gens et à leurs familles de nombreuses nuits d'insommie. Mais ce n'est pas d'eux qu'il s'agit dans cette histoire.

Le seul dont personne ne s'occupa fut Patrice O'Farrell. Comme tout le monde, il apprit la grande nouvelle par les journaux, et l'on peut douter que cet empressement de

Jenny à obéir lui causa une satisfaction sans
mélange. En voyant qu'elle ne lui avait pas
communiqué sa résolution directement, il eut
un triste sourire.

— Elle fait tous ses efforts à me détester,
pensa-t-il. Je devrais souhaiter qu'elle y
parvînt.

Mais il ne souhaita rien de semblable.
Tout au contraire, il se demanda ce qui arriverait si, abandonnant sa forêt, ses char-
bonniers et ses bûcherons, il allait dire à la
future princesse :

— Me voici! Laissez Kéméneff et ses millions, et suivez-moi dans mon désert.

Deux ans plus tôt, peut-être qu'il n'aurait pu s'empêcher d'agir ainsi. Mais de longs
mois passés dans la solitude et le travail, au
pied de l'Atlas, calment l'esprit et les sens
d'un homme. Il aimait toujours, et même il
n'était que trop sûr d'aimer toute sa vie.
Seulement il s'habituait à son mal. Tels ces
estropiés qui ont pris leur parti d'être boi-
teux, et abattent des kilomètres avec une
jambe plus courte que l'autre, sans dépenser
davantage leur argent chez le médecin.

Kéméneff, quand son amour lui laissait le
temps de penser, trouvait que son titre, ses

millions et même sa personne étaient accueillis
avec un calme excessif. Mais madame Sauval,
devenue sa confidente, avait un mot pour le
consoler.

— De quoi vous plaignez-vous ? disait-elle.
Au lieu d'un an de stage, on vous tient quitte
pour trois mois. Si c'est là de l'indifférence, il
faut avouer que je ne m'y connais guère. Ma
fille n'est plus d'âge à sauter de joie, comme
une pensionnaire à la veille des vacances.
Croyez-moi : ne vous mettez pas martel en tête
et dormez sur les deux oreilles.

Elle-même, si elle avait dit toute la vérité,
aurait confessé qu'elle dormait assez mal, surtout depuis qu'on avait quitté Paris pour Pomeyras. Chaque nuit elle revoyait Godefroid
sur son lit de mort, les mains jointes, avec sa
tache d'encre au doigt, et, pour des raisons
connues d'elle seule, cette vision lui causait
des frissons désagréables. Le pire était qu'elle
devait traverser dix fois par jour une certaine
chambre qui lui rappelait ces fâcheux souvenirs, car il fallait préparer toute chose en vue
du prochain abandon de Pomeyras aux « collatéraux ». Le soir même du mariage, il était
convenu qu'on ferait maison nette.

Cependant le notaire du village dressait le

contrat sous la dictée de madame Sauval. Kéméneff avait déclaré d'avance qu'il signerait
les yeux fermés. Il avait exigé seulement deux
clauses : la reconnaissance d'un douaire magnifique à sa femme, et une pension fort honorable constituée à sa belle-mère.

— Je vous prends votre fille, et vous la
verrez, selon toute apparence, à de rares in-
tervalles, avait dit ce sage. Nous avons besoin
de savoir que nous vous laissons délivrée de
tout souci matériel.

Huit jours avant le mariage, les futurs époux,
les témoins, la mère de la future princesse, le
notaire de Pomeyras étaient assis autour de
la table du salon pour entendre lecture et signer.
Un beau soleil d'avril éclairait la scène. Jenny,
très pâle, visiblement émue, s'agitait dans son
fauteuil les yeux vaguement fixés sur le tapis
vert encombré de feuilles d'écriture.

Le matin, elle s'était promenée longtemps
dans l'allée des Chênes, qui lui rappelait tant
de souvenirs. Tout le temps qu'avait duré cette
promenade solitaire, elle avait cru marcher
entre deux ombres, le fantôme d'un vivant et
le spectre d'un mort. Mais, sans qu'elle pût
s'expliquer pourquoi, c'était surtout au mort
qu'elle songeait. Il lui semblait l'entendre

parler avec ce ton de paternité tendre qu'il avait eu à ses dernières heures. Si bienveillante, si douce était cette voix, que le cœur de Jenny, serré depuis longtemps par de secrètes rancunes, s'attendrit subitement.

Pauvre Godefroid ! Comme il était malheureux, désespéré, fou d'amour et de jalousie, quand il était sorti de ce buisson, armé comme un voleur, pour surprendre la lettre où était écrite l'annonce de sa fin !

Et *lui*, le cruel, l'insensible Patrice, aimé envers et contre tout, aimé encore à cette heure ! Une seule fois, pendant une courte rencontre, ils avaient parcouru côte à côte ce jardin. Mais alors une vision lugubre planait sur eux et glaçait leurs lèvres, et leur promenade mélancolique n'avait attaché aucun souvenir doux à ces lieux bientôt quittés pour toujours. Abandonner Pomeyras ! Autrefois ce sacrifice l'eût brisée ; mais, à cette heure, c'était presque un soulagement. Tourments causés par elle malgré sa volonté, souffrances endurées sans espoir, ainsi pouvait se résumer sa vie de femme dans cette maison qui l'avait vue naître, — qui ne l'avait pas vue sourire souvent...

Prête à écrire, une fois encore, ce nom de

Godefroid qu'elle allait quitter pour un nom
étranger, elle contempla tristement à l'horizon
les montagnes toutes blanches.

— Adieu au mort ! Adieu au vivant ! dit-elle
tout bas, sans prêter l'oreille à la lecture
monotone. Adieu à tout ce que je connais, à
tout ce que j'aime ! L'inconnu m'appelle... Que
Dieu ait pitié de moi !

.   .   .   .

— Les parties n'ont pas d'observations à
présenter ? demanda le petit notaire de Pomeyras arrivé à la dernière ligne du contrat.

Il s'essuyait le front, encore ému de tous
ces mots qu'il venait d'écrire, pour la première
fois de sa vie — sans doute pour la dernière
— dans un acte rédigé par lui : prince, Majesté, palais, centaines de mille roubles.

Kéméneff s'inclina d'un air épanoui, dégagé,
pour dire que tout lui semblait au mieux. Dès
lors, aucune réclamation n'était à craindre.
Il était seul à donner ; tous les autres rece-
vaient, y compris le Tourangeau dans sa
ferme, et le Bordelais dans la cage vitrée de
son bureau d'octroi.

Le notaire songea qu'il venait de faire une
bonne journée. Il dit, en saluant Jenny :

— Si madame la future épouse veut bien apposer sa signature?

Le prince, galamment, se leva, prétendant ne céder à nul autre l'honneur d'offrir la plume à sa belle fiancée. Mais il y a des politesses qui coûtent cher.

En trempant la plume dans l'encrier trop rempli, Kéméneff se fit une tache au doigt. La jeune femme, qui avançait déjà la main, vit la tache, tressaillit, poussa un cri étouffé, retomba dans son fauteuil et fut sur le point de s'évanouir. Chose étrange! à la vue de ce doigt noirci par l'encre, Martscha, bien qu'elle ne fut guère impressionnable, paraissait être devenue folle de terreur. Le prince, étonné qu'une maladresse légère pût avoir un effet si foudroyant, faisait de son mieux pour effacer la souillure.

Cependant Jenny s'était levée et gagnait la porte d'un pas chancelant.

— Ma mère, dit-elle, je vous en prie, venez avec moi.

Déjà la Roumaine avait repris son sang-froid. Elle s'empressa de soutenir sa fille et sortit en lui donnant le bras, non sans avoir fait un signe pour demander un peu de patience.

Quand les deux femmes se trouvèrent sur
le palier de l'étage, au lieu de se diriger vers
sa chambre, Jenny toucha la clef d'une porte
qui ne tournait pas souvent sur ses gonds depuis que le cercueil de Godefroid l'avait fran-
chie. Elle entra, le visage impassible et glacé ;
à cette heure, c'était elle qui entraînait sa mère.

— Vous souvenez-vous de *sa* mort ? demanda-t-elle en repoussant la porte. *Il* avait
au doigt une tache d'encre... comme celle que
je viens de voir. *Il* avait donc écrit ?

— Sans doute, fit Martscha dont les paupières battirent. En quoi cela peut-il ?...

— Je voudrais savoir ce qu'il a écrit.

La Roumaine répondit du ton le plus naturel :

— Je n'en sais rien, mais on peut le supposer facilement.

— Le supposer ! Vous étiez auprès de lui
quand il a écrit ses dernières lignes. Vous
devez être au courant de tout.

C'était le moment, pour madame Sauval,
de prendre une grave décision. Elle n'hésita
point et tourna vers sa fille ses grands yeux
d'où la vérité semblait jaillir comme de ceux
d'un enfant :

— Voilà ce qui s'est passé, dit-elle. Une

heure avant sa fin, ton mari voulut voir son notaire de Pau et lui dépêcha le comte avec une lettre. Sans doute il se repentait de la rigueur de ses dispositions et désirait les changer. Malheureusement, il a été foudroyé presque aussitôt : tu t'en souviens. Mais il est de toute évidence qu'il s'est taché le doigt en écrivant cette lettre.

Jenny songeait, la tête appuyée dans ses mains. Elle revoyait son mari haletant sur ses oreillers. Elle entendait les paroles qu'il avait dites : « J'ai fait cette tache en donnant mon dernier gage de tendresse à ceux que j'aime. » Certes, l'explication donnée par sa mère était plausible, mais elle n'en restait pas moins plongée dans un accablement douloureux. Sans partager les superstitions orientales de la Roumaine, sa fille ne pouvait y échapper d'une façon complète.

— Tu as compris maintenant ? demanda madame Sauval.

Jenny leva la tête et répondit lentement, les yeux fixés sur le lit avec autant d'émotion que si la forme sinistre s'y fût encore dessinée :

— Oui, j'ai compris une chose, c'est que le mort vient de parler. Il ne veut pas que je signe.

— Comment ! s'écria la mère en bondissant, tu ne vas pas signer ?...

— Pas aujourd'hui, pas si tôt, pas dans cette maison. Nous allions faire une sorte de sacrilège, quelque chose de très coupable, peut-être. Pensez donc ! il est mort là !... En ce moment, je suis profondément troublée ; j'ai peur ; je veux partir ; tout l'or du monde ne me ferait pas coucher ici cette nuit. Je vous en supplie, allez, renvoyez ces hommes, que je ne les voie plus, et partons vite !

— Mais le prince ?

— Dites-lui que je l'attends. Je veux lui parler, mais pas dans cette chambre.

Un quart d'heure après, Kéméneff quittait sa fiancée et reprenait le chemin de Biarritz, dans une attitude de corps et dans une situation d'esprit qui rappelaient celles d'Hippolyte faisant sa dernière promenade sur la route de Mycènes. Fort heureusement, ses chevaux n'en pouvaient plus — il n'attendait que son mariage pour les vendre — et ils connaissaient les moindres tas de pierres du chemin. Aucun monstre marin n'étant d'ailleurs sorti du fossé pour leur causer un écart, ils revinrent sans encombre à la villa, eux et celui qu'ils conduisaient.

— Le diable m'emporte si je comprends
rien à ce qui arrive ! grommela le prince quand
il fut seul dans son fumoir. Trois mois de
retard ! Ce nouveau délai qu'elle m'a demandé
toute tremblante — et plus jolie que jamais
— sera-t-il le dernier ? Je suis bon là, moi
qui trouve les Russes capricieuses !

Le lendemain, une lettre de madame Sauval,
datée de la veille, ne lui rendit qu'à moitié le
repos.

« Nous partons dans une heure pour Paris,
» écrivait Martscha. Si ma fille restait à Po-
» meyras, elle deviendrait folle. Positivement
» elle est hallucinée ; je crois qu'elle a vu le
» fantôme de Godefroid. Ces choses-là peuvent
» arriver. Mais dans huit jours il n'y paraîtra
» plus, et l'on vous fera signe. A bientôt, mon
» prince, et sans rancune, n'est-ce pas ? Quand
» le surnaturel s'en mêle, on n'est plus maître
» de soi. »

— Tout cela est superbe, songea Kéméneff.
Mais le fantôme n'était pas dans le programme.
Défendre son bien contre les vivants, c'est
déjà une tâche pour le mari d'une femme
jeune et jolie. S'il faut avoir maille à partir
avec les morts par-dessus le marché, mon rôle
sera lourd !

XXIX

Le dimanche qui suivait le retour des deux femmes à Paris, le vicaire chargé du prône céda sa place, dans la chaire de Saint-Augustin, à un religieux qui s'y montrait pour la première fois. C'était un prêtre de grande taille à barbe blanche. Il portait un camail sombre, coupé d'un large ruban pourpre auquel pendait une croix d'or.

Une curiosité sympathique fut soulevée parmi les fidèles à la vue de ce prédicateur inconnu, dont la tête superbe aurait pu servir de modèle à un peintre. Mais quand le vieillard eut ouvert la bouche, quand il eut annoncé le sujet de sa courte allocution, une jeune femme

plongée dans une rêverie profonde tressaillit
et leva subitement vers lui ses yeux. Une
émotion s'empara d'elle, poignante jusqu'à lui
faire oublier le lieu où elle se trouvait, la
foule dont elle était environnée, sa propre
existence, tout, pour suivre le prêtre au delà
des mers, dans les régions lointaines qu'il dé-
crivait avec une simple et pittoresque éloquence.

Les missions d'Algérie ! Ce mot prononcé dès
l'exorde du discours avait frappé Jenny au
fond du cœur. Elle dévorait du regard cet
évangéliste infatigable dont le zèle, plus fort
que la vieillesse, venait solliciter le secours
des fidèles de France pour ceux qu'il appelait
« ses pauvres enfants ». Elle buvait le récit,
très simple, qu'il faisait de ses courses errantes
dans les plaines balayées par le simoun, ou
parmi les forêts à peine accessibles du pied de
l'Atlas. Et lorsque, descendu de la chaire,
l'homme de Dieu tendit humblement la main
dans les rangs de l'assistance, la jeune femme
jeta dans l'escarcelle un cercle d'or qu'elle
avait au bras, en y joignant sa carte.

— Veuillez, murmura-t-elle tout bas, me
rapporter ce bijou chez moi. Je le rachèterai à
vos pauvres plus cher qu'il n'a coûté.

Elle ne put, tout le reste du jour, détacher sa pensée de Patrice O'Farrell. Plus d'une fois, dans ses lettres, n'avait-il point parlé d'un saint missionnaire, son seul ami là-bas, souvent son hôte ?

— Si c'était lui ! songea la veuve de Godefroid.

C'était lui. Le lendemain dans la matinée, un visiteur sonnait à l'appartement de la rue de Vienne. Il se fit annoncer :

— Le Père Chrysostome.

Jenny l'attendait, heureusement débarrassée de la présence de sa mère qui eût gêné l'entretien. Son émotion était si forte qu'elle aurait pu donner l'éveil au religieux. Mais le saint homme, sans même regarder la bienfaitrice généreuse qui le recevait, cherchait au fond de sa vaste poche le bracelet soigneusement enveloppé dans un fragment de journal.

Voulant avoir le temps de se remettre, elle s'était levée, allant à son secrétaire pour y prendre quelques pièces d'or. Quand elle revint au salon, le Père Chrysostome l'attendait debout.

— Merci, madame, dit-il en avançant la main. Dieu vous rendra ce que vous faites pour les plus déshéritées de ses créatures.

20.

Il semblait pressé de se retirer, par discrétion sans doute, non par un sentiment quelconque d'embarras. Tout au contraire, quelque chose, en lui, montrait qu'il avait foulé déjà, plus d'une fois dans sa vie, le tapis d'une demeure élégante.

Mais cette hâte ne faisait point l'affaire de Jenny. Elle prit une chaise, tout en jouant avec les louis qu'elle tenait dans sa main. Le vénérable quêteur fut bien obligé de s'asseoir aussi. Restait l'entrée en matière. Elle ne pouvait pas dire au vieillard :

— Depuis deux ans mon cœur appartient à un homme que vous voyez de temps en temps là-bas. Je voudrais savoir pourquoi il n'a pas voulu m'aimer.

Fort heureusement, le missionnaire vint à son secours en engageant la conversation avec cette facilité que donne l'usage du monde.

— Madame, dit-il, je raconterai l'histoire de votre bracelet à mes pauvres enfants d'Algérie. Vous ne sauriez croire combien ces actes généreux les touchent, les préparent à aimer la France. Tant d'exemples moins édifiants, qu'ils ont sous les yeux, pourraient leur inspirer des sentiments contraires !

— Oui, répondit la jeune femme. On dit que

les missionnaires n'ont pas toujours à se louer
de l'appui moral qu'ils trouvent chez nos
colons, en Algérie comme ailleurs.

Madame Sauval aurait été fière de son sang
si elle avait pu voir avec quelle adresse le Père
Chrysostome fut amené, en quelques phrases,
à parler des colons français. Plus son interlo-
cutrice était sévère pour eux, plus cet apôtre
de charité mit d'ardeur à les défendre. C'était
bien ce qu'avait prévu Jenny en les accusant.

— Les Parisiens, dit le prêtre, ont une
mauvaise habitude. Ils se font sur la plupart
des sujets des opinions tout d'une pièce. Qu'il
y ait parmi nos émigrants des personnages
douteux, cela ne saurait surprendre. Mais il
s'en trouve devant lesquels je m'incline avec
respect, dont je m'honore d'être l'ami. J'en
connais un dont l'histoire, notamment, vous
ferait pleurer, j'en suis sûr.

— Oh! mon père, dit la jeune femme déjà
tremblante d'émotion, faites-moi pleurer, je
vous en prie. Chacune de ces larmes, je vous
le promets, sera payée d'un bon prix à vos
pauvres.

A cet appel romanesque, le missionnaire
sourit doucement, en homme qui connaît le

besoin d'émotions des cœurs féminins et qui l'excuse.

— Mon Dieu ! j'ai peur de m'être beaucoup avancé, dit-il. Mais enfin le marché me tente. Mon ami — vous me permettrez de taire son nom — est un jeune ermite qui vit au fond d'une forêt.

— Pour y pleurer ses fautes ?

— Eh ! non. Pour y couper du bois, tout simplement. Jusqu'ici vos yeux n'ont pas envie de se mouiller. Mais si je pouvais vous dire toute son histoire, vous montrer comme il est malheureux, malheureux sans remède !

— Une... affection contrariée, peut-être ? demanda la jeune femme en retournant ses louis un à un, comme pour s'assurer qu'ils n'étaient pas faux.

— Contrariée parce qu'il l'a voulu. Il a sacrifié l'amour à l'amitié, simulant l'indifférence, alors que son cœur saignait jusqu'à la dernière goutte. Puis, pour éviter toute surprise, il est parti ; pour oublier, il travaille.

— Et il a oublié ? demanda Jenny d'une voix subitement changée.

— Il n'a pas oublié. Mais déjà vous êtes émue, et l'histoire commence à peine... Écoutez le reste. Marié depuis quelques mois, l'ami, cause involontaire de tant de chagrins, tombe malade et succombe. Vous pensez, n'est-ce pas, que ces deux êtres — qui s'aiment toujours — sont rendus l'un à l'autre?

— Mais pourquoi pas? questionna la veuve de Godefroid, halétante.

— Ici commence le drame, à peine croyable pour qui n'a point connu les tempêtes de la passion, ses tourments, son égoïsme. Pareil à ces avares qui veulent être enterrés avec leur trésor, le malheureux qui n'est plus, dévoré par des soupçons atroces, consumé d'avance par une jalousie posthume, voulut que son ami, celui qui est en Algérie, s'immolât pour toujours en faisant un serment. Et ce jeune homme a juré, ne prévoyant pas, sans doute, qu'il devait sitôt payer de toutes ses larmes sa généreuse imprudence. Il a juré que la femme, pomme de discorde entre eux, serait toujours une étrangère pour lui, même si la mort la rendait libre.

Jenny s'était levée, pâle de colère. Elle n'avait plus envie de pleurer; des éclairs et non pas des larmes sortaient de ses yeux.

— Un serment! un serment! s'écria-t-elle. De quel droit Patrice a-t-il juré? De quel droit?...

— Grand Dieu ! fit le Père Chrysostome en joignant les mains. Vous le connaissez ? Vous savez son nom ? Vous...

— Hélas ! dit-elle en retombant accablée. Depuis deux ans son nom remplit mon cœur. Depuis deux ans, mon âme se débat devant ce mystère, que je comprends enfin. Comme j'ai souffert ! comme j'ai lutté ! Pardonnez-moi les détours que j'ai pris pour savoir de vous ce que je viens d'entendre. Plaignez-moi, puisque vous plaignez Patrice O'Farrell. Pauvre, pauvre ami ! Qu'a-t-il fait !...

Tous deux, pendant une minute, gardèrent le silence. Jenny, la première, éleva la voix.

— Ce serment, dit-elle, vous pensez donc qu'il doit le tenir ?

— Je le pense, répondit le prêtre, et c'est moi probablement qui l'ai empêché de le trahir.

Alors elle ne put contenir plus longtemps sa rancune contre le mort.

— Oh ! Godefroid ! méchant ! cruel ! impitoyable ! s'écria-t-elle. Avoir inventé cela ! M'avoir enterrée toute vivante, moi qui me suis dévouée comme une esclave pour embellir sa vie ! Et vous allez me dire, j'en suis

sûre, comme d'autres prêtres me l'ont dit,
qu'il faut que je lui pardonne ?

Surprise de n'avoir aucune réponse, elle
tourna vers le vieillard ses yeux brillants
d'un feu sombre. Lui-même, le regard fixé
sur un portrait qu'il venait d'apercevoir, paraissait n'avoir rien entendu .

— C'est ma mère, dit-elle, oubliant un
instant sa douleur, tant les traits bouleversés
du Père Chrysostome la frappaient.

Il chancela et sa longue barbe blanche frémit, comme agitée par un souffle. Avec effort,
il se détourna de la toile qui représentait
Martscha dans tout l'éclat de sa jeunesse.

— Ma fille !... il reprit haleine après ce
mot — pardonnons aux morts afin qu'ils nous
pardonnent. Mais nous pardonnent-ils ? Et
comment le savoir ?

Il s'était levé, tout pâle, cherchant vainement à redresser sa haute taille. Il paraissait
brisé, vieilli de beaucoup d'années en quelques minutes. Sortir au plus vite de cette
maison : il n'avait plus d'autre pensée. Il
fuyait, oubliant dans les mains de la jeune
femme la riche aumône qu'il était venu chercher.

— Ah ! vous m'abandonnez ! s'écria-t-elle

en le voyant prêt à disparaître. Ai-je prononcé une parole que vos oreilles ne doivent
pas entendre ? Dieu voit mon cœur comme il
connaît ma vie. Je n'ai point à rougir d'aucune de mes actions. Pourquoi ne voulez-vous
plus écouter ma peine ?

— Hélas ! dit le religieux en se retournant,
Dieu seul peut la guérir. Moi, j'avais dit
adieu pour toujours au monde et à tout ce qui
l'agite. Vous m'y avez rappelé contre ma
promesse, par un détour que j'excuse. Et
pourtant, si vous saviez ! Ah ! je viens d'être
puni cruellement d'avoir quitté mon désert !
Pourquoi ceux dont je dois suivre les ordres
m'ont-ils envoyé !

Jenny l'écoutait, ne comprenant rien au
trouble de ce vieillard, qui semblait élevé par
l'âge et l'austérité plus haut que les choses de
la terre. Une fois encore il considéra la jeune
femme avec des yeux humides d'émotion.
Puis, par un mouvement brusque, posant la
main sur les cheveux d'or de la veuve de
Godefroid :

— Que Dieu vous bénisse, ma fille ! prononça-t-il doucement. Que le repos arrive
bientôt pour chacun de nous, avec le pardon
de nos fautes !

Et il disparut sans ajouter une parole.

Presque aussitôt madame Sauval rentra et trouva sa fille affaissée dans un fauteuil, perdue dans des réflexions qui l'absorbaient.

— Je viens de croiser dans le vestibule un prêtre qui avait une bien belle barbe, dit la Roumaine. Est-ce qu'il sortait de chez nous ?

— Oui, ma mère; c'est un religieux qui quête pour une bonne œuvre.

— Il est bien timide pour son âge. On aurait dit qu'il voulait entrer dans le mur pour ne pas frôler ma robe, et je n'ai pas même pu voir la couleur de ses yeux.

Madame Sauval avait peu d'amour pour les prêtres, quels qu'ils fussent. Mais elle détestait spécialement ceux qui sollicitent l'aumône des cœurs pieux.

21

XXX

Jenny passa le reste de la journée enfermée chez elle, occupée à souder les détails qu'elle avait appris de la bouche du missionnaire avec ceux qu'elle connaissait depuis longtemps. A cette heure tout s'expliquait de la façon la plus claire, et les façons mystérieuses, blessantes en apparence, de Patrice O'Farrell étaient simplement, elle le devinait sans peine, la suite, voulue par lui, du rôle qu'il avait pris dès l'origine. Résolu à tenir la parole donnée, il avait reculé devant l'explication comme devant une cruauté inutile. Sur lui seul devait peser le secret; ne sachant rien, la veuve de Godefroid oublierait plus vite. Elle, du moins, pourrait encore être heureuse.

— Et cet homme ne serait pas à moi! son-
gea-t-elle avec un sourire de défi à l'impossible.

N'ayant plus qu'un but dans sa vie, elle mit
alors de côté pour un moment son amour, son
enthousiasme, sa reconnaissance, tout ce qui
pouvait obscurcir son jugement. Elle reprit
avec plus de soin l'examen de certaines circonstances qui l'avaient frappée. Elle recons-
titua, pour ainsi dire, les derniers moments
de Godefroid.

Plus elle y réfléchissait, plus elle était certaine que le défunt avait voulu renverser,
avant de mourir, la barrière élevée entre
sa femme et son ami. Elle entendait encore les paroles dites quand elle avait voulu
ôter la tache qui noircissait le doigt du moribond:

— *Je l'ai faite en donnant à ceux que j'aime le
dernier gage de ma tendresse, afin qu'ils soient
heureux après moi.*

Où était-il, ce gage? Dans la lettre écrite au
notaire pour le presser d'accourir? C'était l'explication donnée par madame Sauval.

Mais Jenny, depuis longtemps, avait pour sa
mère d'autres sentiments que ceux d'une
confiance aveugle. Elle connaissait l'âpreté de

son ambition, l'aisance peu scrupuleuse qu'elle mettait dans le choix des moyens.

Si cette mère, avide de grandeurs et de richesses pour elle et pour sa fille, avait menti ! Si ces dernières lignes tracées par Godefroid étaient autre chose qu'une lettre à son notaire — lettre inutile, puisque Patrice, en personne, était allé à Pau ! Si, au contraire, le mourant les avait écrites après le départ de son ami, quand il avait senti que les minutes étaient comptées ! Si elles avaient été confiées, dépôt suprême, à celle qui assistait cette main tremblante ! Le malheureux avait tant de confiance dans madame Sauval !

— Ma mère aurait-elle osé ?...

La jeune femme, pour toute réponse à la question qu'elle se posait, ferma les yeux en soupirant. Ce papier — à supposer qu'il existât — rendait les chances de Kéméneff plus que douteuses, madame Sauval ne pouvait l'ignorer, elle qui connaissait le fond du cœur de sa fille. D'ailleurs, Jenny se souvenait de l'expression d'effroi qui s'était peinte sur le visage de sa mère, à Pomeyras, au moment où la signature, sur le point d'être mise au contrat de mariage, avait été brusquement différée.

Elle se leva pour aller trouver sa mère, pour

l'adjurer sur le respect sacré de la mort de
dire la vérité. Une sage réflexion la retint.

Reculerait-on après être allé si loin? Et le
papier, s'il existait, *s'il existait encore!* ne
serait-il pas détruit comme une pièce de convic-
tion dangereuse?

Jenny frissonna en songeant que la flamme
d'une bougie pouvait anéantir, en deux secondes, son dernier espoir. Alors tout serait
perdu, à moins que le mort ne sortît du tombeau pour faire entendre sa voix.

Tout à coup elle se frappa le front, saisie
d'une idée subite. Elle se mit à sa table,
écrivit une lettre et, s'habillant à la hâte,
courut elle-même à la poste. Puis elle rentra
plus tranquille et s'efforça de tromper son
impatience jusqu'au lendemain. Néanmoins,
son trouble ne put échapper à sa mère.

— Allons! pensa la Roumaine épanouie.
Elle fait ses réflexions. Avant peu nous rap-
pellerons Kéméneff.

Le lendemain, dans l'après-midi, un télégramme arriva de Pau à l'adresse de madame
Godefroid. Le notaire faisait la réponse suivante:

« Votre mari ne m'a écrit aucune lettre.
» Son ami n'était chargé que d'un message

» verbal. Mes souvenirs sont formels. D'ail-
» leurs le dossier ne contient pas cette pièce,
» et je conserve le moindre billet de mes
» clients. »

L'émotion de Jenny fut si grande en lisant
la dépêche, qu'elle fut sur le point de s'évanouir. Désormais il n'y avait plus à douter :
sa mère avait menti. Godefroid, prêt à mourir,
avait écrit pour rendre à Patrice la parole
donnée. Qu'aurait-il pu écrire, sinon cela,
pour assurer le bonheur des autres après lui?

Jenny, tremblante d'espoir n'hésita pas plus
longtemps.

— Le Père Chrysostome! Lui seul peut me
donner un bon conseil.

Il fallut toute la journée du lendemain
pour découvrir le religieux, après l'avoir
suivi de couvent en couvent, d'église en église.
Enfin, madame Godefroid le trouva priant,
prosterné dans la pauvre chapelle d'une
maison de son ordre, sur les confins les plus
éloignés d'un faubourg. Il la reconnut aussitôt
et son visage, encore une fois, se bouleversa
comme à l'approche d'une tentation péril-
leuse.

— Vous!... balbutia-t-il en se levant. Mon
Dieu! Qu'y a-t-il?

— Je vous en supplie, venez à mon secours, j'ai besoin d'un conseil, mon Père !

En entendant ce nom qu'on lui donnait si souvent depuis qu'il avait dit adieu au monde, le missionnaire ferma les yeux et l'on aurait pu le voir tressaillir étrangement.

— Venez, dit-il en soupirant tout haut.

Il salua l'autel par une génuflexion si profonde que son front toucha presque la terre, puis il précéda la jeune femme dans l'étroit parloir qu'une porte vitrée laissait voir dans ses moindres recoins. Là, il s'assit, le coude appuyé sur la table de sapin, le visage voilé de la manche flottante de sa robe.

— Je vous écoute, prononça-t-il.

Alors Jenny lui raconta l'histoire de la tache d'encre, les dernières paroles de son mari, les réflexions qui occupaient son esprit depuis trois jours. Le Père Chrysostome ne faisait pas un mouvement. Seules, des exclamations qui s'échappaient de ses lèvres et qui, parfois, ressemblaient à des plaintes, montraient qu'il ne perdait pas un mot du récit. Quand la jeune femme eut cessé de parler, il dit tout bas :

— Sa mère lui a donné sa logique indomptable. Elle ne lui a donné que cela, ô mon

Dieu ! je le vois et je vous en remercie. Quel cœur ! Quelle fidélité ! Q uelle noblesse

Jenny, lui demanda, impatiente :

— Et maintenant, que me conseillez-vous de faire ?

— Ne faites rien, dit le religieux en se levant, car une cloche tintait dans un coin de la cour. C'est moi qui agirai. Demain je verrai votre mère : il faut que je la voie seul. Je lui dirai certaines choses que nul ne doit entendre. Adieu... madame; le pauvre missionnaire vous bénit.

— Au revoir, mon Père, dit Jenny en s'inclinant.

— *Adieu !* insista le vieillard.

La porte se refermant les sépara. Le prêtre écouta, les yeux brillants, la poitrine haletante, les pas légers qui s'éloignaient sur les dalles. Avant de se rendre au réfectoire, il entra encore à la chapelle.

— Mon Dieu ! pria-t-il, je ne l'ai point fait exprès. Je n'ai point cherché ce bonheur né de mon crime. Ne *la* mettez plus désormais sur mon chemin, pour que mon expiation soit aussi complète que possible. Mais, Seigneur, qu'*elle* soit heureuse dès ce monde, la chère enfant qui ne vous a point offensé !

Le lendemain, madame Sauval terminait
sa toilette, quand on vint lui dire qu'un
prêtre demandait à lui parler.

— Que veut-il? questionna la Roumaine.
A-t-il donné son nom? Est-il de cette paroisse?

— Non, madame, répondit le domestique.
C'est un missionnaire, avec une grande barbe.

— Le même que ma fille a reçu lundi?

— Le même, oui, madame.

— Ces religieux quêteurs sont d'une exi-
gence... Renvoyez-le.

— C'est que, madame, il est au salon.

— Pourquoi l'y avoir fait entrer?

— Ma foi! madame, il y est bien entré
tout seul, en disant qu'il désirait voir « madame Sauval ».

Exaspérée de l'audace, elle rejoignit son
visiteur les sourcils froncés, la mine altière,
et, sans montrer l'intention de s'asseoir :

— Ma fille vous a donné déjà. Pourquoi
revenez-vous, monsieur l'abbé?

Un regard brillant, dominateur, qui n'était
pas nouveau pour elle, l'empêcha de garder
plus longtemps son rôle de reine offensée.
A cette heure, elle n'avait plus envie de railler
ce religieux timide, ni de se plaindre qu'on
ne voyait pas la couleur de ses yeux. Jadis

elle avait senti la fascination de ces prunelles de jais qui versaient en ce moment des flots de colère. Toutefois elle doutait encore. Il y avait si longtemps !

— Ce n'est point de l'argent que je viens vous demander, prononça lentement le prêtre.

Madame Sauval tomba dans un fauteuil, car, aux puissantes vibrations de cette voix, elle avait senti ses jambes plier sous elle. Aucun doute n'était plus permis. Une époque lointaine de sa vie, qu'elle croyait cachée sous l'herbe des tombes, se dressait devant elle. Ses lèvres balbutièrent :

— Que voulez-vous ?

— Ce que je veux, dit le père Chrysostome, c'est un papier que vous avez reçu de Godefroid à son lit de mort. Je l'attends. Allez le chercher !

A ces mots, la Roumaine leva la tête. Elle avait toute sa vie menti, trompé, intrigué, trahi. Mais elle possédait ce mélange imprévu de qualités et de défauts contraires qui rendent la femme si dangereuse dans la lutte. Cette fourbe était aussi une vaillante. Ce renard, quand on lui disputait sa proie, devenait un lion. Elle se redressa, fougueuse, avec cet écartement de lèvres qui avait jadis un attrait de volupté quand il laissait voir l'émail des dents blanches. Mais, à cette heure, la méchanceté seule parlait dans ce rictus menaçant. Faiblesses, mensonges, perfidies d'autrefois et d'aujourd'hui, elle oubliait tout pour ne se souvenir que d'une chose : des millions de Kéméneff qui allaient être perdus si elle se troublait. Sa voix même, redevenue jeune, eut le timbre exotique et sonore du pays natal quitté depuis trente ans.

— Quel papier ? Que voulez-vous dire ? fit-elle. Où prenez-vous le droit de me parler avec cette arrogance ? Que diraient vos supérieurs s'ils savaient où vous êtes, ce que vous faites en ce moment ?

— Plût au ciel, répondit le religieux, que je n'eusse pas les droits que j'ai ! Mais ceci est affaire entre moi et ma conscience. Quant à vous, si ma présence vous choque, il est facile de vous en délivrer. Obéissez-moi et je pars.

— Qui vous envoie ?

— Je viens de la part d'un mort, du mari de... de votre fille.

— Vous connaissiez mon gendre ?

— Que vous importe ? En son nom je réclame le dépôt qu'il vous a laissé, les dernières lignes écrites par lui. C'est sa voix qui vous parle, c'est sa main qui vous menace. Prenez garde !

Martscha tremblait de tous ses membres, car elle avait appris la crainte superstitieuse des morts dès le berceau. Toutefois elle songea que, pour se voir mère d'une princesse, l'insomnie de quelques nuits hantées n'est point un prix trop élevé.

— Vous vous trompez, dit-elle. Je n'ai reçu aucun dépôt. D'ailleurs, qui vous permet de croire que j'aurais trahi la confiance... ?

— Femme, dit le prêtre, ne prolongez pas davantage vos feintes. Je vous connais. Si ce n'était blasphémer le Bien, je dirais que je vous admire. Vous avez plus de courage que moi. Je ne dors plus depuis vingt ans, parce que j'ai devant les yeux, toujours, le visage sanglant, défiguré d'un homme... qui vous tenait de plus près que Godefroid. Comment faites-vous donc pour ne pas l'apercevoir sans cesse, irrité, grimaçant, nous versant à l'un et à l'autre sa malédiction dans le sang de sa blessure, avec le râle de son suicide?

— Il est mort de la mort d'un soldat, d'un brave, essaya-t-elle de balbutier.

— Je vais vous dire comment il est mort,

puisque vous feignez une commode ignorance.
A l'avenir vous ne feindrez plus.

Le Père Chrysostome, se levant, s'approcha
du fauteuil de la veuve du commandant
Sauval « mort à l'ennemi », selon le pieux
mensonge des bulletins du champ de bataille.

— Un soir, raconta-t-il d'une voix tremblante, votre mari entra dans ma chambre.
Nous étions près de l'ennemi. La bataille se
préparait pour le lendemain. « Général, dit-il,
un camarade, croyant me faire sourire par
une histoire de bivouac, — il ignorait quel
rôle glorieux je joue dans l'aventure — vient
de m'apprendre que vous êtes un lâche, un
menteur, un faux ami. La faveur que vous
m'accordez, le poste que vous m'avez donné
près de vous, je sais qu'ils sont le prix de
l'infamie. Je sais que ma femme est une
misérable ambitieuse, que ma fille est une
étrangère, qui vivra sous un nom usurpé. Dix
minutes ont ruiné ma vie dans le passé comme
dans l'avenir. Que m'importent désormais tous
les événements du monde, toutes les victoires,
toutes les défaites ? Je ne tiens plus qu'à une
chose, la seule qui reste encore debout ! mon
honneur de soldat. Voilà pourquoi je ne viens
pas vous tuer. En ce moment, ce ne serait pas

une vengeance légitime ; ce serait un crime contre la patrie. Je veux mourir digne de l'uniforme français. Que mon sang retombe sur vous, car c'est votre main qui aura devancé l'œuvre des balles ennemies. Vous avez tué le commandant Sauval ! » Je pensai qu'il était fou, bien que ses paroles ne fussent que trop claires pour moi. Je le regardais pétrifié de honte et de surprise, ne sachant que dire. Il jeta sur ma table une lettre qu'il accompagna de ces mots prononcés avec un rire que j'entends encore : « A quel autre mieux qu'à vous pourrais-je confier le soin de faire parvenir ce billet à son adresse ? Mais pas d'illusion, général. Vous n'êtes pas plus heureux que moi : *elle* vous trompe aussi ! Le camarade qui m'a si bien renseigné pourra vous donner des détails. » Une seconde après, il tombait à mes pieds, la cervelle fracassée. Comme je suis sûr que Dieu existe, je suis sûr qu'il était fou. Jamais, ayant sa raison, il ne se serait tué la veille d'une bataille.

Le religieux avait parlé très vite. Il s'arrêta et reprit haleine en s'essuyant le front. Il continua aussitôt, sans que la Roumaine eût envie de l'interrompre :

— Du moins, j'ai sauvé sa mémoire. Seul,

avec un officier qui m'a aidé dans ma fraude, je sus que le commandant Sauval n'avait pas été tué en combattant près de moi. Mais je suis seul à le savoir maintenant. Le lendemain, avant midi, l'autre témoin n'existait plus. La guerre finie, épargné malgré moi, j'ai disparu à mon tour, après vous avoir envoyé la terrible lettre. Et si je reparais devant vous pour une heure, croyez-le bien, c'est que je suis décidé à réussir dans ce que j'ai entrepris. C'est assez d'un mort qui s'agite, irrité, dans sa tombe.

Madame Sauval restait immobile. Était-ce par la violence imprévue du saisissement, ou par un effort suprême de résistance désespérée? La voix du religieux, s'élevant davantage, devint menaçante.

— Je vous jure, dit-il, que le prince Kéméneff et Patrice O'Farrell sauront avec quelle audace impie vous étouffez la dernière parole de Godefroid. Vous n'avez pas peur de ceux qui ne sont plus, mais prenez garde aux vivants !

Martscha comprit qu'elle était vaincue sans espoir de revanche. La colère, plus que la honte, décomposait son visage, quand elle se leva pour passer dans la chambre voisine.

Habile à profiter de tous les avantages, elle
dit d'une voix sourde :

— N'oubliez pas que le secret de la confession a fermé votre bouche.

— Vous vous moquez, je pense ? répondit
le religieux. Mais soyez sans crainte. En faisant
connaître la vérité, je couvrirais de honte et
de sang la tendresse de ceux que je donne
l'un à l'autre. Hâtez-vous d'obéir. Chaque
minute que je passe dans cette maison est une
torture. Ici ma robe de prêtre brûle mes
épaules.

Avec une impatience d'amoureux pressé de
connaître son destin, ce prêtre, courbé par
l'âge, ne put attendre qu'il fût au bout de la
rue pour lire le billet que Martscha venait de
glisser dans ses mains, en frémissant de rage.

— Les chers ! soupira-t-il avec une expression de joie quand il eut dévoré quelques
lignes d'une écriture péniblement formée.

Il serra dans sa poche le précieux papier
qui contenait cette volonté dernière :

« Je révoque, pour le cas où ma femme
» bien-aimée contracterait un second mariage
» avec Patrice O'Farrell, la clause d'exhéréda-
» tion contenue dans mon testament. J'en-
» tends montrer par là que je désire et conseille

» cette union qui ferait, j'ai tout lieu de le
» croire, le bonheur des deux êtres que j'ai
» le plus chéris en ce monde. Puissent-ils me
» pardonner et se souvenir de moi ! »

Ce codicille daté, signé, valait un acte
authentique et laissait la veuve de Godefroid
maîtresse de sa fortune si elle épousait Patrice,
mais non pas si elle en épousait un autre :
Kéméneff, par exemple. Aussi, en femme prudente, Martscha n'avait eu garde de détruire
le papier. On ne sait ni qui vit, ni qui meurt...
A défaut du prince, O'Farrell devenait pour
madame Godefroid un mari sortable. Pauvre
par lui-même, il apportait la richesse avec
lui; le Beauceron et le Bordelais s'évanouis-
saient à son approche, ainsi que les ombres de
la nuit devant le char du soleil. S'il fallait
renoncer à la couronne fermée, Jenny regagnait Pomeyras... et le bonheur par-dessus le
marché. Telles avaient été les réflexions de la
Roumaine, le soir même de la mort de Godefroid.

Le Père Chrysostome devina tout, d'un seul
coup d'œil, et son cœur se souleva d'un amer
dégoût en se reportant vers le passé.

— Mon Dieu ! pria-t-il, vous avez voulu que
rien ne manque à mon châtiment, pas même

la honte de voir jusqu'à quel point j'ai été la
dupe d'une créature indigne. Rendez-moi
bientôt la paix de mon expiation solitaire et
que, cette fois, j'en aie bien fini avec le monde !

Jenny, en revoyant sa mère, n'eut besoin
d'aucune question pour savoir que le religieux
était venu. Madame Sauval semblait avoir
perdu subitement toute énergie, tout ressort,
tout intérêt aux incidents de l'existence.
Quelque chose de l'abattement de la jeune
mère en deuil, contemplant le berceau vide,
semblait peser sur ses épaules, à ce point que
sa fille en eut pitié. Elle ne fit rien pour savoir
ce qui s'était passé durant cette mémorable
matinée, bien que, dans son impatience de
connaître son sort, elle fût incapable de rester
cinq minutes assise au même endroit. Mais
plus elle apercevait le désarroi de cette vaincue,
plus elle sentait grandir son espoir.

Vers le milieu de l'après-midi elle reçut une
missive étrange : une page de bréviaire déchirée, sur laquelle se lisait le psaume: *Nunc
dimittis.* En bas de la dernière ligne, ces deux
mots étaient écrits : *Alleluia ! Attendez !*

Ce fut ainsi que cette amante fidèle connut
son bonheur prochain. Des larmes mouillèrent ses yeux, mais, tout d'abord, son émo-

tion reconnaissante se tourna vers le prêtre
inconnu, dont la voix et les moindres gestes
faisaient vibrer dans son cœur des cordes mystérieuses. Mystère qui ne devait jamais être
éclairci en ce monde ! Elle attendit, comme on
le lui avait recommandé ; d'ailleurs il ne faut
pas croire que les jours furent longs pour son
impatience, car elle goûtait le plaisir suprême
de s'éveiller, de vivre et de s'endormir dans
cette pensée :

— Il m'aime ; je ne m'étais pas trompée !
Je vais être à lui.

En même temps elle connut, à certains in-
dices, que Martscha prenait ses dispositions
pour quitter la France, et ce fut, pour son
cœur prompt à pardonner, une peine cuisante
de ne pouvoir dire à cette égarée :

— Vous resterez avec nous.

Mais certaines générosités seraient des actes
de folie dangereuse. Du moins elle s'efforça
d'être bonne pour sa mère, durant cette courte
et dernière période de leur vie commune.

Un soir, comme elles prenaient congé l'une
de l'autre, Jenny, qui attendait, comme à l'ordinaire, un baiser contraint, fut étonnée de se
sentir tout à coup serrée dans les bras d'une
femme en pleurs :

— Dieu te préserve, sanglotait Martscha, de connaître la pitié de ta fille !

Ce fut la seule marque de remords et d'attendrissement que donna, jusqu'à la dernière minute, cette âme de bronze. Bientôt redevenue maîtresse d'elle-même :

— Comme tu me ressembles peu et comme tu *lui* ressembles ! dit-elle en contemplant sa fille avec une sorte d'admiration très humble.

Avant que Jenny pût trouver quelque chose à répondre, madame Sauval avait disparu.

XXXI

Au bout de quinze jours, malgré son espoir dans l'avenir et sa confiance aveugle
dans le Père Chrysostome qu'elle considérait
presque comme un être surhumain, Jenny se
sentit à bout de patience. De funestes pensées,
des prévisions de catastrophes, commencèrent
à lui fatiguer l'esprit. D'où venait le silence
de mort qui l'environnait comme un mur
impénétrable? Le religieux était-il tombé malade en route? — elle savait qu'il était parti.
— Était-il mort? Un obstacle quelconque sur-
gissait-il du côté de Patrice? Pourquoi celui-ci
n'écrivait-il pas?

Un matin, comme elle venait de prendre le

parti d'écrire elle-même, le courrier lui apporta cette seule ligne qu'elle reçut avant d'être levée:

« Aujourd'hui, à deux heures, *dans la serre.* »

— Enfin ! soupira-t-elle.

Sa tête retomba sur l'oreiller; ses yeux se fermèrent pour mieux voir une image aimée; ses mains cherchèrent, parmi les dentelles attiédies, la place où le cœur battait, bien fort, pour y presser le message désiré depuis si longtemps. Sur ses joues, plus douces que l'épiderme nacré d'une rose, deux larmes glissèrent, divine rosée de l'aurore du bonheur.

Elle passa comme dans un rêve les minutes de son doux supplice d'attente. Elle éprouvait un accablement délicieux et croyait être plus calme qu'elle ne l'avait été de sa vie; mais la fièvre l'agitait à ce point que sa mère, d'un seul regard, comprit qu'elle allait revoir Patrice.

Enfin l'aiguille marqua l'heure, et celle qui avait tant aimé, qui avait été tant aimée, se mit en route pour son premier rendez-vous d'amour.

Le sort les favorisait. La pluie enfermait Paris dans ses murs. La serre aux parfums tièdes, au feuillage du pays du rêve, leur

appartenait. En y mettant le pied, en apercevant Patrice qui l'attendait immobile, recueilli, comme un croyant qui espère que les
cieux vont s'ouvrir, Jenny fut glacée d'une
crainte. N'allait-il pas, encore une fois, jouer
l'atroce comédie de l'indifférence, revenir à ce
rôle cruellement soutenu pendant plus de
deux ans ? Le Père Chrysostome s'était-il
trompé dans ce qu'il croyait savoir, abusé
dans ce qu'il avait promis de faire?

Elle ne craignit pas longtemps. Patrice
venait à sa rencontre, l'enveloppant, la buvant
de son regard, si bien qu'elle se sentit à
peine plus à lui quand deux bras tremblants
de passion se furent refermés sur elle. Sans
rien dire, pendant quelques secondes, il la
contempla, le cœur inondé de joie, car il se
disait alors qu'en aucun moment de sa vie la
chère créature qui allait être à lui n'avait
atteint cette perfection dans sa beauté.

La jeune femme, aussi émue qu'une vierge
à son premier aveu d'amour, tantôt fermait
les yeux pour cacher son trouble, tantôt les
rouvrait pour appeler la parole attendue.
Patrice, bientôt, plia le genou, et contenant sa
voix comme il contenait son cœur près
d'éclater :

— O ma Jenny, comme je t'aime ! soupira-t-il.

Défaillante, elle appuya sa tête sur l'épaule de son fiancé, à peine surprise par cette familiarité tendre mêlée à tant de respectueuse adoration. Leur amour était une chose si ancienne qu'elle ne fut point choquée. Même, elle répondit, très bas :

— Répète encore cette parole. Il y a si longtemps que je la cherche !

— Ce que je voudrais, dit-il, se serait d'ouvrir ma poitrine pour te montrer ces mots qui saignent en moi, depuis trois années, comme des blessures. Ah ! si tu savais comme je t'aime, comme j'ai souffert, comme j'ai lutté !

— Et moi !

Elle accompagna ces deux mots d'une légère pression de sa petite main sur l'épaule du jeune homme toujours agenouillé.

— J'étais cent fois le plus malheureux, dit O'Farrell.

— Non, car vous saviez qu'on vous aimait,

Il se releva. Pour une minute, le souvenir du passé rendit plus triste l'expression de ses traits.

— Vous n'étiez pas, comme moi, perdue dans la solitude, abattue par le découragement! Vous n'entendiez pas la nuit des voix qui tournaient en dérision le dévouement, la noblesse, la fidélité au serment, tout ce qu'il peut y avoir de bon et de vrai dans le cœur d'un homme! Vous ne maudissiez pas, comme je l'ai fait plus d'une fois, les autres et vous-même, l'incommode rigueur de certains scrupules, l'égoïsme de certains amours!

Elle lui ferma la bouche de sa main.

— Taisez-vous. Ne maudissez personne. Moi je vous admire, je vous approuve, je vous aime; n'est-ce pas assez? Oh! Patrice, vous auriez pu m'avoir plus tôt; mais m'auriez-vous aussi bien? Je vous jure que non! Si je pouvais vous montrer tout ce que vous avez gagné par cette longue attente, vous béniriez au lieu de maudire. Avec la même tendresse, mon cœur vous apporte tout ce qu'il peut contenir d'estime, de confiance et de respect. Emmenez-moi au bout du monde, commandez-moi de tirer la charrue comme cette pauvre Arabe dont vous me parliez dans votre première lettre, ordonnez-moi de mourir... vous verrez!

— Ah! s'écria-t-il, voici ce que je t'ordonne! Il y a des années que je meurs de ce désir!...

Sa bouche alla chercher les lèvres de la

jeune femme. Celles-ci obéirent — longtemps.

— Je vous en prie, soupira-t-elle en se dégageant. N'oubliez pas que je suis votre fiancée...

Ils s'assirent, les mains dans les mains, sur le banc vert qui les avait déjà vus causer ensemble.

— Maintenant, interrogea-t-elle en tournant sur lui ses grands yeux, racontez-moi. Le Père Chrysostome...?

— Il est arrivé là-bas, dans ma forêt, il y cinq jours, maigre, vieilli, changé!... Je le reconnaissais à peine. D'abord, j'ai cru qu'il m'apportait la nouvelle d'une catastrophe. Mais il m'a bientôt rassuré. « Partez vite; elle vous attend; elle est à vous. Ces lignes vous la donnent. » Et il a posé ce papier sur ma table.

Le beau front de Jenny se voila d'une tristesse émue tandis qu'elle parcourait l'écriture.

— Pauvre Godefroid! soupira-t-elle. C'est en écrivant ceci qu'il a taché son doigt.

— Oui, répondit O'Farrell, et, sans cette tache, une femme avide, intrigante, foulant aux pieds tout scrupule et toute foi...

De nouveau la petite main ferma la bouche

de ce gendre, en voie de commencer par où les gendres finissent d'ordinaire.

— Je suis sa fille!... prononça lentement Jenny.

Alors, comme pour détourner sa pensée d'un sujet pénible, elle baisa le papier, le rendit à Patrice, et, courbant la tête, elle dit cette parole, humblement adressée à celui qui n'était plus :

— Pardon, pauvre Godefroid !

— Oui, pardon! répéta comme un écho la voix de Patrice. Qu'il nous pardonne, le pauvre ami ! Car, quelquefois, je l'ai jugé sévèrement dans le secret de mon âme. Et vous aussi, je le devine. Mais il s'est peint tout entier dans la dernière parole qu'il m'a dite : « C'est un grand malheur d'aimer trop passionnément et d'aimer trop tard! » Chère ! il y a tant de manières d'aimer !

Jenny ne regardait plus Patrice. Elle semblait chercher dans le feuillage aérien des fougères une forme flottante, planant au-dessus d'eux. Elle dit assez haut, comme pour être entendue d'un témoin invisible :

— Non ; il n'y a qu'une seule manière d'aimer. Ce fut la sienne ; ce sera la nôtre : aimer jusqu'à la mort.

Elle se leva pour partir et son compagnon ne fit rien pour prolonger ce tête-à-tête. Ils venaient d'évoquer Godefroid et n'osaient plus parler d'amour en présence de cette ombre, dont ils craignaient encore, malgré tout, d'exciter la jalousie.

Quand la jeune femme fut remontée en voiture et prête à partir, elle dit en souriant :

— J'imagine que vous ne m'obligerez plus à venir vous rejoindre si loin, comme si j'avais à me cacher de quelqu'un.

Patrice eut un éclair de joie en songeant qu'ils n'avaient plus, en effet, à se cacher de personne. Il lui répondit :

— J'ai voulu vous revoir d'abord sous ces palmiers qui nous rappellent tant de souvenirs. Et puis je vous avoue que... la présence de... d'une certaine personne... Je crains de n'être pas maître de moi.

— Pauvre mère ! je doute qu'elle soit pour longtemps en France désormais. Comme vous me regardez ! Dites-moi votre pensée.

— Je pense qu'une fois déjà, voici bien longtemps, je vous ai vue dans une voiture, comme je vous vois maintenant. Vous en souvenez-vous ? C'était devant une certaine porte. Vous veniez savoir des nouvelles d'un malade.

Vos yeux, en rencontrant les miens, à cette minute, m'ont traversé le cœur et l'ont pris pour toujours. Vous souriez? A votre tour de me dire quelle idée vous occupe l'esprit.

— Je pense, répondit-elle, que nous avons fait alors comme ces combattants qui s'entre-percent de leurs épées, d'un même coup.

Sans rien dire, d'un mouvement des lèvres, ils s'envoyèrent une dernière caresse, et le coupé s'éloigna, emportant Jenny.

XXXII

O'Farrell ne revit jamais madame Sauval
qui regagna sans bruit la Roumanie, peu
après le retour du jeune colon. Ce départ mit
une ombre attristée dans la joie de la future
comtesse, mais il était indispensable dans
l'intérêt de tous, et le peu que savait Jenny
du passé de sa mère — qu'aurait-ce été si
elle avait su toute son histoire ! — n'était pas
sans diminuer singulièrement la douleur de
cette prudente décision.

Un regret moins adouci fut, pour les
fiancés, une grande amertume. Ils avaient
souhaité que le Père Chrysostome vînt bénir
cette union due à lui seul. Avant de fixer

l'époque de la cérémonie, Patrice avait écrit
au missionnaire pour lui demander de faire
le voyage et lui en faciliter les moyens. Mais
l'homme de Dieu répondit par un refus
formel à cette prière, et, chose étonnante,
il adressait sa réponse à Jenny :

« Ce que vous me demandez, disait-il,
» serait une joie trop douce pour un vieillard
» qui doit se hâter d'expier de grandes
» fautes. Trois années de pénitence ne vau-
» draient pas le sacrifice que je m'impose, en
» priant Dieu de m'en tenir compte, le jour
» venu. Jamais vous ne saurez le bonheur
» auquel je renonce. Le vôtre, si ma prière
» est écoutée, sera grandi d'autant. Soyez
» heureux ! Et vous, ma fille » (ces deux
mots étaient à peine lisibles tant la main du
prêtre avait tremblé), « n'oubliez pas que
» vous devez prier chacun de vos jours pour
» deux morts, bientôt pour trois. »

Peu de temps après leur mariage, les
nouveaux époux, installés à Pomeyras, rece-
vaient leur courrier. La comtesse O'Farrell
commençait à lire une lettre timbrée de
Roumanie, très courte, accusant réception
du premier versement d'une rente viagère

libéralement inscrite au contrat. Celui-là s'était signé sans encombre.

Elle fut interrompue par une exclamation de Patrice qui lui tendait une enveloppe encore fermée, portant, de la propre écriture du jeune homme, l'adresse du Père Chrysostome au Telagh, *pour lui être remise à son passage.* Mais le saint voyageur, lui aussi, avait terminé ses pérégrinations laborieuses. Sous le nom obscur du missionnaire, une main étrangère avait tracé ce seul mot :

Décédé.

FIN

PAIS. — IMP. CHAIX, RUE BERGÈRE, 20. — f430-5-9.

www.ingramcontent.com/pod-product-compliance
Lightning Source LLC
Chambersburg PA
CBHW050304030726
47505CB00003B/572